ルイスと不思議の時計

7

魔法博物館の謎

ジョン・ベレアーズ 作
三辺律子 訳

THE SPECTER
FROM
THE MAGICIAN'S MUSEUM

ほるぷ出版

もくじ

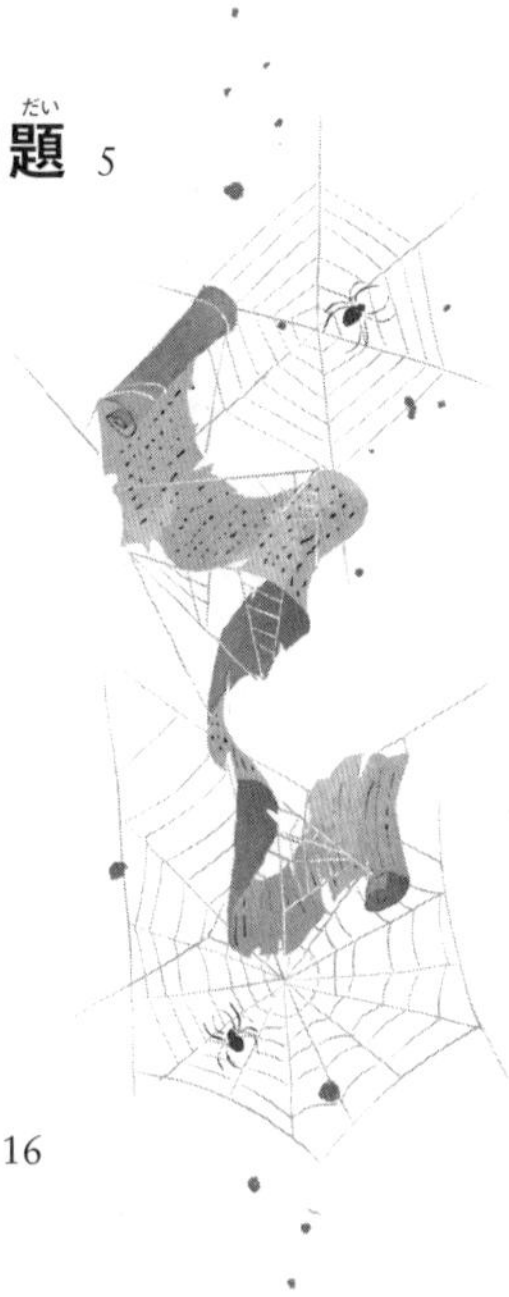

主《おも》な登場《とうじょう》人物《じんぶつ》

ルイス・バーナヴェルト

両親《りょうしん》を自動車事故《じどうしゃじこ》で亡《な》くし、おじと暮《く》らしている少年《しょうねん》。

ローズ・リタ・ポッティンガー

ルイスの親友《しんゆう》。勇敢《ゆうかん》で利発《りはつ》な少女《しょうじょ》。

ジョナサン・バーナヴェルト

ルイスのおじ。魔法使《まほうつか》いだが、少《すこ》したよりない。

ツィマーマン夫人《ふじん》

ジョナサンの隣人《りんじん》で、料理上手《りょうりじょうず》のよい魔女《まじょ》。

ボブ・ハードウィック

魔法博物館《まほうはくぶつかん》の経営者《けいえいしゃ》。

ベル・フリッソン

魔術《まじゅつ》ショーをおこなった女優《じょゆう》。

第《だい》1章《しょう》　生《い》きるか死《し》ぬかの問題《もんだい》

ルイス・バーナヴェルトは、これまでもいろいろなことをこわがってきたけれど、今回《こんかい》は完全《かんぜん》に怯《おび》えきっていた。

時《とき》は一九五〇年代《ねんだい》、ある晴《は》れた暖《あたた》かい秋《あき》の一日《にち》だった。ルイスはミシガン州《しゅう》の小《ちい》さな町《まち》、ニュー・ゼベダイにある中学《ちゅうがく》の校舎《こうしゃ》のすぐ外《そと》に立《た》っていた。おなかのなかで、まるで百万《まん》匹《びき》のチョウが飛《と》び回《まわ》っているみたいな感《かん》じだ。「どうすればいいんだろう？」ルイスはつぶやいた。

ルイスは十三歳《さい》の太《ふと》った金髪《きんぱつ》の少年《しょうねん》だった。まんまるの顔《かお》はいつも不安《ふあん》そうで、世《よ》の中《なか》はこわいものでいっぱいだと思《おも》っていた。今《いま》は、友《とも》だちのローズ・リタ・ポッティンガーを待《ま》っているところだ。二人《ふたり》は同《おな》じ学年《がくねん》で、同《おな》じ境遇《きょうぐう》にあったから、ローズ・リタと話《はな》せば少《すこ》しは気《き》も楽《らく》になるかもしれないと思《おも》っていた。

ルイスが壁《かべ》に寄《よ》りかかって待《ま》っていると、学校《がっこう》からデーヴ・シュレンバーガーとトム・ルッツが飛《と》び出《だ》してきた。ルイスは壁《かべ》の黒《くろ》い石《いし》に体《からだ》をおしつけて、このまま吸《す》いこまれて消《き》えてしまいたいと思《おも》った。デーヴとトムは小学校《しょうがっこう》でもずっと幅《はば》を利《き》かせてきたし、今《いま》、中学《ちゅうがく》でも、一番人気《いちばんにんき》のある生徒《せいと》だった。運動《うんどう》が得意《とくい》で、格好《かっこう》よくて、いつもはやりの服《ふく》を着《き》ている。それに比《くら》べてルイスは、なにをしても下手《へた》で、さえなかった。ナイロンのシャツとジーンズではなくて、歩《ある》くとキュッキュッと音《おと》のするコーデュロイのズボンをはいていたし、人気《にんき》だってちっともない。時々《ときどき》、自分《じぶん》のことを好《す》きなのはおじさんのジョナサン・バーナヴェルトと、おとなりに住《す》んでいるツィマーマン夫人《ふじん》と、イギリス人《じん》のペンフレンドのバーティ・グッドリングだけじゃないか、と思《おも》うこともある。それからもちろん、ローズ・リタと。

ようやく、ローズ・リタが出《で》てきた。ローズ・リタはある意味《いみ》でルイスと似《に》ていた。やっぱりちょっとみんなとはちがったのだ。年《とし》のわりに背《せ》が高《たか》くやせていて、まっすぐな黒髪《くろかみ》を長《なが》く伸《の》ばし、大《おお》きな丸《まる》い黒《くろ》ぶちのめがねをかけている。ローズ・リタが、自分《じぶん》のことを醜《みにく》いアヒルの子《こ》だと思《おも》っているのを、ルイスは知《し》っていた。それだけではなく、周《まわ》りの人《ひと》はローズ・リタのことをおてんばだと思《おも》っていた。実際《じっさい》、ローズ・リタは、母親《ははおや》に学校《がっこう》に着《き》ていくように言《い》われているブラウスとプリーツスカートが大嫌《だいきら》いで、スウェットシャツとジーンズとスニーカーでいるほうがずっと落《お》ち着《つ》いた。ローズ・リタは教科書《きょうかしょ》を胸《むね》に抱《かか》えて校舎《こうしゃ》から出《で》てくると、一瞬《いっしゅん》立《た》ち止《ど》まり、ルイスを見《み》つけると、なさけない笑《え》みを浮《う》かべた。そして階段《かいだん》を下《お》りながら、「最低《さいてい》」とつぶやいた。

ルイスは暗《くら》い顔《かお》でうなずいた。「どうする？」

ローズ・リタは目《め》をくるくるさせた。「自分《じぶん》がどうしたいかなら、わかる。ボートに乗《の》って中国《ちゅうごく》に逃《に》げるの。じゃなきゃ、ぴったり四週間続《しゅうかんつづ》く病気《びょうき》になって寝《ね》こむか」

「それはいいな」ルイスは皮肉《ひにく》たっぷりに言《い》った。「それとも、家出《いえで》してサーカスに入《はい》るか、透明人間《とうめいにんげん》になる薬《くすり》でも発明《はつめい》する？　唯一《ゆいいつ》の問題《もんだい》は、どれもできやしないってことだ」

二人《ふたり》はのろのろとローズ・リタの家《いえ》に向《む》かって歩《ある》きはじめた。いつもだったら、ルイスはニュー・ゼベダイの街《まち》なかを歩《ある》くのは好《す》きだった。ウッディ・ミンゴのようないじめっ子《こ》に出《で》くわすのだけはごめんだけど。ニュー・ゼベダイは小《ちい》さな町《まち》だった。中心街《ちゅうしんがい》はたったの三ブロックしかないけれど、建物《たてもの》はどれも、なかになにか物語《ものがたり》を隠《かく》しているように見《み》える。古《ふる》いレンガ造《づく》りの店《みせ》はみな、屋根《やね》の上《うえ》に頂塔《クーポラ》があったり、塔《とう》やだだっ広《ぴろ》いベランダのついたヴィクトリア調《ちょう》の建物《たてもの》で、今《いま》は使《つか》われていない昔《むかし》の建物《たてもの》の入口《いりぐち》がそのまま残《のこ》っていた。大通《おおどお》りの西《にし》のはずれにはすばらしい噴水《ふんすい》があり、丸《まる》く並《なら》んだ大理石《だいりせき》の柱《はしら》の真《ま》ん中《なか》から、ヤナギの木《き》のようにすんだ水《みず》が噴《ふ》き出《だ》している。東《ひがし》の端《はし》には軍人会館《ぐんじんかいかん》と南北戦争《なんぼくせんそう》の記念碑《きねんひ》とイーストエンド公園《こうえん》があって、その間《あいだ》には、わくわくするような場所《ばしょ》がたくさんあり、いくらでも遊《あそ》ぶことができた。

ただ今日《きょう》は、どの場所《ばしょ》にも興味《きょうみ》がそそられなかった。なぜなら、あとぴったり四週間後《しゅうかんご》には……

ルイスはごくりとつばを飲《の》みこんだ。「あんなばかばかしいタレント・ショーなんか出《で》たくない」ルイスは訴《うった》えた。

「わたしだって、ぜんぜん楽《たの》しみじゃないわよ！」ローズ・リタはつっかかるように言《い》った。二人《ふたり》は黙《だま》ったまま、まだ新学期《しんがっき》の用品《ようひん》をウィンドウに飾《かざ》っている〈ヒームソス・レクサル・ドラッグストア〉の前《まえ》を通《とお》りすぎた。それから大通《おおどお》りを曲《ま》がってマンション通《どお》りに入《はい》り、とぼとぼと歩《ある》いてメソニックテンプルもすぎる。ローズ・リタは、パパとママとマンション通《どお》りの三九番地《ばんち》に住《す》んでいた。ローズ・リタが着替《きが》えているあいだ、ルイスは居《い》間《ま》で待《ま》っていた。二、三分《ぷん》で、ローズ・リタがよれよれのノートルダム大学《だいがく》のトレーナーとジーンズと黒《くろ》いP・F・フライヤーズのスニーカーをはいて出《で》てくると、二人《ふたり》はみじめな気持《きも》ちで押《お》し黙《だま》ったまま、ハイ・ストリートのほうへ歩《ある》きはじめた。

ルイスはおじさんのジョナサンとハイ・ストリート一〇〇番地《ばんち》に住《す》んでいた。ルイスの両親《りょうしん》は二人《ふたり》とも、ルイスが十歳《さい》にならないうちに交通事故《こうつうじこ》で亡《な》くなってしまった。事故《じこ》のすぐあと、ルイスはニュー・ゼベダイに引《ひ》っ越《こ》し、今《いま》はジョナサンおじさんが法的《ほうてき》に正式《せいしき》な後見人《こうけんにん》だ。ジョナサン・バーナヴェルトは赤毛《あかげ》の気《き》のいい男《おとこ》で、もじゃもじゃのひげにはところどころ白《しろ》いものが交《ま》じり、おなかはでっぷりと突《つ》き出《で》ている。いつもにこにこしていて、しょっちゅう大声《おおごえ》で笑《わら》い、おじいさんから巨額《きょがく》の遺産《いさん》を受《う》け継《つ》いだおかげでとてもお金持《かねも》ちだった。

でもなによりもいいのは、ジョナサン・バーナヴェルトは魔法使《まほうつか》いなのだ。すばらしい幻影《げんえい》を作《つく》り出《だ》すことができたが、種《たね》も仕掛《しか》けもなく、正真正銘本物《しょうしんしょうめいほんもの》の魔法《まほう》だった。この間《あいだ》、六月《がつ》に学校《がっこう》が終《お》わったときには、お祝《いわ》いにレパントの戦《たたか》いの場面《ばめん》を再現《さいげん》してみせてくれた。

一五七一年《ねん》にキリスト教徒《きょうと》とトルコとの間《あいだ》であった大海戦《だいかいせん》で、ガレー船《せん》がぶつかり合《あ》い、何千《なんぜん》もの大砲《たいほう》が火《ひ》を吹《ふ》くさまは、目《め》を見張《みは》るようだった。ルイスとローズ・リタは、カロネード砲《ほう》からロングナインまであらゆる種類《しゅるい》の大砲《たいほう》の名前《なまえ》を知《し》っていたから大喜《おおよろこ》びで、ローズ・リタにいたっては、カロネード砲《ほう》は一八世紀《せいき》に発明《はつめい》されたから、この時代《じだい》にはまだないはずだと指摘《してき》した。

そのときの興奮《こうふん》を思《おも》い出《だ》して、ルイスはぶつぶつと言《い》った。「ジョナサンおじさんに手《て》伝《つだ》ってもらえれば、よかったんだけどさ」

「手伝《てつだ》ってくれるかもよ」ローズ・リタは考《かんが》えこんだように言《い》った。

ルイスは首《くび》を振《ふ》った。「学校《がっこう》で出《だ》される課題《かだい》は、自分《じぶん》でやらなきゃだめだって言《い》われてるんだ。魔法《まほう》を使《つか》うのは、ずるいって。カンニングと同《おな》じだってさ」

「緊急事態《きんきゅうじたい》でも？　これは、生《い》きるか死《し》ぬかの問題《もんだい》なのよ」

二人《ふたり》は、坂《さか》のてっぺんにあるルイスの家《いえ》へ向《む》かってのろのろと登《のぼ》っていった。「こうなることがわかってなきゃいけなかったんだ」ルイスはうめいた。「小学校《しょうがっこう》の時《とき》、毎年中学《まいとしちゅうがっ》校《こう》のタレント・ショーを見《み》にいってたんだから。どうやって中学《ちゅうがく》の生徒《せいと》を舞台《ぶたい》の上《うえ》にあげて、ばかなまねをさせてるかなんて、考《かんが》えもしなかったよ」

「これでわかったじゃない」ローズ・リタは言《い》った。「むりやりさせてたってね」

二人《ふたり》は、正面《しょうめん》に塔《とう》の立《た》った古《ふる》い屋敷《やしき》に着《つ》いた。黒《くろ》い錬鉄《れんてつ》の柵《さく》には、一〇〇番《ばん》と書《か》かれた赤《あか》い反射板《はんしゃばん》が取《と》りつけてある。ルイスとローズ・リタは門《もん》をくぐると、庭《にわ》を突《つ》っきり、石《いし》段《だん》を登《のぼ》っていったが、まだどっぷりと暗《くら》い気分《きぶん》にひたっていた。

おじさんは客間《きゃくま》にいて、最近買《さいきんか》ったゼニス社《しゃ》のテレビをいじくっていた。箱型《はこがた》のクルミ材《ざい》のキャビネットは、ずいぶんしゃれていて、正面《しょうめん》の扉《とびら》を開《あ》けると、テレビの画面《がめん》とラジオとレコードプレーヤーが出《で》てくる仕掛《しか》けになっている。テレビの画面《がめん》は、船《ふね》の舷窓《げんそう》のようにまんまるで、ジョナサンおじさんが煙突《えんとつ》に取《と》りつけたクモのようなアンテナで、三つのチャンネルを拾《ひろ》うことができた。映像《えいぞう》は白黒《しろくろ》で、雑音《ざつおん》やら白《しろ》い点々《てんてん》のために、西部劇《せいぶげき》なのか、クイズ番組《ばんぐみ》なのかすらわからないこともしょっちゅうだった。

ルイスとローズ・リタが入《はい》っていくと、ジョナサンおじさんはうれしそうに顔《かお》をあげた。

「おかえり」おじさんは言《い》って、テレビのてっぺんを叩《たた》いた。いつもどおり、カーキ色《いろ》のズボンと青《あお》いシャツに真《ま》っ赤《か》なベストといういでたちだ。ジョナサンおじさんはうしろに下《さ》がってテレビからはなれると、親指《おやゆび》をベストのポケットに突《つ》っこんで、頭《あたま》を傾《かたむ》けた。

「なんだと思《おも》う？」

ローズ・リタは目《め》を細《ほそ》めて、ぼやけた画面《がめん》を見《み》つめた。「むずかしいな。なにが映《うつ》ってるはずなの？」

ふんと鼻《はな》を鳴《な》らして、ジョナサンは答《こた》えた。「問題《もんだい》はそれさ。わからないんだ！」

「なら、どうでもいいってことよ」ローズ・リタはあっさりと言《い》った。

ジョナサンおじさんは頭《あたま》をのけぞらせて笑《わら》った。「おっしゃるとおりだよ、ローズ・リタ！」そしてテレビのスイッチを切《き》ると、映像《えいぞう》はみるみるうちに縮《ちぢ》んで黒《くろ》い画面《がめん》の真《ま》ん中《なか》にぽつんと見《み》える白《しろ》い点《てん》になり、消《き》えた。

ルイスが言《い》った。「おやつを食《た》べていい、ジョナサンおじさん？」

おじさんはポケットの時計《とけい》をひっぱり出《だ》した。「うーん。いいだろう。だが、ミルク一杯《ぱい》とクッキーを二、三枚《まい》にしておくんだよ。今晩《こんばん》はフローレンスが夕飯《ゆうはん》を作《つく》ってくれることになってるんだ。フローレンスの料理《りょうり》をおいしくないと思《おも》っているなんて、思《おも》われたくないからね」

「やった！」ルイスは元気《げんき》を取《と》りもどして言《い》った。フローレンス・ツイマーマン夫人《ふじん》はとなりに住《す》んでいる老婦人《ろうふじん》で、料理《りょうり》がとても得意《とくい》だった。おまけに、たまたま魔女《まじょ》だった。魔女《まじょ》といっても悪《わる》い魔女《まじょ》ではなくて、きらきらした目《め》としわくちゃの顔《かお》をした、やさしい魔女《まじょ》だ。おまけに、魔法《まほう》の力《ちから》はジョナサンおじさんよりもはるかに強《つよ》かった。「ローズ・リタもいっしょでいい？」

「もちろんさ」ジョナサンおじさんは言《い》った。「家《いえ》に電話《でんわ》して、おかあさんの許《ゆる》しをもらうといい。縮《ちぢ》れっ毛《け》ばあさんとわたしとで、もう一人前作《いちにんまえつく》るから」

ローズ・リタが電話《でんわ》すると、ローズ・リタのママは喜《よろこ》んで「いいわよ」と言《い》った。そういうわけで夕方《ゆうがた》、ローズ・リタとルイスは客間《きゃくま》にねっころがってテレビを見《み》ながら、タレント・ショーの出《だ》し物《もの》でできそうなことがないか考《かんが》えていた。ジョナサンおじさんとツイマーマン夫人《ふじん》は台所《だいどころ》で忙《いそが》しそうに働《はたら》いていて、お鍋《なべ》やフライパンがガチャガチャいっている音《おと》が聞《き》こえる。おいしそうなにおいもしていた。ルイスはあまりテレビに集中《しゅうちゅう》していなかった。子《こ》どもの番組《ばんぐみ》で、昔《むかし》の白黒《しろくろ》のアニメだった。ネコがネズミを追《お》いかけ、ブタが歌《うた》い、カンガルーがボクシングをするたぐいのものだ。どの動物《どうぶつ》も丸《まる》をくっつけて描《えが》いたようで、ブタなのか、ヘラジカなのか、とげのあるハリモグラなのか、よくわからなかった。

「ダンスをすれば？　ローズ・リタは踊《おど》るの好《す》きだし」ルイスは言《い》った。

「ハ！」ローズ・リタは鼻《はな》を鳴《な》らした。「みんなで踊《おど》るのと、一人《ひとり》で舞台《ぶたい》の上《うえ》で踊《おど》るのとじゃ、大違《おおちが》いよ。お断《ことわ》り」

ルイスはため息《いき》をついて、黙《だま》りこんだ。アニメが終《お》わり、今度《こんど》はぶかぶかの白《しろ》い衣装《いしょう》を着《き》て、顔《かお》を真《ま》っ白《しろ》に塗《ぬ》ったピエロが出《で》てきた。鼻《はな》は丸《まる》くて赤《あか》いのだろうけれど、白黒《しろくろ》の画面《めん》では真《ま》っ黒《くろ》い泡《あわ》みたいに見《み》えた。眉《まゆ》は高《たか》いアーチ型《がた》に、口《くち》は大《おお》きくにやっと笑《わら》ったように描《えが》いている。ひだ飾《かざ》りのえりをつけ、おかしな帽子《ぼうし》をかぶっていたので、牛乳《ぎゅうにゅう》ビンにぺしゃんこの紙《かみ》のフタをかぶせたみたいだった。「みなさん！」いつも心臓発作《しんぞうほっさ》を起《お》こす寸前《すんぜん》のような声《こえ》でしゃべるアナウンサーが言《い》った。「みなさんのお友《とも》だち、ピエロの魔術師《まじゅつし》、クリーミーです！」

「どうも」クリーミーはがらがら声《ごえ》で言《い》った。カメラがひいて、クリーミーの横《よこ》に七歳《さい》か八歳《さい》くらいの女《おんな》の子《こ》がいるのがわかった。「今日《きょう》は、お手伝《てつだ》いをしてくれるお友《とも》だちがいます！」

「あの子《こ》、死《し》ぬほど怯《おび》えてるね」と、ローズ・リタ。

クリーミーはマイクを小《ちい》さな女《おんな》の子《こ》に向《む》けると、名前《なまえ》をきいた。

「エディス・アラベラ・エリザベス・ボニー・マクピータース」女《おんな》の子《こ》はもじもじしながら答《こた》えた。

「なんと！」クリーミーは叫《さけ》んだ。「パパとママは、どこでとめたらいいかわからなくなっちゃったのかい？」

エディスはうなずいて、にっこりした。前歯《まえば》が二本《ほん》、抜《ぬ》けていた。

「さてと、エディス・アラベラ・エリザベス・ボニー、きみ、花《はな》は好《す》きかい？」

女《おんな》の子《こ》はうなずいた。

「よかった！」クリーミーは言《い》った。だれかがクリーミーに新聞紙《しんぶんし》を渡《わた》した。クリーミーはカメラに向《む》かって掲《かか》げると、くるりとひっくり返《かえ》し、表《おもて》と裏《うら》を見《み》せた。音楽《おんがく》が鳴《な》りはじめた。テンポの速《はや》い《剣《つるぎ》の舞《まい》》の曲《きょく》だ。クリーミーは新聞紙《しんぶんし》をさっと振《ふ》って広《ひろ》げると、くるくると巻《ま》いて筒《つつ》の形《かたち》にして、エディスに渡《わた》した。「持《も》ってくれるかな」音楽《おんがく》が一瞬《いっしゅん》止《と》まり、クリーミーはカメラのほうを向《む》いた。「さあ、よいこのお友《とも》だち、魔法《まほう》の呪文《じゅもん》をとなえてください！」

　スタジオにいる子《こ》どもたちがいっせいにどなった。「ツイン・オークス牛乳《ぎゅうにゅう》は、ぼくらの牛乳《ぎゅうにゅう》！」

「わあ！」エディスが目《め》をぱちくりさせた。新聞紙《しんぶんし》の筒《つつ》からデイジーの花束《はなたば》が飛《と》び出《だ》したのだ。楽団《がくだん》がジャジャジャーンと陽気《ようき》な音楽《おんがく》を演奏《えんそう》した。

「きれいな花束《はなたば》をどうぞ」クリーミーはがらがら声《ごえ》で言《い》って、笑《わら》った。エディスはうなずいて、花束《はなたば》をしっかりと胸《むね》に抱《かか》えた。エディスの頭《あたま》をなでると、クリーミーはカメラのほうを向《む》いた。「さあ、では、よいこのお友《とも》だちに、ツイン・オークス乳業《にゅうぎょう》からのお知《し》らせです！」

　ルイスはさっと立《た》ちあがって、テレビを消《け》した。「これだよ！　これで問題解決《もんだいかいけつ》だ！」

ルイスは勝《か》ち誇《ほこ》った笑《え》みを浮《う》かべた。

「ツイン・オークス牛乳《ぎゅうにゅう》が？　どういう意味《いみ》？」ローズ・リタは眉《まゆ》をあげた。

「牛乳《ぎゅうにゅう》じゃないよ、マジックのほうさ」ルイスは大《おお》きく腕《うで》を広《ひろ》げて、見《み》えない観客《かんきゃく》に向《む》かっておじぎをした。「マジックをするのさ！」

ローズ・リタは首《くび》を振《ふ》った。「おじさんが許《ゆる》してくれないわよ」

「本当《ほんとう》の魔法《まほう》じゃないよ」ルイスはもどかしそうに言《い》った。「舞台《ぶたい》の上《うえ》でやるマジックさ。ピエロのクリーミーみたいな。ロープとか輪《わ》とかを使《つか》う芸《げい》だ。なんだっけ、手品《てじな》だ！　ぼくが手品師《てじなし》で、ローズ・リタが美《うつく》しきアシスタントってわけ！」

「うーん」ローズ・リタは体《からだ》を起《お》こして、ずれためがねを直《なお》した。いやいやながらも考《かんが》えはじめたようだった。「どうかな――いいかもしれない。なにか手品《てじな》は知《し》ってるの？」

ルイスは穴《あな》のあいた風船《ふうせん》みたいにしぼんで、床《ゆか》に座《すわ》りこんだ。「ううん。実《じつ》は知《し》らないんだ」

「おじさんにきいてみよう。PTAの集会《しゅうかい》で、マジック・ショーをしていたじゃない。みんな、あれは魔法《まほう》じゃなくてただの手品《てじな》だって思《おも》ってたもん」

「なかには、本当《ほんとう》に魔法《まほう》じゃない手品《てじな》もあったかも」ルイスは思《おも》い出《だ》しながら言《い》った。「おじさんにきいてみたことないんだ」

ちょうどそのとき、ジョナサン・バーナヴェルトが食堂《しょくどう》からよく響《ひび》く声《こえ》で呼《よ》んだ。「子《こ》どもたち！　食事《しょくじ》だぞ！　さっさとこないと、ブタにやっちまうぞ！」

「そんなこと、許《ゆる》しませんよ、ひげもじゃじいさん！」ツィマーマン夫人《ふじん》のカンカンに怒《おこ》った声《こえ》が聞《き》こえた。「熱《あつ》いコンロのそばでがんばったっていうのに！」

「いこう」ルイスはにやっとして言《い》った。そして二人《ふたり》はわれ先《さき》にと、食堂《しょくどう》へ向《む》かって走《はし》っていった。

第《だい》2章《しょう》　魔法博物館《まほうはくぶつかん》へ

ルイスはツィマーマン夫人《ふじん》の料理《りょうり》の才能《さいのう》についてはじゅうぶん知《し》っていたけれど、それにしても今晩《こんばん》の料理《りょうり》は最高傑作《さいこうけっさく》だった。こんがりと焼《や》けた肉汁《にくじゅう》たっぷりのローストは、まさに口《くち》のなかでほろほろとろけるようにやわらかかったし、つけあわせのバターたっぷりのマッシュポテトも、ぱさぱさでもなくべちゃべちゃでもなく、ちょうどよい加減《かげん》だった。ジョナサンおじさんはおたまでマッシュポテトの山《やま》のてっぺんにくぼみを作《つく》り、そのなかにこってりとした肉汁《にくじゅう》をたっぷり注《そそ》ぎこんだ。ツィマーマン夫人《ふじん》はニンジンのグラッセと、グリーンピースと小《しょう》タマネギのつけあわせ、それからデザートの大《おお》きなアップルパイまで作《つく》ってくれていた。「今夜《こんや》のごちそうは、新学期《しんがっき》のお祝《いわ》いよ」ルイスとローズ・リタがおいしそうに食《た》べているのを見《み》て、ツィマーマン夫人《ふじん》はうれしそうに目《め》を輝《かがや》かせながら説明《せつめい》した。「今《いま》が人生《じんせい》でなかなかたいへんな時期《じき》だってこともわかってるけど、やっぱりお祝《いわ》いするべきだと思《おも》ったの」

「最高《さいこう》においしいよ、紫《むらさき》ばあさん」ジョナサン・バーナヴェルトは言《い》って、くすくす笑《わら》いながらおなかを叩《たた》いた。「だが、これから一週間《しゅうかん》、気《き》をつけないとならんな。タバコをやめてから、体重《たいじゅう》が増《ふ》えてるんだよ」

「なら、今日《きょう》はたっぷり、明日《あす》はさっぱりでどうぞ」ツィマーマン夫人《ふじん》はスパッと言《い》った。ツィマーマン夫人《ふじん》はほっそりとした老婦人《ろうふじん》で、くしゃくしゃの白《しろ》い髪《かみ》に紫《むらさき》の小花模様《こばなもよう》のワンピースを着《き》ていた。紫色《むらさきいろ》が大好《だいす》きで、家《いえ》じゅう、じゅうたんから壁紙《かべがみ》からトイレットペーパーにいたるまで、紫《むらさき》のものだらけだった。「ニンジンのおかわりはどう、ローズ・リタ？」

しばらくの間《あいだ》、ルイスはすばらしいごちそうに夢中《むちゅう》だった。だから、おじさんがこんがりと黄金色《こがねいろ》に焼《や》けたアップルパイを持《も》って入《はい》ってくるのに見《み》とれているときになってようやく、ローズ・リタがテーブルの下《した》で足《あし》を蹴《け》っているのに気《き》づいた。驚《おどろ》いてローズ・リタを見《み》ると、ローズ・リタは口《くち》だけを動《うご》かして「きいて」と言《い》った。

ルイスはコホンと咳払《せきばら》いをした。「あの、ジョナサンおじさん、おじさんはなにかマジックを知《し》ってる？　手品《てじな》のことだよ」

ジョナサンおじさんは赤毛《あかげ》の眉《まゆ》をあげると、小《ちい》さいお皿《さら》にパイを一切《き》れとって、ローズ・リタにまわした。「ああ、少《すこ》しはな。ちょっと気《き》の利《き》いたトランプの手品《てじな》ならできるよ。ほんものの魔法《まほう》は使《つか》わんやつだ。どうしてだね？」

ルイスは、自分《じぶん》とローズ・リタの抱《かか》えている問題《もんだい》について説明《せつめい》した。ツィマーマン夫人《ふじん》は首《くび》を振《ふ》って、ため息《いき》をついた。「それも、昔学校《むかしがっこう》で教《おし》えていたとき、いやだったことなんですよ。生徒《せいと》をむりやり舞台《ぶたい》にあげて、みんなの見《み》ている前《まえ》でなにかをさせるなんて」ツィマーマン夫人《ふじん》は言《い》った。「そりゃね、度胸《どきょう》や自信《じしん》をつけるにはいいんだと思《おも》いますよ。だけど、思《おも》いやりがなさすぎる気《き》がするんです。みんながみんな、舞台《ぶたい》の上《うえ》で際立《きわだ》つような才能《さいのう》を持《も》っているわけじゃないもの。なかには、もっと静《しず》かでおとなしい子《こ》もいるんですから」

「フム。わたしも同《おな》じ意見《いけん》だな。だが、そうだからといって、問題《もんだい》が解決《かいけつ》するわけじゃない。タレント・ショーは昔《むかし》からの伝統《でんとう》だし、先生《せんせい》ってもんは伝統《でんとう》をかえるのを嫌《いや》がるからな。それで、おまえさんたちはマジック・ショーをやろうと思《おも》いついたわけだな？」

「うん。だけど、ただの手品《てじな》だよ。ほんものの魔法《まほう》じゃなくて」ルイスはあわてて言《い》った。

「それがいい。本当《ほんとう》の魔法《まほう》っていうのは、おまえさんがよく知《し》ってのとおり、面倒《めんどう》なことになるばっかりだからな。フローレンス、ルイスとローズ・リタはロバート・ハードウィック氏《し》に相談《そうだん》するのがいいと思《おも》うが、どう思《おも》うかね？」

ツイマーマン夫人《ふじん》の明《あか》るい青《あお》い目《め》が輝《かがや》いた。「いい考《かんが》えだわ、もじゃひげさん！　出《だ》し物《もの》を考《かんが》えるのを手伝《てつだ》ってもらうなら、この町《まち》ではまさしくボブ・ハードウィックが適任《てきにん》ですよ！」

「どういう人《ひと》？　聞《き》いたことない名前《なまえ》だけど」ローズ・リタはきいた。

ジョナサンおじさんは、笑《わら》いながらルイスにパイを一切《き》れまわした。「ボブ・ハードウィックは元新聞記者《もとしんぶんきしゃ》で、アマチュアの手品師《てじなし》なんだ。ロープや鉄《てつ》の輪《わ》を使《つか》って、すばらしいトリックができるんだよ。よく学校《がっこう》に呼《よ》ばれて、やっていたんだ。大奇術師《だいきじゅつし》マーカスと称《しょう》してね。だが、数《すう》カ月前《げつまえ》に引退《いんたい》して、デトロイトからニュー・ゼベダイに引《ひ》っ越《こ》してきた。ボブは、魔法《まほう》に関《かん》するものを集《あつ》めていてね。大奇術師《だいきじゅつし》のフーディーニのポスターの原画《げんが》からマジシャンのブラックストーンがショーで使《つか》った小《ちい》さな大砲《たいほう》まで、いろいろと持《も》ってるんだ。そうした収集品《しゅうしゅうひん》を、中心街《ちゅうしんがい》のユーグスター醸造所《じょうぞうしょ》のあった建物《たてもの》に持《も》ってきて、博物館《はくぶつかん》を開《ひら》くつもりなんだよ」

ツィマーマン夫人《ふじん》は片目《かため》をつぶった。「ハードウィックさんは、あなたのおじさんのことも手品師《てじなし》だと思《おも》ってるのよ。だから、ハードウィックさんに会《あ》っても、〈カファーナウム郡魔法使い協会《ぐんまほうつかいきょうかい》〉のことは秘密《ひみつ》にしておいてね。ハードウィックさんは本物《ほんもの》の魔法使《まほうつか》いや魔女《まじょ》がうようよいるなんて夢《ゆめ》にも思《おも》っていないんですから」

ルイスはうなずいた。ルイスはこれまでもずっと、おじさんの魔法《まほう》の趣味《しゅみ》のことはないしょにしてきた。何年《なんねん》か前《まえ》に一度《いちど》だけ、タービー・コリガンという友《とも》だちに感心《かんしん》されたくて、おじさんに魔法《まほう》を見《み》せてくれるように頼《たの》んだことがある。けれど、あいにくタービーは、おじさんが月《つき》を欠《か》けさせるのを見《み》て怖《こわ》がり、ルイスは友《とも》だちをなくしてしまった。〈カファーナウム郡魔法使い協会《ぐんまほうつかいきょうかい》〉の会員《かいいん》をのぞけば、今《いま》ジョナサンおじさんとツィマーマン夫人《ふじん》が本物《ほんもの》の魔法《まほう》を使《つか》えることを知《し》っているのは、ローズ・リタだけだった。幸《さいわ》いなことに、ローズ・リタは二人《ふたり》が大好《だいす》きだったし、魔法《まほう》のことは話《はな》さないほうがいいということも心得《こころえ》ていた。

「よし」ジョナサンおじさんはツィマーマン夫人《ふじん》にパイを取《と》りわけながら言《い》った。「ボブに電話《でんわ》しておこう。明日《あす》は土曜日《どようび》だから、町《まち》にいるはずだ。博物館《はくぶつかん》のようすを、見《み》せてもらえると思《おも》うよ。もちろん、どんな手品《てじな》をすればいいかも、考《かんが》えてくれるはずだ」

こうして、すべてが決《き》まった。次《つぎ》の朝早《あさはや》く、ルイスとローズ・リタは町《まち》の中心街《ちゅうしんがい》へ向《む》かった。昔《むかし》の醸造所《じょうぞうしょ》はレンガ造《づく》りの建物《たてもの》で、ルイスはとても気《き》に入《い》っていた。古《ふる》びた赤《あか》いレンガの壁《かべ》にはコケが生《は》え、柱《はしら》の土台《どだい》になっている石《いし》にくるりとカールした数字《すうじ》で1842と彫《ほ》られている。片側《かたがわ》の壁《かべ》にはビール樽《だる》のふたのような丸《まる》い窓《まど》が並《なら》んでいて、ひとつひとつがケーキのように四等分《とうぶん》されていた。ユーグスター醸造所《じょうぞうしょ》は何年《なんねん》も前《まえ》に廃業《はいぎょう》していて、ルイスの記憶《きおく》にある限《かぎ》り、ずっと空《あ》き家《や》だった。正面《しょうめん》の窓《まど》には内側《うちがわ》から紙《かみ》がはられ、入口《いりぐち》の扉《とびら》には鎖《くさり》が巻《ま》いてあり、南京錠《なんきんじょう》がついていた。

ところが、土曜日《どようび》の朝《あさ》いってみると、醸造所《じょうぞうしょ》はすっかり変《か》わっていた。窓《まど》は朝日《あさひ》を浴《あ》びてきらきらと輝《かがや》き、栗色《くりいろ》のカーテンが金色《きんいろ》の組《く》みひもで留《と》めてあった。右側《みぎがわ》の窓《まど》の内側《うちがわ》に、昔《むかし》ふうの鋼版《こうはん》の版画《はんが》のついた長方形《ちょうほうけい》の厚紙《あつがみ》の看板《かんばん》が置《お》いてある。シルクハットをかぶった手品師《てじなし》が女《おんな》の人《ひと》を空中《くうちゅう》に浮《う》かべているところで、女《おんな》の人《ひと》は板《いた》みたいに固《かた》くなって、宙《ちゅう》に横《よこ》たわっていた。版画《はんが》の上《うえ》には、華《はな》やかな飾《かざ》り文字《もじ》で大《おお》きくこう描《か》かれていた。

魔法博物館《まほうはくぶつかん》

版画《はんが》の下《した》にも、もっと小《ちい》さい活字《かつじ》でなにか書《か》いてある。それを読《よ》みながら、ルイスはくすくすと笑《わら》った。

前代未聞《ぜんだいみもん》、空前絶後《くうぜんぜつご》の貴重《きちょう》なコレクション！　この世《よ》に知《し》られるかぎりの、手品《てじな》、奇術《きじゅつ》、まじない、いんちき、目《め》くらまし、いかさま、ペテン、悪気《わるぎ》のないおふざけ、なんでもあります！　スリルと興奮《こうふん》の連続《れんぞく》！　難問《なんもん》、奇問《きもん》、珍問《ちんもん》にどぎもをぬかれることまちがいなし！　目《め》を見張《みは》るような驚異《きょうい》の体験《たいけん》、保証《ほしょう》します！

牧師《ぼくし》さんも先生《せんせい》もマスコミも、健全《けんぜん》なる家族《かぞく》向《む》けエンターテイメントと絶賛《ぜっさん》！　展《てん》示品《じひん》のすばらしさに圧倒《あっとう》されてしまった場合《ばあい》には、無料《むりょう》で気付《きつ》け薬《ぐすり》をさしあげます。すぐに、意識《いしき》を取《と》りもどせますのでご安心《あんしん》を。どなたも、さあどうぞ！

ロバート・W・ハードウィック

「ヒューッ！」看板《かんばん》を読《よ》んだローズ・リタの感想《かんそう》は、これだった。「ハードウィックさんは、ずいぶんと大《おお》きく出《で》たものね」

ルイスは期待《きたい》でぞくぞくした。「ハードウィックさんがなにかいいことを教《おし》えてくれるといいんだけど」そして、ドアを押《お》してみた。ドアは勢《いきお》いよく開《ひら》いて、上《うえ》のほうでベルがチリンチリンと鳴《な》った。「こんにちは」

そこは、細長《ほそなが》い部屋《へや》で、ありとあらゆる風変《ふうが》わりなものがところせましと並《なら》べてあった。ミイラの棺《ひつぎ》や、剣《けん》がぶすりと刺《さ》さった薄《うす》い幅広《はばひろ》のトランク、ふたに南京錠《なんきんじょう》のついた巨大《きょだい》な亜鉛《あえん》メッキ鋼《こう》の牛乳缶《ぎゅうにゅうかん》。棚《たな》はシルクハットやらステッキやら杖《つえ》やら手錠《てじょう》やらでいっぱいだし、壁《かべ》という壁《かべ》に手品師《てじなし》やショーのポスターがびっしりとはってある。《ヒンドゥー行者《ぎょうじゃ》、賢人《けんじん》ラピーリ》のビラもあったし、《中国《ちゅうごく》の奇跡《きせき》、ロン・リー》や、《謎《なぞ》の男《おとこ》マークウィスと千《せん》の不思議《ふしぎ》》のポスターもあった。電気《でんき》が消《き》えていたので、入口《いりぐち》から一メートルほど先《さき》までしか見《み》えない。ローズ・リタが「だれもいないみたい」と言《い》った。

ドアの横《よこ》にはミイラの棺《ひつぎ》が縦《たて》に置《お》いてあった。高《たか》さは二メートル近《ちか》くある。ふたに彫《ほ》られた顔《かお》は残忍《ざんにん》で、眉間《みけん》にしわがより、鼻《はな》はワシ鼻《ばな》で、悪意《あくい》に満《み》ちた口《くち》もとに、奇妙《きみょう》な四角《しかく》いヤギひげを生《は》やしている。けれど、ルイスの目《め》を引《ひ》いたのは、目《め》だった。すると、まさに木《き》のまぶたがゆっくりと開《ひら》き、生気《せいき》のない目《め》がまっすぐルイスをにらみつけたのだ！

ルイスはネズミの鳴《な》くような悲鳴《ひめい》をあげるのがせいいっぱいで、ローズ・リタの腕《うで》を引《ひ》っぱって、棺《ひつぎ》を指《ゆび》さした。

「なによ？　わあ！」ローズ・リタも、ミイラの棺《ひつぎ》を見《み》ると体《からだ》をこわばらせた。すると、唇《くちびる》が動《うご》きはじめた。

木《き》がきしるようなおぞましい声《こえ》で、棺《ひつぎ》に彫《ほ》られた顔《かお》はたずねた。「わが三千年《ねん》の眠《ねむ》りを妨《さまた》げるのはだれだ？　何者《なにもの》だ！」

ルイスは恐怖《きょうふ》に息《いき》をのんだ。

一瞬間《いっしゅんま》をおいて、棺《ひつぎ》の顔《かお》はため息《いき》をついた。「名前《なまえ》を言《い》ってくれればいいんだ。そうしたら、二階《かい》へこい、と言《い》えるだろ。これもトリックなんだよ。電気《でんき》モーターとマイクとスピーカーがついているのさ。ルイスとローズ・リタだね？」

ローズ・リタが先《さき》に立《た》ち直《なお》った。「ええ、そうです」

「じゃ、あがっておいで」棺《ひつぎ》の顔《かお》のまぶたがカチッと閉《と》じた。が、またぱっと開《ひら》いた。

「電気《でんき》のスイッチは、ドアの左側《ひだりがわ》にある。二階《かい》にあがるまえに、ドアを閉《し》めといてくれ。まだ正式《せいしき》にはオープンしていないからね」そしてまた、カチッと閉《と》じた。

ルイスが電気《でんき》をつけ、ローズ・リタがドアを閉《し》めると、ガチャッと大《おお》きな音《おと》をたてて鍵《かぎ》が締《し》まった。右側《みぎがわ》に階段《かいだん》があるのが見《み》えたので、あがっていくと、男《おとこ》の人《ひと》が四人《にん》でテーブルを囲《かこ》み、トランプをしていた。二人《ふたり》が歩《ある》いていくと、男《おとこ》の人《ひと》たちはにっこり笑《わら》った。一人《ひと》、やせて灰色《はいいろ》の縮《ちぢ》れ毛《げ》をした、六十歳《さい》くらいのめがねの男《おとこ》の人《ひと》が立《た》ちあがった。男《おとこ》の人《ひと》は、ひしゃげた野球《やきゅう》のボールみたいな銀色《ぎんいろ》のマイクロフォンを見《み》せた。「驚《おどろ》かせてすまなかったね。誘惑《ゆうわく》に勝《か》てなくて、つい」そしてマイクロフォンを置《お》くと、ルイスと握手《あくしゅ》した。

「ルイス・バーナヴェルトくんだね?」

「そうです。こちらがローズ・リタ・ポッティンガー」

「よくきてくれたね。ロバート・ハードウィックだ。わたしがこの博物館《はくぶつかん》の持《も》ち主《ぬし》だ。ボブと呼《よ》んでくれ。こちらがわが最愛《さいあい》の妻《つま》、エレン。そして彼《かれ》らは土曜日《どようび》のポーカー仲間《なかま》だ。

紹介《しょうかい》させてもらうよ。クラレンス・ムッセンバーガー、トーマス・パーキンズ、ジョニー・ストーン」

一人一人《ひとりひとり》が立《た》ちあがって握手《あくしゅ》した。ムッセンバーガーさんはずんぐりした丸顔《まるがお》の男《おとこ》の人《ひと》で、陽気《ようき》そうな茶色《ちゃいろ》い目《め》をしていた。なんとなく、どこかで見《み》たような顔《かお》だ。パーキンズさんはとても背《せ》が高《たか》くやせていて、黒《くろ》い髪《かみ》のあちこちにある白髪《しらが》が目立《めだ》っていた。ストーンさんはびっくりするほど背《せ》が低《ひく》かった。ルイスよりも低《ひく》い。目《め》はいたずらっぽく光《ひか》り、二重《にじゅう》あごで、頭《あたま》はほとんど禿《は》げあがり、灰色《はいいろ》の髪《かみ》がかろうじて耳《みみ》のあたりに残《のこ》っていた。

「さてと」ハードウィックさんはルイスとローズ・リタに折《お》りたたみいすを出《だ》しながら言《い》った。「おじさんのジョナサンから、きみたちが困《こま》っていると聞《き》いたよ。そうそう、おじさんに、ようやく三本《ぼん》のロウソクとスペードのエースの手品《てじな》のトリックがわかってきたと伝《つた》えておいてくれ。それはそれとして、問題《もんだい》っていうのはなんだい？」

ルイスはちょっぴり決《き》まり悪《わる》く感《かん》じながら、つっかえつっかえ事情《じじょう》を説明《せつめい》した。「それで、ローズ・リタとぼくは、マジック・ショーをやったらどうだろうって考《かんが》えたんです」

ルイスは説明《せつめい》を終《お》えると言《い》った。

ムッセンバーガーさんがコホンと咳払《せきばら》いした。「短《みじか》い時間《じかん》でできるいいネタが五ついるな」

ローズ・リタは目《め》をぱちくりさせた。「うそ！　おじさんはテレビに出《で》ていたピエロのクリーミーね！」

男《おとこ》の人《ひと》たちはどっと笑《わら》ったが、ムッセンバーガーさんは真《ま》っ赤《か》になった。「黙《だま》れ、とんまども」ムッセンバーガーさんは仲間《なかま》たちに言《い》った。「ふう、あんたの言《い》うとおりだ。週《しゅう》に五日《か》はピエロの魔術師《まじゅつし》クリーミーとして、〈ツイン・オークス乳業《にゅうぎょう》〉で働《はたら》いとる。だが、週末《しゅうまつ》はただのクラレンスことクレアさ」そして、仲間《なかま》たちのほうにうなずいて見《み》せた。

「もちろん、ここにいる方々《かたがた》はクリーミーほど有名《ゆうめい》じゃないがな、紹介《しょうかい》させてもらうと、パーキンズ氏《し》はまたの名《な》をパズル大王《だいおう》といって、トランプを使《つか》ってあっと驚《おどろ》く手品《てじな》をするんだ。ストーン氏《し》は、舞台《ぶたい》の上《うえ》ではボンディーニと名《な》を変《か》え、すばらしい縄抜《なわぬ》けの名人《めいじん》と化《か》す。鎖《くさり》だろうと、鍵《かぎ》だろうと、牢屋《ろうや》だろうと、拘束衣《こうそくい》だろうと、抜《ぬ》け出《だ》せないものはない！」

「もちろん、奥《おく》さんだけは別《べつ》だけどな」パーキンズさんが言《い》って、片目《かため》をつぶった。

「それを言《い》うなら、次《つぎ》こそは、おまえさんが袖《そで》からエースのカードを出《だ》すところを見《み》つけてやるからな」ストーンさんが言《い》った。

みんなはまたどっと笑《わら》い、ルイスの緊張《きんちょう》もほぐれてきた。

「ルイス、きみには専門家《せんもんか》がたくさんついているわけだ」ハードウィックさんが言《い》った。

「では、みなさま、どうしようかね？」

「《四角い丸《スクエア・サークル》》がいい」ムッセンバーガーさんがさっそく言《い》った。「あれならまちがえようがない」

パーキンズさんは考《かんが》えこんだように長《なが》いあごひげをなでた。「フーム、《中国《ちゅうごく》の輪《わ》》は？《空中浮遊《くうちゅうふゆう》》？両方《りょうほう》とも美《うつく》しいアシスタントがいるからね」

「《恐怖《きょうふ》のかご》もある」ストーンさんは言《い》った。「あれならみんなをうならせることができるぞ。ローズ・リタ嬢《じょう》がかごに入《はい》り、ルイスが何本《なんぼん》もの鋭《するど》い剣《けん》を突《つ》き刺《さ》す。そして剣《けん》を抜《ぬ》くと、ローズ・リタがまったくちがう衣装《いしょう》で登場《とうじょう》するんだ！」

ハードウィックさんは両手《りょうて》をあげた。「ちょっと待《ま》った！　みなさまはルイスとローズ・リタが四週間《しゅうかん》で準備《じゅんび》しなくちゃいけないってことをお忘《わす》れのようだ。それに、凝《こ》った小道具《こどうぐ》を用意《ようい》するのは無理《むり》だ」ハードウィックさんは立《た》ちあがってドアを開《あ》けると、ルイスとローズ・リタに手招《てまね》きした。「いいかい。この部屋《へや》にはわたしの集《あつ》めたマジックに関《かん》する本《ほん》のコレクションがある。七千冊以上《さついじょう》あるんだよ！」そして、電気《でんき》のスイッチをつけた。

ルイスとローズ・リタは図書館《としょかん》のように本棚《ほんだな》がずらりと並《なら》んだ部屋《へや》に入《はい》った。脇《わき》にある二つの丸《まる》い窓《まど》から斜《なな》めに差《さ》しこむ光《ひかり》に、細《こま》かいほこりが舞《ま》いあがるのが見《み》えた。ハードウィックさんは背《せ》の高《たか》い本棚《ほんだな》を指《ゆび》さした。「ここの棚《たな》には、舞台《ぶたい》でやる簡単《かんたん》な手品《てじな》についてのあらゆる本《ほん》がある。二人《ふたり》で探《さが》して、よさそうな本《ほん》を見《み》つけたら、五、六冊《さつ》お貸《か》ししよう。大事《だいじ》にしてくれるならね！」

「もちろんです」ルイスはすぐにうなずいた。

「よし」ハードウィックさんは言《い》った。「じゃあ、三人《にん》のカモからまた巻《ま》きあげるとするか。もう二十五セントも勝《か》ってるんだ」そして、三人《にん》からいっせいに「カモ」と呼《よ》ばれたことに抗議《こうぎ》の声《こえ》があがるなか、バタンとドアを閉《し》めた。

しばらくの間《あいだ》、ローズ・リタとルイスは、そこにある本《ほん》をただぼうぜんと眺《なが》めていた。

それから、興味《きょうみ》をそそられる題名《だいめい》の本《ほん》を探《さが》しはじめた。たとえば、『日常的《にちじょうてき》な材料《ざいりょう》を使《つか》ってできる化学的魔法《かがくてきまほう》』とか、『読解《どっかい》：マッチとコインとひもを使《つか》ってできる手品《てじな》』、『友《とも》だちをびっくりさせよう』といったものだ。ルイスは何冊《なんさつ》か取《と》り出《だ》してページをめくり、数《すう》冊《さつ》を手《て》もとに残《のこ》して、あとは元《もと》の場所《ばしょ》に戻《もど》した。最終的《さいしゅうてき》に本《ほん》を五冊抱《さつかか》えて顔《かお》をあげると、ローズ・リタがはなれたところにある別《べつ》の棚《たな》の前《まえ》にいるのが見《み》えた。「そこの本《ほん》はだめなんだよ」ルイスは言《い》った。

「わかってるわよ。見《み》てるだけ。縄抜《なわぬ》けの名人《めいじん》のフーディーニの本《ほん》がある。こっちのはブラックストーンのよ。テレビで見《み》たことがあるんだ。ここにも、変《へん》な本《ほん》がある」

ルイスは服《ふく》についたほこりをはらいながら、ローズ・リタのほうへ見《み》にいった。ローズ・リタが持《も》っていたのは、羊皮紙《ようひし》をくるくると巻《ま》いた巻《ま》き物《もの》だった。色《いろ》のあせた布《ぬの》の帯《おび》で封《ふう》がしてあって、文字《もじ》が刺繍《ししゅう》されている。ローズ・リタが声《こえ》に出《だ》して読《よ》んだ。『マダム・フリッソン：死後《しご》の世界《せかい》からの遺言《ゆいごん》』。

ルイスは首《くび》のあたりがチクチクするのを感《かん》じた。「いじらないほうがいいよ」ルイスは不安《ふあん》げに言《い》った。

「まったく心配性《しんぱいしょう》なんだから。いじったりしないってば。読《よ》むだけよ。これなに？」ローズ・リタは帯封《おびふう》に小《ちい》さなポケットがついているのに気《き》づいた。なかから、黄《き》ばんだ紙《かみ》の包《つつ》みが出《で》てきた。ローズ・リタは巻《ま》き物《もの》を腕《うで》にはさむと、包《つつ》みを開《ひら》きはじめた。ルイスはおそろしいような気持《きも》ちでじっと見《み》つめていた。

「なに？」ルイスは、乾《かわ》いてかすれた声《こえ》できいた。

「灰色《はいいろ》の粉《こな》みたい。小《こ》さじいっぱいぶんくらいしかないけど。痛《いた》い！」ローズ・リタはビクンとして手《て》を引《ひ》っこめ、包《つつ》みを落《お》とした。が、包《つつ》みはそのままぺたんと床《ゆか》に落《お》ちたので、中身《なかみ》はほとんどこぼれなかった。

「どうしたの？」ルイスはぎょっとして、危《あや》うく本《ほん》を落《お》としかけた。

「紙《かみ》で切《き》ったの」ローズ・リタは指《ゆび》を振《ふ》りながら、顔《かお》をしかめた。それからしゃがんで包《つつ》みを拾《ひろ》ったが、そのとき指《ゆび》から真《ま》っ赤《か》な血《ち》が一滴《てき》、灰色《はいいろ》の粉《こな》の上《うえ》に落《お》ちた。

ルイスはっと息《いき》をのんだ。粉《こな》がシュウシュウと音《おと》をたてながら泡立《あわだ》ちはじめたのだ。にごった茶色《ちゃいろ》の蒸気《じょうき》がたちのぼり、クモの糸《いと》のような奇妙《きみょう》な筋《すじ》になってただよっていった。あっというまに粉全体《こなぜんたい》がジューッジューと赤茶色《あかちゃいろ》の泡《あわ》をたてながら煮《に》えたぎって、液体《えきたい》となり、それからみるみるうちに縮《ちぢ》んで、豆粒《まめつぶ》くらいの小《ちい》さな黒《くろ》い球《たま》になった。黒檀《こくたん》のボタンみたいに真《ま》っ黒《くろ》で、つやつやしている。ローズ・リタは一瞬《いっしゅん》、ためらってから言《い》った。

「なにこれ？　黒真珠《くろしんじゅ》の粒《つぶ》みたい」そして、手《て》を伸《の》ばして球《たま》をとろうとした――

けれど、次《つぎ》の瞬間《しゅんかん》キャッと叫《さけ》んで、手《て》を引《ひ》っこめた。黒《くろ》い球《たま》がひょろ長《なが》い足《あし》を生《は》やし、本棚《ほんだな》の下《した》に逃《に》げこんだのだ！　ルイスは首《くび》を締《し》められたような悲鳴《ひめい》をあげた。ローズ・リタの血《ち》が、粉《こな》を生《い》きたクモに変《か》えたのだ！

第《だい》3章《しょう》　巨大《きょだい》なクモ

ルイスとローズ・リタはドアのほうへ後《あと》ずさりしていった。ルイスは左手《ひだりて》に本《ほん》を抱《かか》えたまま、右手《みぎて》をうしろに伸《の》ばして、ドアノブを探《さが》した。おそろしい考《かんが》えが浮《う》かんだ。万《まん》が一《いち》冷《つめ》たいぶよっとしたクモの体《からだ》をつかんでしまったらどうしよう？　クモには毒《どく》がある。クロゴケグモに噛《か》まれて苦《くる》しみながら死《し》んだ人《ひと》の話《はなし》を聞《き》いたことがあった。ほこりっぽい本《ほん》のにおいで、息苦《いきぐる》しい。のどをふさがれたようだ。ルイスは歯《は》をぐっと食《く》いしばり、カチカチ鳴《な》らないように必死《ひっし》でこらえた。クモがうしろにいるわけがないじゃないか、と自分《じぶん》に言《い》い聞《き》かせる。部屋《へや》の奥《おく》にある本棚《ほんだな》の下《した》に入《はい》りこむのを見《み》たんだから。それに、小《ちい》さいクモだから、先回《さきまわ》りするのも無理《むり》だ。

うしろにいるかもしれないものより、本棚《ほんだな》の下《した》に入《はい》ったのをこの目《め》で見《み》たもののほうがこわい。ルイスはノブをつかむとドアを開《あ》けた。ルイスとローズ・リタが転《ころ》がるように部《へ》屋《や》に入《はい》ってきても、手品師《てじなし》たちはゲームに熱中《ねっちゅう》していて顔《かお》もあげなかった。「見《み》つかったかい？」ハードウィックさんは、カードをにらみながらうわのそらできいた。それから手《て》を振《ふ》って言《い》った。「よかった！　ドアの鍵《かぎ》は勝手《かって》に締《し》まるから、そのまま帰《かえ》ってくれていいよ。読《よ》み終《お》わったら、返《かえ》しにきてくれ」

ローズ・リタは急《いそ》いで階段《かいだん》に向《む》かい、ルイスもすぐあとに続《つづ》いた。二人《ふたり》はどたどたと階《かい》段《だん》を駆《か》けおりると、ローズ・リタが鍵《かぎ》を開《あ》け、明《あか》るい日差《ひざ》しのなかに飛《と》び出《だ》した。ドアはがしゃんと閉《し》まって、自動《じどう》ロックがカチリとかかった。しばらくの間《あいだ》、二人《ふたり》は怯《おび》えた目《め》を見合《みあ》わせて、ハアハアしながら立《た》ちすくんでいた。

やがて、いつものニュー・ゼベダイの土曜《どよう》の午前中《ごぜんちゅう》の音《おと》が、二人《ふたり》を現実《げんじつ》に引《ひ》きもどした。シボレーやフォードが道路《どうろ》を行《い》き交《か》い、郵便局《ゆうびんきょく》の前《まえ》でだれかの大《おお》きな茶色《ちゃいろ》いラブラドール犬《けん》が、ぴょんぴょん跳《は》ね回《まわ》るリスに向《む》かってワンワンほえている。向《む》こうから自転車《じてんしゃ》に乗《の》った子《こ》どもがやってきて、ベルをチリンチリンと鳴《な》らした。うまく逃《に》げおおせたのだ。ルイスはほっとして、震《ふる》えながら深呼吸《しんこきゅう》した。そのとき、ローズ・リタが脇《わき》に抱《かか》えているものが目《め》に入《はい》った。「まだ持《も》ってるよ！」ルイスはあっと驚《おどろ》いて叫《さけ》んだ。

ローズ・リタは両手《りょうて》で巻き物《まきもの》を持《も》つと、ごくりとつばを飲《の》みこんだ。太陽《たいよう》の光《ひかり》のもとで見《み》ると、巻《ま》き物《もの》はぼろぼろで汚《きたな》らしく見《み》えた。羊皮紙《ようひし》かそれに似《に》たようなもので、折《お》り目《め》がついてくすんだ茶色《ちゃいろ》になり、端《はし》がだいぶほつれている。糸巻《いとま》きのように木《き》の棒《ぼう》に巻《ま》きつけられていて、紫《むらさき》のベルベットの帯《おび》は虫《むし》に食《く》われ、あせたえび茶色《ちゃいろ》になっていた。刺繍《ししゅう》された文字《もじ》も、今《いま》はくすんだ黄緑色《きみどりいろ》だが、かつては金色《きんいろ》だったのだろう。「あんまりこわくて、握《にぎ》りしめたまま出《で》てきちゃったんだと思《おも》う。どうしよう？」ローズ・リタは、青《あお》ざめた顔《かお》でルイスを見《み》た。

「ハードウィックさんに返《かえ》さなきゃ」ルイスは言《い》った。

ローズ・リタは唇《くちびる》を噛《か》んだ。そして、ルイスを見《み》て、ドアを見《み》て、それから首《くび》を横《よこ》に振《ふ》った。「ドアの鍵《かぎ》は締《し》まっちゃったから、またノックしなくちゃ。ハードウィックさんは怒《おこ》るかも」

「どうして怒《おこ》るの？」ルイスはきいた。

ローズ・リタは腹《はら》を立《た》てた顔《かお》でルイスを見《み》た。「わたしが無断《むだん》で持《も》ち出《だ》したものの、急《きゅう》にこわくなったんだと思《おも》うかもしれないじゃない。すごく古《ふる》そうだもの。高価《こうか》なものに決《き》まってる」

ルイスは深《ふか》く息《いき》を吸《す》いこんだ。「じゃあ、今度《こんど》本《ほん》を返《かえ》すときに、いっしょにこっそり戻《もど》せば？　本棚《ほんだな》には山《やま》のように本《ほん》があったから、一週間《しゅうかん》かそこら、小《ちい》さな巻《ま》き物《もの》がひとつくらいなくたってハードウィックさんは気《き》づかないよ」

「もし気《き》づいたら？」ローズ・リタはうめいた。「ルイス、これはそっちの手品《てじな》の本《ほん》とはちがう。この巻《ま》き物《もの》にはなにか本物《ほんもの》の魔法《まほう》がある。いやよ」

ルイスは浮《う》かない顔《かお》でうなずいた。本物《ほんもの》の魔法《まほう》がいやなのは、ルイスも同《おな》じだ。魔法《まほう》が面白《おもしろ》いのは、おじさんかツィマーマン夫人《ふじん》が、ちゃんと見《み》ていてくれるときだけだ。本物《ほんもの》の魔法《まほう》は、何《なに》が起《お》こるか予測《よそく》がつかないし、命取《いのちと》りになることだってあるのだ。「だいじょうぶ？」ルイスは、ローズ・リタが右手《みぎて》の人差《ひとさ》し指《ゆび》をじっと見《み》つめているのに気《き》づいてたずねた。

「さっき切《き》ったところなんだけど」ローズ・リタは言《い》って、ルイスに見《み》えるように指《ゆび》を掲《かか》げた。指《ゆび》には、三日月《みかづき》が下《した》を向《む》いたような形《かたち》の、小《ちい》さな白《しろ》い傷跡《きずあと》が残《のこ》っていた。

ルイスは肌《はだ》がぞわぞわっとするのを感《かん》じた。ルイスは、切《き》り傷《きず》や刺《さ》し傷《きず》が大《だい》の苦手《にがて》だった。傷《きず》から命《いのち》にかかわる感染症《かんせんしょう》の破傷風《はしょうふう》になることに、病的《びょうてき》な恐怖感《きょうふかん》を持《も》っていたのだ。

「痛《いた》い？」

ローズ・リタは首《くび》を振《ふ》った。「ひんやりしている感《かん》じ。まあ、血《ち》は出《で》ていないしね」

ローズ・リタは親指《おやゆび》で傷《きず》をこすって、顔《かお》をしかめた。「巻《ま》き物《もの》のこととは関係《かんけい》ないし」

ルイスは考《かんが》えこんだ。こうして安全《あんぜん》な外《そと》に出《で》てみると、さっき見《み》たと思《おも》ったことが果《は》たして本当《ほんとう》に起《お》こったことなのか、疑《うたが》わしくなってきたのだ。巻《ま》き物《もの》のなかに隠《かく》れていたクモが、落《お》ちてきただけかもしれない。きっとあの粉《こな》も、プロモセルツァー（水《みず》に溶《と》かして使《つか》う発泡性《はっぽうせい》の薬《くすり》）みたいに、濡《ぬ》れると泡《あわ》が出《で》るものなんだ。とはいえ、魔法《まほう》が関係《かんけい》しているかもしれないときに、油断《ゆだん》してはいけないのはわかっていた。「じゃあさ、ツィマーマン夫人《ふじん》にこの巻《ま》き物《もの》を見《み》てもらおうよ。ツィマーマン夫人《ふじん》ならきっとどうすればいいかわかるさ」

「それで、またいらないところに鼻《はな》を突《つ》っこんでるって思《おも》われるわけ？」ローズ・リタはつっかかるように言《い》った。「ツィマーマン夫人《ふじん》はわたしの親友《しんゆう》で、大人《おとな》なのよ。わたしがやったことを話《はな》したら、あきれられちゃう」

ため息《いき》をついて、ルイスは言《い》った。「わかったよ。なら、来週末《らいしゅうまつ》までどこかにしまっとけばいいさ。それで、こっそり返《かえ》せるかやってみよう。ね？」

「そうね」とうとうローズ・リタはうなずいた。「いやだけど、ほかになにも思《おも》いつかないし。ハードウィックさんは気《き》づきそうもないしね。なんだか泥棒《どろぼう》したみたいな気《き》がするけど」

「盗《ぬす》んだわけじゃないよ」ルイスは指摘《してき》した。「ちょっと借《か》りるだけだ。読《よ》む気《き》もないんだから」

「たしかにね」ローズ・リタは言《い》った。

自分《じぶん》の家《いえ》に着《つ》くと、ローズ・リタはなかに駆《か》けこんでいった。そして二、三分《ぷん》して出《で》てくると、言《い》った。「部屋《へや》に隠《かく》してきた。博物館《はくぶつかん》にこっそり返《かえ》すまで、もう思《おも》い出《だ》すのもいや。さあ、いこう。ルイスの家《いえ》で、出《だ》し物《もの》をどうするか、真剣《しんけん》に考《かんが》えなくちゃ」

ハイストリート一〇〇番地《ばんち》の家《いえ》で、ルイスとローズ・リタは書斎机《しょさいづくえ》で本《ほん》をぱらぱらとめくりながら、いい手品《てじな》を探《さが》した。最終的《さいしゅうてき》に、二人《ふたり》はこれならうまくできそうだという手品《てじな》を四つ、選《えら》び出《だ》した。ひとつめは、くしゃくしゃに丸《まる》めた新聞紙《しんぶんし》から生《い》きたウサギかハトを出《だ》すというもの。ふたつめは、ルイスがローズ・リタを空中浮遊《くうちゅうふゆう》させるもの。シーツをかけられたローズ・リタが、すうっと持《も》ちあがって空中《くうちゅう》に浮《う》かんでいるように見《み》えるのだけれど、実際《じっさい》はローズ・リタがにせの足《あし》を体《からだ》の前《まえ》に伸《の》ばすように持《も》つのだ。木《き》の箱《はこ》か段《だん》ボール箱《ばこ》が二個《こ》、手《て》に入《はい》れば、片方《かたほう》の箱《はこ》に入《はい》ったローズ・リタが消《き》えてもうひとつの箱《はこ》から出《で》てくるという、三つめのすばらしい手品《てじな》をやることができる。四つめの手品《てじな》は、鏡《かがみ》とイスと剣《けん》を使《つか》って、ローズ・リタの頭《あたま》が体《からだ》から離《はな》れて空中《くうちゅう》に浮《う》かんでいるように見《み》せる、というものだった。

「この道具《どうぐ》をぜんぶ、そろえられるかな？」ローズ・リタがきいた。

「たぶんね。ウサギとハトのことはわからないけど、学校《がっこう》に何人《なんにん》か、農場《のうじょう》に住《す》んでる子《こ》がいるだろ。ヒヨコかアヒルのヒナなら貸《か》してもらえるよ。それで、うまくいくと思《おも》う。にせの足《あし》は、ローズ・リタの古《ふる》いジーンズと古《ふる》い靴《くつ》とほうきで作《つく》ればいい。大《おお》きな箱《はこ》は、ジョナサンおじさんがくれると思《おも》う。剣《けん》も、おじさんのおじいさんが南北戦争《なんぼくせんそう》に持《も》っていった剣《けん》を貸《か》してくれるよ。鏡《かがみ》は、ツィマーマン夫人《ふじん》の家《いえ》に山《やま》ほどいろんなのがあるし」

おじさんに頼《たの》めば、衣装《いしょう》も貸《か》してもらえるかもしれない、とルイスは思《おも》った。タキシードでもいいし、中国《ちゅうごく》かインドの派手《はで》な民族衣装《みんぞくいしょう》でもいい。頭《あたま》にターバンを巻《ま》いて、謎《なぞ》の長老《シャイフ》、アルマジャと名乗《なの》るのはどうだろう。そうしたら、ローズ・リタも衣装《いしょう》を着《き》るほうがいい。二人《ふたり》はなにがいいか考《かんが》えた。ルイスに合《あ》わせてタキシードか、インドの女性《じょせい》が着《き》るハーレムパンツはどうだろう。「一着《ちゃく》いるわよ。わたしが着《き》るぶんと、にせの足《あし》に着《き》せるぶん」

こうして、ぜんぶ決《き》まった。ローズ・リタが帰《かえ》るころには、ルイスもだいぶ気《き》が晴《は》れていた。クモが現《あらわ》れたときのショックは薄《うす》れていたし、タレント・ショーの問題《もんだい》も解決《かいけつ》して、すべてがいい方向《ほうこう》に向《む》かいはじめたような気《き》がしていたのだ。少《すく》なくともそう、ルイスは思《おも》っていた。

帰《かえ》り道《みち》、ローズ・リタはいろいろなことを考《かんが》えながら、のろのろと歩《ある》いていた。その間《あいだ》もずっと、親指《おやゆび》で白《しろ》い傷《きず》の上《うえ》をこすっていたけれど、傷《きず》のあるところはひんやりとして感《かん》覚《かく》がなかった。太陽《たいよう》がさんさんと照《て》っているにもかかわらず、あたりの空気《くうき》も傷《きず》と同《おな》じようにひんやりとしていて、まるでベールが降《お》りてきて真《ま》っ青《さお》な空《そら》を曇《くも》らせ、九月《がつ》の日差《ひざ》しをかげらせているような感《かん》じだ。ローズ・リタは、本当《ほんとう》はここにいなくて、家《いえ》に帰《かえ》る夢《ゆめ》を見《み》ているだけのような、ふしぎな感覚《かんかく》に襲《おそ》われた。気分《きぶん》も最低《さいてい》だった。ローズ・リタは中学《ちゅうがく》がきらいだった。ほかの女《おんな》の子《こ》たちの話《はな》すことといったら、ひとつだけだ。男《おとこ》の子《こ》、男《おとこ》の子《こ》、男《おとこ》の子《こ》！　ローズ・リタが、ルイスみたいに背《せ》が低《ひく》くて太《ふと》っていて運動《うんどう》も苦手《にがて》な男《おとこ》の子《こ》と出《で》かけていることをからかう子《こ》もいたし、ほかの女《おんな》の子《こ》たちがいじわるなことを言《い》っているのも知《し》っていた。女《おんな》の子《こ》たちは陰《かげ》でローズ・リタのことを「でんしんばしら」とか「めがね」とか呼《よ》んでいた。

不公平《ふこうへい》だ。ただ骨《ほね》が長《なが》くて、髪《かみ》がまっすぐで、近眼《きんがん》に生《う》まれただけなのに、まるでわたしが同《おな》じ人間《にんげん》じゃないみたいに言《い》うなんて！　このごろ、なにがなんだかわからなくなるときがある。今《いま》までずっと大事《だいじ》だと思《おも》ってきたもの——歴史《れきし》や野球《やきゅう》や友《とも》だちのことが、子《こ》どもじみたくだらないことに思《おも》えて、すてきな髪《かみ》や格好《かっこ》いい服《ふく》を着《き》ていることのほうが大人《おとな》っぽく感《かん》じるのだ。それでも、映画俳優《えいがはいゆう》や歌手《かしゅ》やデーヴ・シュレンバーガーのような子《こ》に夢中《むちゅう》になっている女《おんな》の子《こ》たちは、ひどく退屈《たいくつ》に思《おも》えた。

おまけに、それでもまだ足《た》りないとでもいうように、部屋《へや》の靴下《くつした》のしまってある引《ひ》き出《だ》しの底《そこ》にあの巻《ま》き物《もの》が入《はい》っているのだ。紙《かみ》で指《ゆび》を切《き》ったときの鋭《するど》い痛《いた》みと、クモが現《あらわ》れたぶきみな光景《こうけい》がよみがえってきた。ローズ・リタは不安《ふあん》になった。やっぱりルイスが言《い》ったとおりだったかもしれない。ツィマーマン夫人《ふじん》に巻《ま》き物《もの》のことを話《はな》したほうがいいかもしれない。ツィマーマン夫人《ふじん》ならわかってくれる――

うわ！　ローズ・リタはぴたりと足《あし》を止《と》めた。目《め》に見《み》えないクモの巣《す》に突《つ》っこんでしまったのだ。ローズ・リタは必死《ひっし》で顔《かお》をこすって、頬《ほお》にくっついたねばねばしたクモの糸《いと》をとろうとした。でも、なにもないのだ。少《すく》なくとも手《て》にはなにも触《ふ》れなかった。

なのに、まるで口《くち》は糸《いと》が張《は》られたように、むずむずする。パニックが襲《おそ》ってきた。なにか魔法《まほう》の糸《いと》みたいなものだったらどうしよう？　博物館《はくぶつかん》で見《み》たクモとなにか関係《かんけい》があったら？　「言《い》いません！」とうとうローズ・リタは叫《さけ》んだ。すると、少《すこ》し落《お》ち着《つ》いたが、恐《きょう》怖《ふ》は完全《かんぜん》には去《さ》らなかった。

ローズ・リタは何度《なんど》も手《て》のひらで顔《かお》を払《はら》いながら、急《いそ》いで家《いえ》まで帰《かえ》った。それでも、糸《いと》の感触《かんしょく》をぬぐいさることはできなかった。その感覚《かんかく》は夜《よる》まで続《つづ》いた。夕食《ゆうしょく》のあとはいつも、ローズ・リタのパパのジョージ・ポッティンガーはひじ掛《か》けいすに寝《ね》そべり、デトロイト・タイガースの野球中継《やきゅうちゅうけい》を聴《き》くのがお決《き》まりだった。ふだんはローズ・リタもいっしょに聴《き》くのだけれど、今夜《こんや》はそのままのろのろと二階《かい》へあがっていった。

その晩《ばん》、ローズ・リタは早《はや》くベッドに入《はい》った。ぐったりと疲《つか》れているのに、眠《ねむ》れない。ママとパパが寝《ね》る用意《ようい》をしているのが聞《き》こえ、それから家《いえ》は静《しず》まり返《かえ》った。ベッドに横《よこ》になりながら、ローズ・リタは叫《さけ》び出《だ》したい気持《きも》ちにかられた。だれもわかってくれない。ママもパパもやさしくていい人《ひと》だけれど、若《わか》いということがどういうことか忘《わす》れてしまっている。ローズ・リタの質問《しつもん》に、満足《まんぞく》のいくように答《こた》えてくれたことはないのだ。ママはああでもないこうでもないと大騒《おおさわ》ぎするだけだし、パパは必《かなら》ず「わたしが若《わか》かったときには、そんな問題《もんだい》はなかった」とはじめるのだった。

ジョナサンおじさんもルイスもいい友《とも》だちだけれど、二人《ふたり》には、ごく普通《ふつう》の、ことによるときれいじゃない女《おんな》の子《こ》として、大人《おとな》になっていくということがどういうことなのか、わかるはずもなかった。ツィマーマン夫人《ふじん》はいつも親身《しんみ》になって話《はなし》を聞《き》いてくれるけれど、いつも「そのままのあなたでいなさい」と言《い》うだけだ。それが問題《もんだい》なのに。ローズ・リタにはそのままの自分《じぶん》というのがどんな自分《じぶん》なのかはっきりとわからなかったし、どんなふうになりたいのかも、よくわからなかった。ローズ・リタは自分《じぶん》がかわいそうになってきた。涙《なみだ》で目《め》がチクチクする。

いつのまにか眠《ねむ》っていたにちがいない。いつものふしぎな夢《ゆめ》を見《み》ていた。夢《ゆめ》のなかでは、自分《じぶん》が夢《ゆめ》を見《み》ていることがわかっている。飛《と》べるような気《き》がして、気《き》がつくと、ニュー・ゼベダイのはるか上空《じょうくう》を飛《と》んでいた。下《した》には、ワイルダー公園《こうえん》から近所《きんじょ》の静《しず》かな町並《まちな》みを経《へ》て、北《きた》へ向《む》かって町《まち》がまるで縮尺模型《しゅくしゃくもけい》のように広《ひろ》がっている。赤《あか》や黄色《きいろ》やだいだいの木々《きぎ》が見《み》え、通《とお》りが這《は》うように伸《の》び、ごくふつうの秋《あき》の風景《ふうけい》に見《み》えた。中学校《ちゅうがっこう》の上《うえ》までくると、知《し》っている女《おんな》の子《こ》たちが外《そと》に立《た》って、笑《わら》いながらしゃべっている。いたずら心《ごころ》を起《お》こして、ローズ・リタは自分《じぶん》が飛《と》べることを見《み》せびらかしてやろうと、どんどん高度《こうど》を下《さ》げていった。女《おんな》の子《こ》たちがこわがったとしてもかまわない。どうせ、夢《ゆめ》なんだから。なにをしたって、実際《じっさい》、彼女《かのじょ》たちが傷《きず》つくわけじゃないのだ。

すべるように下《お》りていくと、女《おんな》の子《こ》たちがいつものようにばかみたいにくすくす、きゃあきゃあ笑《わら》っているのが聞《き》こえた。茶色《ちゃいろ》い髪《かみ》のスー・ゴットシャルクという女《おんな》の子《こ》が言《い》った。「ともかく変《へん》よ。やせこけた背《せ》の高《たか》い骸骨《がいこつ》みたい！」

「ちがうちがう」ローレン・ミュラーが言《い》った。「骸骨《がいこつ》じゃない。犬《いぬ》よ！」

女《おんな》の子《こ》たちはどっと笑《わら》った。スーが言《い》った。「いいこと思《おも》いついた。うちのパパが誕生《たんじょう》日《び》に子犬《こいぬ》をくれるって約束《やくそく》したの。もしメスだったら、ローズ・リタって名前《なまえ》にしようっと！」

ローズ・リタは顔《かお》がかっと熱《あつ》くなるのを感《かん》じた。わたしのことを話《はな》してるんだ！　女《おんな》の子《こ》たちのなかにも、スーみたいに何人《なんにん》か友《とも》だちだと思《おも》っていた子《こ》がいたのに。ローズ・リタは縮《ちぢ》んで消《き》えてしまいたかった。このまま月《つき》まで飛《と》んでいって、二度《にど》と戻《もど》ってきたくない！

「だめだ」息《いき》のもれるような、奇妙《きみょう》な女《おんな》の人《ひと》の声《こえ》だった。「逃《に》げてはいけない。おまえには力《ちから》がある。その力《ちから》を使《つか》え。あのくだらないやつらに、教《おし》えておやり」

声《こえ》の主《ぬし》の姿《すがた》は見《み》えなかった。ゆっくりと空《そら》で円《えん》を描《えが》きながら、ローズ・リタはたずねた。

「だれ？」

「おまえの友《とも》だちだ」ローズ・リタは、声《こえ》が外《そと》からではなく、頭《あたま》のなかから聞《き》こえてくることに気《き》づいた。「下《した》に下《お》りるんだ。やつらの一人《ひとり》をさらえ。スーがいい。思《おも》い知《し》らせておやり！」

ローズ・リタはにやりと笑《わら》った。そうよ、思《おも》い知《し》らせてやる！　スーをかっさらって、死《し》ぬほどこわがらせてやる。ローズ・リタはゆっくりと地面《じめん》に向《む》かってくだりはじめた。それから、長《なが》く、つややかな毛《け》の生《は》えた腕《うで》を伸《の》ばした――

八本《ほん》の腕《うで》を！

ローズ・リタは自分《じぶん》の体《からだ》を見《み》て、恐怖《きょうふ》のあまり悲鳴《ひめい》をあげた。ローズ・リタは飛《と》んでいるのではなかった。クモの糸《いと》にぶらさがっていたのだ。体《からだ》は巨大《きょだい》に膨《ふく》れあがってボールみたいにまるくなり、青黒《あおぐろ》い毛《け》で覆《おお》われている。大《おお》きく開《あ》けた口《くち》から、悲鳴《ひめい》の代《か》わりに、シュウシュウという音《おと》が漏《も》れ、どろっとした緑色《みどりいろ》の毒液《どくえき》が滴《したた》り落《お》ちた。

ローズ・リタは巨大《きょだい》なクモになっていたのだ！

第《だい》4章《しょう》　手品《てじな》の練習《れんしゅう》

　ローズ・リタは転《ころ》げまわって、ハアハアしながら目《め》を覚《さ》ました。ぱっと毛布《もうふ》をはねのけると、ベッドから飛《と》び出《だ》して、電気《でんき》をつけた。部屋《へや》はいつもと同《おな》じだった。水槽《すいそう》を泳《およ》ぎまわっている金魚《きんぎょ》たちも、壁際《かべぎわ》の背《せ》の高《たか》い黒《くろ》いたんすも、机《つくえ》の上《うえ》に広《ひろ》げたままの数学《すうがく》の宿題《しゅくだい》も、同《おな》じだ。そして、ローズ・リタ自身《じしん》も、いつもと同《おな》じ、がりがりで背《せ》の高《たか》いローズ・リタのままだった。ローズ・リタは分別《ふんべつ》のある女《おんな》の子《こ》だったから、夢《ゆめ》のように本当《ほんとう》でないことにいちいちくよくよするなんてばかばかしいと思《おも》っていた。けれども、今夜《こんや》の夢《ゆめ》のことは、思《おも》い出《だ》すだけでもぞっとして体《からだ》が震《ふる》えた。ローズ・リタは裸足《はだし》のまま洗面所《せんめんじょ》へいくと、水《みず》を一杯《ぱいの》飲《の》んだ。そして部屋《へや》に戻《もど》って、枕《まくら》もとの時計《とけい》を見《み》ると、午前《ごぜん》二時《じ》をすぎていた。

「本当《ほんとう》だったら、眠《ねむ》いはずだけど。すっかり目《め》が覚《さ》めちゃった」ローズ・リタはつぶやいて、シーツと毛布《もうふ》のしわを伸《の》ばした。ちょっと本《ほん》でも読《よ》めば、眠《ねむ》くなるかもしれない。ちょうど、C・S・フォレスター作《さく》の、ナポレオン戦争時代《せんそうじだい》の勇敢《ゆうかん》な海軍大佐《かいぐんたいさ》の小説《しょうせつ》を読《よ》みはじめたところだった。ローズ・リタは本《ほん》を取《と》りにたんすまでいって、巻《ま》き物《もの》のことを思《おも》い出《だ》した。巻《ま》き物《もの》は、ローズ・リタの伸《の》ばした手《て》の数《すう》センチ先《さき》にある一番上《いちばんうえ》の引《ひ》き出《だ》しにしまってある。手《て》がまるで意思《いし》を持《も》っているかのようにそろそろと伸《の》びて、引《ひ》き出《だ》しを開《あ》けた。ミニチュアの〈リトル・デューク〉のトランプと、デュリューク社製《しゃせい》のチェス・セットと、ツィマーマン夫人《ふじん》がペンシルヴァニアにいったときに買《か》ってくれた木彫《きぼ》りの農《のう》場《じょう》と納屋《なや》の模型《もけい》の横《よこ》に、巻《ま》き物《もの》はあった。巻《ま》き物《もの》を出《だ》すつもりはなかった。ただ見《み》て、そこにあるのを確《たし》かめたかったのだ。

ところがふと気《き》づくと、ローズ・リタはベッドに戻《もど》って、枕《まくら》をたてかけて寝《ね》そべっていた。帯封《おびふう》から巻《ま》き物《もの》をそろそろと引《ひ》き抜《ぬ》く。ルイスと同《おな》じで、ローズ・リタも今《いま》では、あのクモは巻《ま》き物《もの》のなかに隠《かく》れていただけだと考《かんが》えるようになっていた。またぎょっとさせられるのはごめんだ。羊皮紙《ようひし》はやわらかくてほこりっぽく、ざらざらしていた。少《すこ》しだけ広《ひろ》げてみる。端《はし》がすりきれてぼろぼろになっていたけれど、巻《ま》き物《もの》の状態《じょうたい》はそんなに悪《わる》くはなかった。古《ふる》い羊皮紙独特《ようひしどくとく》のかび臭《くさ》いピリッとくる臭《にお》いがたちのぼった。いやな臭《にお》いではないけれど、なんとなく落《お》ちつかない感《かん》じがする。さらに繰《く》り広《ひろ》げると、文字《もじ》が現《あらわ》れた。文字《もじ》は手書《てが》きのように見《み》えた。おそらく、黒《くろ》のインクでくっきりと書《か》かれていたのだろうが、今《いま》ではあせてくすんだ茶色《ちゃいろ》になっていた。乾《かわ》いた血《ち》の色《いろ》に似《に》ている。ローズ・リタはそこに記《しる》された奇妙《きみょう》な文章《ぶんしょう》を見《み》て、目《め》をぱちくりさせた。

当代一《とうだいいち》の偉大《いだい》なる魔女《まじょ》
ベル・フリッソンの最後《さいご》の遺言《ゆいごん》

それを読《よ》んで、ローズ・リタは変《へん》な気持《きも》ちがした。魔法博物館《まほうはくぶつかん》の窓《まど》にあったハードウィックさんの看板《かんばん》を思《おも》い出《だ》したのだ。あの看板《かんばん》の文句《もんく》はだれが見《み》たっておおげさで、冗談《じょうだん》みたいなものだった。一種《いっしゅ》のほら話《ばなし》のようなユーモアがある。ところが、この巻《ま》き物《もの》の表題《ひょうだい》はちっともおもしろくなかった。ベル・フリッソンなる人物《じんぶつ》がだれであれ、自分《じぶん》が当代一《とうだいいち》の魔女《まじょ》だと本気《ほんき》で信《しん》じていたにちがいない、とローズ・リタは思《おも》った。突如《とつじょ》として、外《そと》の闇《やみ》が濃《こ》さを増《ま》したように感《かん》じた。閉《と》じた窓《まど》の向《む》こうに、なにかがじっとひそんでいるような気《き》がする。なかをのぞいて、ローズ・リタのようすをじっとうかがっているような感《かん》じがするのだ。

「しっかりして」ローズ・リタは自分《じぶん》に向《む》かって言《い》った。そして、巻《ま》き物《もの》を帯封《おびふう》に突《つ》っこむと、また靴下《くつした》の下《した》に隠《かく》した。ベッドにもぐりこんだあとも、ローズ・リタはなかなか寝《ね》つけなかった。しばらくして、ようやく落《お》ちつかない眠《ねむ》りが訪《おとず》れた。ローズ・リタは漠然《ばくぜん》とした夢《ゆめ》にうなされて何度《なんど》も寝返《ねがえ》りをうったけれど、そのあとは朝《あさ》まで目《め》を覚《さ》ますことはなかった。

その週《しゅう》、ローズ・リタとルイスは学校《がっこう》が終《お》わったあと、毎日練習《まいにちれんしゅう》した。最初《さいしょ》の手品《てじな》では、ルイスが主役《しゅやく》になる。それから次《つぎ》はローズ・リタが主役《しゅやく》になって、手品《てじな》を見《み》せることにした。まず二人《ふたり》はステージにあがり、ルイスが自己紹介《じこしょうかい》をする。それからローズ・リタは、ステージの上《うえ》の低《ひく》い台《だい》から新聞紙《しんぶんし》を取《と》ってかかげ、観客《かんきゃく》に裏《うら》と表《おもて》を見《み》せる。それからもう一度《いちど》たたんで、ルイスに渡《わた》す。

ルイスは新聞紙《しんぶんし》を受《う》け取《と》ると、高《たか》くかかげながら広《ひろ》げ、魔法《まほう》の呪文《じゅもん》をとなえる。それからくしゃくしゃにまるめて玉《たま》にする。そしてみかんの皮《かわ》をむくように紙《かみ》を破《やぶ》いていくと、なかから生《い》きたハトが（この場合《ばあい》、ヒヨコかヒナだけれど）現《あらわ》れる、という寸法《すんぽう》だった。少《すく》なくとも、そうなるはずだ。ところが、練習《れんしゅう》で使《つか》えるような、生《い》きた動物《どうぶつ》はいなかった。

かわりにルイスは、ヒヨコの代役《だいやく》を使《つか》って、うまくできるようになるまで練習《れんしゅう》した。代《だい》役《やく》というのは、おじさんの白《しろ》い靴下《くつした》に別《べつ》の靴下《くつした》をたくさんつめて作《つく》ったものだ。手品《てじな》じたいはそんなにむずかしくはなかった。マジックの本《ほん》によれば、手品《てじな》を成功《せいこう》させる秘訣《ひけつ》は、観客《かんきゃく》の注意《ちゅうい》をそらすことだ。つまりルイスは、実際《じっさい》に種《たね》があるところとは別《べつ》のところに仕《し》掛《か》けがあると観客《かんきゃく》に思《おも》わせなければならない。この場合《ばあい》、観客《かんきゃく》はローズ・リタがステージの上《うえ》を歩《ある》きまわって見《み》せびらかしている新聞《しんぶん》を熱心《ねっしん》に眺《なが》めるはずだ。ローズ・リタは新聞《しんぶん》を開《ひら》いて表《おもて》と裏《うら》を見《み》せ、さらにひらひらと振《ふ》ってみせる。けれど本当《ほんとう》は、新聞《しんぶん》じたいにはなんの仕掛《しか》けもないのだ。

実際《じっさい》には、ルイスがハンカチと丈夫《じょうぶ》な黒《くろ》いひもで作《つく》ったブランコのような形《かたち》をしたものが仕掛《しか》けだった。ローズ・リタが新聞《しんぶん》を見《み》せているあいだに、ルイスは黒《くろ》いひもの輪《わ》をふたつ、右《みぎ》の親指《おやゆび》にひっかけ、ハンカチにそっと包《つつ》んだヒヨコ代《が》わりの靴下《くつした》を、右《みぎ》ひじで押《お》さえてわき腹《ばら》にはさんでおく。たっぷりした洋服《ようふく》が、隠《かく》してくれるはずだ。そして、新聞紙《しんぶんし》を広《ひろ》げたとき、ひじをはなして、靴下《くつした》をひっぱり出《だ》す。新聞紙《しんぶんし》が開《ひら》いているので、観客《かんきゃく》には見《み》えない。それから新聞紙《しんぶんし》をくしゃくしゃにまるめて、うまく靴下《くつした》を包《つつ》みこむ。そして新聞紙《しんぶんし》の玉《たま》をかかげて見《み》せたときに、こっそり親指《おやゆび》のひもをはずす。それから紙《かみ》を破《やぶ》いて、にせのヒヨコを取《と》り出《だ》すのだが、そのときハンカチと黒《くろ》いひもは新聞紙《しんぶんし》のなかに入《い》れたままにしておけばいいのだ。観客《かんきゃく》は生《い》きた鳥《とり》が出《で》てきたことにすっかり驚《おどろ》いているはずだから、新聞紙《しんぶんし》のことなんてもう思《おも》い出《だ》しもしない。少《すく》なくとも、そう本《ほん》には書《か》いてあった。

ルイスとローズ・リタは何度《なんど》か練習《れんしゅう》してから、ジョナサンおじさんにやって見《み》せた。おじさんは、自分《じぶん》の古靴下《ふるくつした》が魔法《まほう》のように新聞紙《しんぶんし》のなかから出《で》てくると、大笑《おおわら》いした。「下《した》着《ぎ》じゃなくて助《たす》かったよ！」おじさんは言《い》って、にっと笑《わら》った。

衣装《いしょう》の代《か》わりにバスローブを着《き》たルイスは、くすくすと笑《わら》った。「本当《ほんとう》はヒヨコのはずなんだ」ルイスは説明《せつめい》した。

「なるほど、すっかりしてやられたよ」ジョナサンおじさんは言《い》った。「ローズ・リタ、うまいこと、新聞紙《しんぶんし》を見《み》せたな。そっちになにか仕掛《しか》けがあると思《おも》いこんでたよ」

「ありがとう」ローズ・リタは言《い》った。

ルイスは落《お》ちつかない気持《きも》ちでローズ・リタをちらりと見《み》た。その週《しゅう》、ローズ・リタはずっとようすがおかしかった。夢《ゆめ》のなかにいるみたいにぼんやりとして、心《こころ》ははるか遠《とお》くにあるようだった。でも、学校《がっこう》ではいつもどおりちゃんとやっていたし、手品《てじな》をまちがえるようなこともなかった。

水曜日《すいようび》に、二人《ふたり》はツィマーマン夫人《ふじん》の家《いえ》に遊《あそ》びにいった。ツィマーマン夫人《ふじん》が衣装《いしょう》を縫《ぬ》ってくれていたのだ。ルイスは、額《ひたい》のところに大《おお》きな孔雀《くじゃく》の羽《はね》のついた銀色《ぎんいろ》のターバンを巻《ま》き、表《おもて》が黒《くろ》で裏《うら》が紫《むらさき》の短《みじか》いベルベットのケープをはおって、ゆったりとした紫《むらさき》のチュニックとやはりゆったりとした緋色《ひいろ》のズボンをはくことになっていた。おまけにツィマーマン夫人《ふじん》は、ターバンとおそろいの布《ぬの》で靴《くつ》の覆《おお》いまで作《つく》ってくれていたので、これをつければ、つま先《さき》がくるりとまいたペルシアの上靴《うわぐつ》をはいているように見《み》えるはずだ。ローズ・リタは、そでのない紫《むらさき》の衣装《いしょう》だった。ツィマーマン夫人《ふじん》は、金《きん》の糸《いと》でできた網《あみ》におもちゃの真珠《しんじゅ》を通《とお》して頭飾《あたまかざ》りも作《つく》ってくれた。さらに、華《はな》やかな紫《むらさき》のベールまであった。

「きっと二人《ふたり》とも、東洋《とうよう》のおとぎ話《ばなし》に出《で》てくる謎《なぞ》の人物《じんぶつ》みたいに見《み》えますよ」ツィマーマン夫人《ふじん》はサイズを測《はか》って、デザイン画《が》を描《か》き終《お》えるとにっこりして言《い》った。絵《え》が上手《じょうず》なので、二人《ふたり》が衣装《いしょう》をつけたところを描《か》いてくれたのだ。そして、じっとしていたごほうびに、いつものとびきりおいしいチョコレートチップ・クッキーとミルクをごちそうしてくれた。クッキーをもぐもぐやりながら、ルイスはケープをたっぷりめに作《つく》ってくれるように頼《たの》んだ。そうすれば、最初《さいしょ》の手品《てじな》のとき、その下《した》にヒヨコを隠《かく》しておけるからだ。ローズ・リタはただ絵《え》を見《み》て、うなずいただけだった。クッキーとミルクにも手《て》をつけなかったので、ツィマーマン夫人《ふじん》はちょっと心配《しんぱい》そうな顔《かお》をした。「ローズ・リタ、具合《ぐあい》が悪《わる》いの？」

ローズ・リタの顔《かお》が真《ま》っ赤《か》になった。「みんな、わたしのことを心配《しんぱい》するのはやめてよ！」ローズ・リタはつっかかるように言《い》った。「ママはなにかおかしいと思《おも》ってるし、ルイスはわたしがばったり倒《たお》れて死《し》ぬんじゃないかって目《め》でしょっちゅう見《み》るし、今度《こんど》はツィマーマン夫人《ふじん》まで！　わたしはなんともないから！」

ツィマーマン夫人《ふじん》はびっくりしてローズ・リタを見《み》つめた。「まあまあ、ローズ・リタ！　そんな言《い》い方《かた》しないでちょうだい」

ローズ・リタはうなだれて足元《あしもと》を見《み》た。「ごめんなさい。疲《つか》れてるの。それだけ」ローズ・リタは蚊《か》のなくような声《こえ》で言《い》った。

そのあと、ローズ・リタが家《いえ》に帰《かえ》ってしまうと、ルイスはツィマーマン夫人《ふじん》にたずねた。「具合《ぐあい》が悪《わる》いのかな？」

ツィマーマン夫人《ふじん》はテーブルの上《うえ》に広《ひろ》げた布《ぬの》をたたみながら、考《かんが》えこんだようにあごを指《ゆび》で叩《たた》いた。「どうかしらね」ツィマーマン夫人《ふじん》はゆっくりと口《くち》を開《ひら》いた。「たしかにローズ・リタはいつもの元気《げんき》なローズ・リタじゃないようね。だけど、女《おんな》の子《こ》にとって今《いま》は微妙《びみょう》な時期《じき》なんですよ。今《いま》まで感《かん》じたことのないような気持《きも》ちを感《かん》じているんだと思《おも》う。それに、ローズ・リタは自分《じぶん》がどう思《おも》われているかってことに敏感《びんかん》ですからね。学校《がっこう》で女《おんな》の子《こ》たちにからかわれてるのかもしれないわね」

ルイスは憤慨《ふんがい》した。「どうしてそんなこと？　ローズ・リタは最高《さいこう》なのに！」

ツィマーマン夫人《ふじん》は肩《かた》をすくめて悲《かな》しそうに微笑《ほほえ》んだ。「あなたにはそれがわかっているし、わたしもわかってる。だけど、本人《ほんにん》は自信《じしん》がないのよ。ほかの人《ひと》と少《すこ》しちがう人《ひと》は、からかわれやすい。クラスの子《こ》がわざとひどいことをしてるとは思《おも》わないわ。ただ、なかには、考《かんが》えなしがいるんですよ。ローズ・リタは、あなたのような友《とも》だちがいて、ついてるのよ。ローズ・リタなら、いろいろなストレスや試練《しれん》を乗《の》り越《こ》えると思《おも》うけど、たまには、悲《かな》しくなったりふさいだりすることも必要《ひつよう》なんですよ。さあて、ペルシアの靴《くつ》に銀《ぎん》の鈴《すず》をつける？　それともそのままがいい？」

次《つぎ》の土曜日《どようび》までに、ルイスは四つの手品《てじな》のやり方《かた》をまちがいのないようにぜんぶ写《うつ》した。そして朝《あさ》ごはんのあと、本《ほん》を返《かえ》しに街《まち》へ向《む》かった。あたりは涼《すず》しく、もう秋《あき》はすぐそこだ。赤《あか》い格子《こうし》のフランネルのシャツの上《うえ》にウィンドブレーカーを着《き》ていたけれど、それでも風《かぜ》が顔《かお》に吹《ふ》きつけると、肌寒《はださむ》く感《かん》じた。ルイスは早足《はやあし》で坂《さか》をくだると、ローズ・リタの家《いえ》にいった。ローズ・リタは、おじさんからお下《さ》がりでもらっただぶだぶのノートルダム大学《だいがく》のジャケットを着《き》ていた。「持《も》った？」ルイスはきいた。

ローズ・リタはうなずいて、ジャケットのファスナーを開《あ》けた。なかに巻《ま》き物《もの》が隠《かく》してあった。「やっとやっかいばらいができる」ローズ・リタはぼそっと言《い》った。ルイスは、うんとしか言《い》えなかった。ローズ・リタはひどい顔《かお》をしていた。目《め》には黒《くろ》いくまができて、怯《おび》えたようなびくびくした表情《ひょうじょう》が浮《う》かんでいる。おまけにやせたようだった。二人《ふたり》は、どちらも黙《だま》ったまま、街《まち》へ向《む》かった。

二人《ふたり》はちょうどいいタイミングに到着《とうちゃく》した。魔法博物館《まほうはくぶつかん》の前《まえ》で、まさに鍵《かぎ》を鍵穴《かぎあな》に差《さ》しこもうとしているハードウィックさんに会《あ》ったのだ。ハードウィックさんは顔《かお》をあげると、にっこりした。「ルイスとローズ・リタじゃないか！　よくきたな！　二階《かい》へ本《ほん》を持《も》っていこうか？」

「いいえ」ルイスはあわてて言《い》った。「自分《じぶん》たちで戻《もど》します」

ハードウィックさんはドアを開《あ》けた。「さあどうぞ！　ありがとう、ルイス。助《たす》かるよ。いい手品《てじな》が見《み》つかったかい？」

「ええ。すごくいい出《だ》し物《もの》になりそうです」

それまで一言《ひとこと》もしゃべらなかったローズ・リタが突然《とつぜん》、言《い》い出《だ》した。「ハードウィックさん、ベル・フリッソンってだれですか？」

ハードウィックさんは電気《でんき》をつけると、振《ふ》り返《かえ》って、ふしぎそうな顔《かお》でローズ・リタを見《み》た。「ほう、どこでその名前《なまえ》を聞《き》いたんだい？　彼女《かのじょ》のことを覚《おぼ》えている人《ひと》なんていないと思《おも》ってたよ」

「その、古《ふる》い本《ほん》のなかで見《み》つけたんです」ルイスが言《い》った。

ハードウィックさんはうなずいて、ずり落《お》ちためがねを直《なお》した。「ちょっと待《ま》ってくれ。なにか思《おも》い出《だ》せるかな？」ハードウィックさんは何度《なんど》か舌《した》を鳴《な》らした。「うーん、そうだ、まず彼女《かのじょ》の本当《ほんとう》の名前《なまえ》はエリザベス・プロクターといったんだ。フォックス姉妹《しまい》については、知《し》っているかい？」

ルイスとローズ・リタが首《くび》を振《ふ》ると、ハードウィックさんは言《い》った。「二階《かい》へおいで。話《はな》してあげよう」二人《ふたり》はハードウィックさんについて二階《かい》へあがった。ハードウィックさんはそこの電気《でんき》もつけると、ルイスたちに座《すわ》るように言《い》った。二人《ふたり》は、トランプ用《よう》テーブルの周《まわ》りに置《お》いてあるすわり心地《ごこち》のいいイスにこしかけた。ハードウィックさんが言《い》った。

「まずわかっておいてほしいのは、フォックス姉妹《しまい》は、百年前《ねんまえ》にはかなりの評判《ひょうばん》だったってことだ。一八四八年《ねん》、ニューヨークの町《まち》、ハイズビルがはじまりだった。当時《とうじ》マギー・

フォックスは十五歳《さい》、ケイティ・フォックスは十二歳《さい》だった。二人《ふたり》は、夜中《よなか》におかしな音《おと》が聞《き》こえると言《い》い出《だ》したんだ。ポルターガイストは知《し》っているかい？」

ルイスはまた首《くび》を振《ふ》ったけれど、ローズ・リタは言《い》った。「幽霊《ゆうれい》の一種《いっしゅ》でしょ？」

「そのとおり」ハードウィックさんは言《い》った。「ドイツ語《ご》で、〝うるさい幽霊《ゆうれい》〟っていう意味《み》なんだ。さて、マギーとケイティは、そのドシンドシン音《おと》をたてる幽霊《ゆうれい》に質問《しつもん》をすると答《こた》えてくれる、と言《い》いはじめた。一回《かい》コンとやれば『はい』で、二回《かい》は『いいえ』だと言《い》う。やがて、二人《ふたり》はアルファベットの合図《あいず》も作《つく》った。そして長女《ちょうじょ》のレアも入《はい》って、三人《にん》で霊媒《れいばい》として注目《ちゅうもく》を集《あつ》めはじめたんだ。つまり、死《し》んだ人《ひと》の幽霊《ゆうれい》が質問《しつもん》に答《こた》えるというふれこみで、交霊術《こうれいじゅつ》の会《かい》を開《ひら》いたんだな。姉妹《しまい》たちは世界的《せかいてき》に有名《ゆうめい》になった。こうしてエリザベス・プロクターも、姉妹《しまい》の交霊術《こうれいじゅつ》を見《み》るにいたったわけだ。当時《とうじ》、エリザベスは売《う》れない女優《じょゆう》だった。エリザベスは、さっそくジョージア州《しゅう》のサヴァナにある故郷《こきょう》に戻《もど》って、本人《ほんにん》いわく古代《こだい》エジプトの魔術《まじゅつ》をもとにしたという、魔術《まじゅつ》のショーをやりはじめたんだ。いかさまのポルターガイスト現象《げんしょう》だらけのね。これはあたった。一八五五年《ねん》から一八七八年《ねん》に他界《たかい》するまで、エリザベスはベル・フリッソンの名前《なまえ》で全国《ぜんこく》で興行《こうぎょう》をした」

ローズ・リタは眉《まゆ》をひそめた。「本当《ほんとう》に幽霊《ゆうれい》と交流《こうりゅう》したわけじゃないのね？」

ハードウィックさんは思《おも》い切《き》り笑《わら》った。「それを言《い》うなら、フォックス姉妹《しまい》だって同《おな》じさ。結局《けっきょく》は、ぜんぶペテンだったって白状《はくじょう》したんだ。ベル・フリッソンには本当《ほんとう》に魔力《まりょく》があったと思《おも》っている人間《にんげん》も多《おお》いが、わたしは演技《えんぎ》の一部《いちぶ》だったと思《おも》うね。彼女《かのじょ》について一章《しょう》をさいている本《ほん》を持《も》っているが、その本《ほん》の作者《さくしゃ》は半分信《はんぶんしん》じていたみたいだな。だから、そのぶん、割《わ》りびいて読《よ》んだほうがいい」ハードウィックさんはいったんそこで黙《だま》って、考《かん》えこんだ。「そうだ、もしいってみたければ、ベル・フリッソンの墓《はか》がある。ここから三十キロほどいったところにあるんだ。クリストバルのすぐそばの墓地《ぼち》だよ」

「クリストバルって？」ルイスがきいた。

「ああ、ここから南西《なんせい》にある小《ちい》さな農村《のうそん》だ。あそこの墓地《ぼち》は小《ちい》さいが、かなりめずらしい。なにしろ、手品師《てじなし》が五、六人《にん》も埋葬《まいそう》されてるんだから」ハードウィックさんは立《た》ちあがった。「本《ほん》を探《さが》してあげよう。そのあいだに借《か》りていた本《ほん》を戻《もど》しておいてくれるかい？」

となりの部屋《へや》に入《はい》ると、ルイスは本《ほん》を棚《たな》に戻《もど》しはじめた。ハードウィックさんははしごにのぼって、頭《あたま》より高《たか》いところにある棚《たな》から本《ほん》をとろうとした。そのすきにローズ・リタは急《いそ》いでジャケットの下《した》から巻《ま》き物《もの》を取《と》り出《だ》して、元《もと》のふたのない箱《はこ》のなかに突《つ》っこんだ。が、すぐにぱっと手《て》を引《ひ》っこめた。巻《ま》き物《もの》を戻《もど》したのと同時《どうじ》に、なにかが箱《はこ》から飛《と》び出《だ》したのだ。大《おお》きな黒《くろ》いクモだった。体《からだ》がブドウの粒《つぶ》くらいある。前《まえ》の二本《ほん》の脚《あし》を威嚇《いかく》するようにかかげると、すばやく本《ほん》のうしろに隠《かく》れてしまった。ローズ・リタは、怯《おび》えた目《め》でルイスを見《み》た。

「これだ」ハードウィックさんがうれしそうに言《い》って、はしごを下《お》りてきた。手《て》に、深緑《ふかみどり》の革表紙《かわびょうし》のついたぼろぼろの本《ほん》を持《も》っている。ハードウィックさんは本《ほん》をローズ・リタに手渡《てわた》した。「気《き》をつけて扱《あつか》ってくれるね。一八八五年《ねん》にシカゴで出版《しゅっぱん》された本《ほん》で、非常《ひじょう》に貴重《きちょう》なんだ」

「気《き》をつけて読《よ》みます」ローズ・リタは約束《やくそく》して、ハードウィックさんから本《ほん》を受《う》け取《と》り、お礼《れい》を言《い》った。それから、二人《ふたり》は表《おもて》へ出《で》た。歩道《ほどう》を歩《ある》きはじめると、ローズ・リタが言《い》った。「ふう。終《お》わってよかった」

「ぼくもほっとしたよ」ルイスは言《い》った。そして不安《ふあん》そうにちらりとローズ・リタを見《み》た。ローズ・リタはまだげっそりとやつれた感《かん》じだった。冷《つめ》たい風《かぜ》を避《さ》けるようにうつむいて、胸《むね》にしっかりと、さっきの古《ふる》い本《ほん》を抱《かか》えている。本当《ほんとう》に終《お》わったのだろうか、とルイスは思《おも》った。ローズ・リタが悩《なや》んでいることが、ベル・フリッソンや巻《ま》き物《もの》やあの謎《なぞ》のクモと関係《かんけい》していたら？　二人《ふたり》がはじめてしまったことがなんであれ、もう終《お》わっていますように、とルイスは祈《いの》った。きっと、巻《ま》き物《もの》を戻《もど》したことで、二人《ふたり》がはからずもはじめてしまったことも終《お》わりになるだろう。

でも、ルイスは不安《ふあん》だった。

第《だい》5章《しょう》　タレント・ショー

九月《がつ》が過《す》ぎ、たき火《び》の香《かお》りただよう、身《み》のひきしまるような寒《さむ》さの十月《がつ》がやってきた。ローズ・リタとルイスは、四つの手品《てじな》を完《かん》ぺきにこなせるようになるまで練習《れんしゅう》を重《かさ》ねた。けれど、ひとつだけ問題《もんだい》があった。ルイスはまだ、実際《じっさい》に生《い》きた動物《どうぶつ》を使《つか》って、新聞紙《しんぶんし》の手品《てじな》の練習《れんしゅう》をしたことがなかった。「ヒヨコのかわりに花束《はなたば》にしたらどうだい」タレント・ショーをあと二、三日後《にちご》にひかえたころ、ジョナサンおじさんは言《い》った。

ルイスはがまんできないというように首《くび》を振《ふ》った。ある意味《いみ》で、ルイスは完《かん》ぺき主義者《しゅぎしゃ》だった。どうしても完《かん》ぺきにやらなければ気《き》がすまないことがある。そうでなければ、やる意味《いみ》がないのだ。手品《てじな》も、ルイスにとってはそうしたもののひとつだった。「花じゃ、だめだよ。ティミー・リンドホルムがヒヨコを持《も》ってきてくれることになってるんだ。だから、だいじょうぶ」ルイスは本当《ほんとう》にそう思《おも》っていた。今《いま》では、詰《つ》め物《もの》をした靴下《くつした》をだれにも気《き》づかれずに新聞紙《しんぶんし》のなかに入《い》れるのがすっかりうまくなっていて、ツィマーマン夫《ふ》人《じん》の鋭《するど》い目《め》ですら、ルイスがどうやって丸《まる》めた新聞紙《しんぶんし》から靴下《くつした》を取《と》り出《だ》すのか見破《みやぶ》ることができなかった。

実際《じっさい》、ローズ・リタのことがなければ、ルイスはとても楽《たの》しく過《す》ごしていただろう。ルイスはあいかわらず、ローズ・リタのことが心配《しんぱい》だった。ローズ・リタがすっかり変《か》わってしまったかといえば、そうではない。今《いま》もいっしょに練習《れんしゅう》したり、ツィマーマン夫人《ふじん》が作《つく》ってくれた衣装《いしょう》を試着《しちゃく》したりしていたし、学校《がっこう》にも前《まえ》と同《おな》じように、毎日通《まいにちかよ》ってきていた。けれど、最近《さいきん》ではますます引《ひ》っこみがちで、口数《くちかず》が少《すく》なく、ぼんやりしていることも多《おお》かった。毎日《まいにち》の手品《てじな》の練習《れんしゅう》のときも、自分《じぶん》がやっていることに半分《はんぶん》しか集中《しゅうちゅう》していないように見《み》えたし、学校《がっこう》でもほとんどだれともしゃべらなかった。校庭《こうてい》や、外《そと》の階段近《かいだんちか》くでたむろしている女《おんな》の子《こ》たちを見《み》ると、そそくさとはなれていったし、教室《きょうしつ》でも先生《せんせい》に呼《よ》ばれると返事《へんじ》はするけれど、手《て》をあげて質問《しつもん》に答《こた》えるのはやめてしまった。

ルイスにとって、それは特《とく》に意外《いがい》だった。ローズ・リタはいつも、答《こたえ》を知《し》っているときは、はりきって、あげた手《て》を振《ふ》り回《まわ》していたからだ。それから、得意《とくい》のほら話《ばなし》が聞《き》けなくなったのもさみしかった。前《まえ》は大《おお》きくなったら有名《ゆうめい》な作家《さっか》になりたいと言《い》っていたし、実際《じっさい》、想像力《そうぞうりょく》がとても豊《ゆた》かだった。しょっちゅう、先生《せんせい》や同級生《どうきゅうせい》たちのとんでもないおかしな話《はなし》を考《かんが》え出《だ》しては、真顔《まがお》でルイスに話《はな》していたのだ。いつもうるさいビル・マッケイは、背《せ》がひょろっとして足《あし》が大《おお》きかったが、ローズ・リタに言《い》わせると、赤《あか》ん坊《ぼう》のころ火星人《かせいじん》にさらわれて、火星《かせい》で育《そだ》てられたせいだった。火星《かせい》の重力《じゅうりょく》は弱《よわ》いから、あんなにひょろひょろなわけ。だけど、人間《にんげん》だってことがわかって、地球《ちきゅう》に戻《もど》したのよ。火星人《かせいじん》は、本当《ほんとう》はサルがほしかったの。まあ、まちがえるのも無理《むり》ないわよね。と、こんな具合《ぐあい》だった。

ローズ・リタはそんなとほうもない話《はなし》ばかりしていたのに、今《いま》ではルイスが、話《はな》してよとたのんでも、話《はな》そうとしなかった。ローズ・リタとちがって、ルイスは大《おお》きくなったらなにになりたいか決《き》められなかった。《ナショナル・ジオグラフィック》のカメラマンになって世界中《せかいじゅう》をまわり、土《つち》ぼこりを巻《ま》きあげて進《すす》むゾウの群《む》れや、雪《ゆき》を抱《いだ》いてそびえ立《た》つ山《やま》や、タイやタヒチのエキゾチックな踊《おど》り手《て》たちの写真《しゃしん》を撮《と》れたら面白《おもしろ》いだろうなと思《おも》うこともあったし、飛行機《ひこうき》のパイロットになりたいと思《おも》うときもあれば、化学者《かがくしゃ》か天文学者《てんもんがくしゃ》がいいと思《おも》うこともあった。いつもだったら、ローズ・リタにせがんで、ナイル川《がわ》でワニの写真《しゃしん》を撮《と》っているとか、パロマー山《やま》で望遠鏡《ぼうえんきょう》をのぞきこんで、彗星《すいせい》を探《さが》して夜空《よぞら》を眺《なが》めている自分《じぶん》の将来《しょうらい》の姿《すがた》を、話《はな》してもらうこともできた。けれども、このごろでは、ローズ・リタはルイスの話《はなし》もろくに聞《き》いていないように見《み》えた。

タレント・ショーのある週《しゅう》はまさにてんてこ舞《ま》いで、ローズ・リタの心配《しんぱい》をすることすら忘《わす》れるほどだった。もう何年《なんねん》もの間《あいだ》、ショーは中学校《ちゅうがっこう》の食堂《しょくどう》で行《おこな》われていた。けれども今年《ことし》は、市《し》の公会堂《こうかいどう》として改装《かいそう》されたニュー・ゼベダイ・オペラ座《ざ》で開《ひら》かれることになった。ルイスはこのオペラ座《ざ》でかつておそろしい思《おも》いをしたことがあったので、舞台《ぶたい》に立《た》つだけで落《お》ちつかない気持《きも》ちになったけれど、全員《ぜんいん》、そこでやるのが決《き》まりだった。先生《せんせい》たちは、タレント・ショーを十月九日《がっかきんようび》金曜日の夜《よる》に開《ひら》くことにした。そして木曜日《もくようび》の午後《ごご》に、公会堂《こうかいどう》で本番《ほんばん》どおりのリハーサルが行《おこな》われることになった。

ニュー・ゼベダイ・オペラ座《ざ》は、〈ファーマーズ飼料《しりょう》・種子販売店《しゅしはんばいてん》〉の入《はい》っている建物《たてもの》の二階《かい》にある古《ふる》い劇場《げきじょう》だった。蹄鉄《ていてつ》のような形《かたち》にせり出《だ》したバルコニーがあって、赤《あか》いベルベットの座席《ざせき》が並《なら》び、舞台《ぶたい》には華《はな》やかな装飾《そうしょく》がほどこされている。壁《かべ》はピンク色《いろ》で、舞《ぶ》台《たい》の両脇《りょうわき》にある金《きん》の枠《わく》のなかに凝《こ》った絵《え》が描《か》かれていた。ひとつは悲《かな》しみにくれる悲劇《ひげき》の仮面《かめん》、もうひとつは笑《わら》い顔《がお》の喜劇《きげき》の仮面《かめん》だ。ジョナサンおじさんは、ルイスが手品《てじな》に使《つか》う道具《どうぐ》をぜんぶ二階《かい》に運《はこ》んで、舞台裏《ぶたいうら》のじゃまにならないところに置《お》くのを手伝《てつだ》ってくれた。あれからルイスとおじさんは大《おお》きなダンボール箱《ばこ》を二つ見《み》つけて、ルイスはローズ・リタといっしょに、ポスターカラーでひとつは赤《あか》と黄色《きいろ》に、もうひとつは青《あお》と紫《むらさき》に塗《ぬ》った。ローズ・リタは赤《あか》と黄色《きいろ》のほうに入《はい》り、ルイスがひととおり怪《あや》しげな呪文《じゅもん》をとなえたところで、青《あお》と紫《むらさき》のほうからぱっと姿《すがた》を現《あらわ》すというわけだ。それから、ジョナサンおじさんが寄《よ》せ集《あつ》めの板切《いたき》れとわたと布《ぬの》で作《つく》った低《ひく》いソファのようなものも、二階《かい》へひっぱりあげた。キャスターがついていて、舞台《ぶたい》の上《うえ》を転《ころ》がして動《うご》かすことができるようになっている。ローズ・リタはここに横《よこ》になり、空中浮遊《くうちゅうふゆう》の手品《てじな》をするのだ。最後《さいご》は、ローズ・リタの頭《あたま》が空中《くうちゅう》に浮《う》かんでいるように見《み》える手品《てじな》に使《つか》う、イスと鏡《かがみ》だった。

リハーサルがはじまると、ルイスは衣装《いしょう》に着替《きが》えて、舞台裏《ぶたいうら》をいったりきたり歩《ある》き回《まわ》った。舞台《ぶたい》ではデーヴ・シュレンバーガーとトム・ルッツがまんざいをやっていた。アボット・バッドとルー・コステロの〝ファーストはだれだい？〟という野球《やきゅう》ネタをまねしていて、舞台《ぶたい》の袖《そで》で見《み》ている子《こ》たちは大笑《おおわら》いしていた。でもルイスは、緊張《きんちょう》のあまり見《み》るよゆうもなかった。すると、ジェームズ・ジェンスターブラムがギターのチューンアップをしているのが目《め》にとまった。グレーと黒《くろ》の縞《しま》のシャツにグレーのズボンをはいて、青《あお》い目《め》を細《ほそ》めて集中《しゅうちゅう》している。「ねえ、ジェームズ。ティミーを見《み》かけなかった？」ルイスは小《ちい》さい声《こえ》で言《い》った。

ジェームズは首《くび》を振《ふ》った。「学校《がっこう》を出《で》たあとは見《み》てないよ。だけど、この辺《へん》にいるはずだろ。曲芸《きょくげい》をやるんだってさ」

しばらくの間《あいだ》、ルイスはジェームズがうつむいて、ギターの音《おと》を慎重《しんちょう》に合《あ》わせているのを見《み》ていた。

「おい、ルイス」ジェームズが突然《とつぜん》言《い》った。「ティミーがきたぜ」

ルイスはジェームズが指《ゆび》さしているほうを見《み》た。黒《くろ》い縮《ちぢ》れ毛《げ》にそばかすだらけの鼻《はな》をした、太《ふと》めでのんきなティミーが、舞台裏《ぶたいうら》に入《はい》ってきた。そして引《ひ》きずるようにして持《も》ってきたズックの袋《ふくろ》をすみに置《お》いた。ルイスは急《いそ》いでティミーのそばへいった。「持《も》ってきた？」

ティミーはため息《いき》をついた。「ああ、しまった。忘《わす》れちゃった。ごめんよ、ルイス」

「どうしてもヒヨコがいるんだ」ティミーのドジに腹《はら》を立《た》てながら、ルイスは言《い》った。

「今度《こんど》は持《も》ってくるよ。忘《わす》れただけだって」ティミーは袋《ふくろ》からボーリングのピンのような形《かたち》をした棍棒《こんぼう》を取《と》り出《だ》して、青《あお》いシャツの袖《そで》をまくった。「練習《れんしゅう》しなくちゃ」

ルイスは、ティミーが三本《ぼん》の棒《ぼう》をぽんぽんと投《な》げはじめたのを、眉《まゆ》をしかめて眺《なが》めた。確《たし》かに曲芸《きょくげい》はうまいけれど、記憶力《きおくりょく》にかけてはからきしだめじゃないか。

ローズ・リタが女子《じょし》の更衣室《こういしつ》から出《で》てきた。衣装《いしょう》に着替《きが》えているローズ・リタを見《み》て、ジェームズとティミーはにっと笑《わら》ったけれど、ローズ・リタは気《き》づいていないようだった。

「用意《ようい》はできた?」ルイスはきいた。

ローズ・リタは、ただうなずいただけだった。

二人《ふたり》の手品《てじな》は、トムとデーヴの〝ファーストはだれだい?〟のあとだった。観客席《かんきゃくせき》には、英語《えいご》のフォガーティ先生《せんせい》と、ジョナサンおじさんと数人《すうにん》の父兄《ふけい》が座《すわ》っている。トムのおとうさんのルッツ氏《し》は、舞台裏《ぶたいうら》を手伝《てつだ》っていた。ルッツ氏《し》はルイスが渡《わた》しておいた《剣《つるぎ》の舞《まい》》のレコードをかけた。音楽《おんがく》がはじまるとすぐに、ルイスはカーテンのうしろから舞台《ぶたい》に出《で》た。

フットライトとスポットライトがぱっと顔《かお》を照《て》らし、目《め》がくらんだ。観客席《かんきゃくせき》はほとんど見《み》えない。フォガーティ先生《せんせい》のめがねに、きらりと光《ひかり》が反射《はんしゃ》したのが見《み》えたくらいだ。

「レディース・アンド・ジェントルメン」ルイスは、緊張《きんちょう》で妙《みょう》にかんだかくなった声《こえ》で言《い》った。「わたしは偉大《いだい》なる魔術師《まじゅつし》、ミスティファイ・ミストである！　そしてこちらが、わが美《うつく》しい助手《じょしゅ》、ファンタスティック・ファティーマ！」

ローズ・リタが新聞紙《しんぶんし》を持《も》って舞台《ぶたい》の袖《そで》から現《あらわ》れた。ローズ・リタはここ何週間《なんしゅうかん》も練習《れんしゅう》したとおりにやり、ルイスは「さあ、生《い》きたヒヨコが出《で》てまいりました！」と叫《さけ》んで靴下《くつした》を出《だ》した。だれかが拍手《はくしゅ》をした。たぶんジョナサンおじさんだろうけど、それを聞《き》いてルイスは少《すこ》し気《き》が楽《らく》になった。そのあとの手品《てじな》もとどこおりなく終《お》わり、最後《さいご》に二人《ふたり》はおじぎをした。カーテンが閉《し》まり、ルイスとローズ・リタはジェームズに手伝《てつだ》ってもらって、手品《てじな》の道具《どうぐ》を舞台《ぶたい》から下《お》ろした。「うまかったよ」ジェームズは、ティミーの曲芸《きょくげい》の音楽《おんがく》がはじまると、ささやいた。

「ありがとう」ルイスはぐったりしていた。自分《じぶん》の番《ばん》が終《お》わると、急《きゅう》にひざががくがく震《ふる》えはじめ、頭《あたま》がくらくらした。ルイスはローズ・リタに向《む》かって言《い》った。「とうとうやったね」

ローズ・リタはどうでもいいというように、肩《かた》をすくめただけだった。

金曜日《きんようび》は最低《さいてい》だった。ルイスは一日中《にちじゅう》、タレント・ショーのことでやきもきしつづけた。みんなの前《まえ》で舞台《ぶたい》の上《うえ》に立《た》つと思《おも》うだけでも、いやなのだ。なにもかもうまくいくと自分《じぶん》に言《い》い聞《き》かせようとしても、本当《ほんとう》にうまくいくだろうかという不安《ふあん》がむくむくと頭《あたま》をもたげてくる。やっぱりローズ・リタの言《い》うとおりだ、とルイスは思《おも》った。ローズ・リタはよくルイスのことを、心配性《しんぱいしょう》だとか、ものごとを暗《くら》いほうにしか考《かん》えないと言《い》って責《せ》める。ルイスだって、自分《じぶん》のそういうところはきらいだったけれど、どうしようもないのだ。そして今《いま》も、おおよそ起《お》こりうるあらゆる惨事《さんじ》を想像《そうぞう》していた。せりふを忘《わす》れたり、ばかなまちがいをやらかしたりするところを思《おも》い浮《う》かべるたびに、手《て》が冷《つめ》たくなって、胃《い》がひっくり返《かえ》るような気《き》がする。授業《じゅぎょう》に集中《しゅうちゅう》するどころではなかったので、数学《すうがく》の先生《せんせい》に「ルイス、ちゃんと聞《き》きなさい！」と叱《しか》られるしまつだった。

放課後《ほうかご》、ルイスは練習《れんしゅう》しておきたかったけれど、ローズ・リタは首《くび》を振《ふ》って、ふらふらとそのまま家《いえ》に向《む》かって歩《ある》きはじめた。ルイスはうしろから、ポケットに手《て》を入《い》れてだらだらとついていった。タレント・ショーがあるので、どの先生《せんせい》も宿題《しゅくだい》は出《だ》さなかったから、持《も》ってかえる教科書《きょうかしょ》もなかったけれど、ルイスの気分《きぶん》は重《おも》かった。ルイスはわざとゆっくり歩《ある》きながら、前《まえ》を歩《ある》いているローズ・リタをじっと見《み》つめた。ローズ・リタなんて親友《しんゆう》じゃない、という気持《きも》ちがわきあがってきた。最後《さいご》の練習《れんしゅう》もしないなんて、手品《てじな》のことなんてどうでもいいみたいじゃないか。

そんなふうにルイスが一五〇メートルも遅《おく》れて歩《ある》きながらマンション通《どお》りにさしかかったときだった。ルイスは、全身《ぜんしん》に寒気《さむけ》が走《はし》るのを感《かん》じた。ローズ・リタは、マーサ・ウェスレイの家《いえ》の生垣《いけがき》の横《よこ》を歩《ある》いていた。庭《にわ》はウェスレイ夫人《ふじん》の自慢《じまん》であり、喜《よろこ》びだったから、生垣《いけがき》もきれいに刈《か》られていた。ルイスは目《め》を細《ほそ》めた。生垣《いけがき》の根元《ねもと》あたりを、なにか黒《くろ》っぽいものが、ローズ・リタに並《なら》ぶようにこそこそと歩《ある》いている。青《あお》みがかった灰色《はいいろ》の子猫《こねこ》か子犬《こいぬ》のようにも見《み》えるけれど、それにしては動《うご》きが変《へん》だ。いきなりさっと前《まえ》に進《すす》んでは止《と》まり、またさっと前《まえ》に進《すす》む。どちらかというと、ありえない大《おお》きさだということをのぞけば、虫《むし》のようだった。

ローズ・リタが生垣《いけがき》をすぎると、ぼんやりとした黒《くろ》い影《かげ》も、生垣《いけがき》の下《した》から出《で》てきた。とたんにルイスののどはからからになった。木陰《こかげ》から日《ひ》なたに出《で》たとたん、黒《くろ》い影《かげ》はせっけんの泡《あわ》のようにすけて、ぱっと消《き》えてしまったのだ。ローズ・リタは一人《ひとり》で歩《ある》き続《つづ》けていた。それでもルイスはなかなか呼吸《こきゅう》を取《と》りもどすことができなかった。黒《くろ》い影《かげ》が消《き》える一瞬前《いっしゅんまえ》に、せわしく動《うご》く長《なが》い脚《あし》と、つやつやした丸《まる》い胴体《どうたい》が確《たし》かに見《み》えたのだ。まるで子猫《こねこ》ほどあるクモのようだった。

ローズ・リタは自分《じぶん》の家《いえ》までくると、階段《かいだん》をあがってなかへ入《はい》ってしまった。家《いえ》の前《まえ》をゆっくりと歩《ある》きながら、ルイスはきょろきょろして、縁石《えんせき》に沿《そ》うようにたまっている落《お》ち葉《ば》や、生垣《いけがき》の根元《ねもと》や、茂《しげ》みのなかをのぞいてみた。たき火《び》のにおいがただよい、頭《あたま》の上《うえ》で乾《かわ》いた葉《は》がカサカサ鳴《な》っている。ルイスはその音《おと》にはっとして、上《うえ》を見《み》た。もしただの風《かぜ》じゃなかったら？　あのおそろしい怪物《かいぶつ》が木《き》の上《うえ》にひそんでいるのかもしれない。首《くび》のうしろに、冷《つめ》たいものが落《お》ちてきて、つかみかかられたらどうしよう？　ルイスは死《し》に物狂《ものぐる》いになって逃《に》げはじめた。自分《じぶん》の家《いえ》に飛《と》びこんで、ドアをバタンと閉《し》めるまで、一度《いちど》も止《と》まらなかった。

その日《ひ》の夕方《ゆうがた》、ジョナサンおじさんとルイスは、ジョナサンの大《おお》きな旧式《きゅうしき》の黒《くろ》い一九三五年型《ねんがた》マギンズ・サイムーンに乗《の》りこんだ。車《くるま》は排気《はいき》ガスをもうもうと吐《は》き出《だ》すと、通《とお》りへ出《で》て、ローズ・リタを拾《ひろ》いにマンション通《どお》りに向《む》かった。ローズ・リタはむっつりとして、ふさぎこんだようすだった。街《まち》に着《つ》くと、ジョナサンはファーマーズの店《みせ》のそばに駐車《ちゅうしゃ》メーターを見《み》つけた。ルイスは車《くるま》から下《お》りたが、すでに緊張《きんちょう》で胃《い》がむかむかしていた。ツィマーマン夫人《ふじん》は軽食《けいしょく》の用意《ようい》を手伝《てつだ》うために先《さき》にきていて、すぐそこに車《くるま》が停《と》まっているのが見《み》えた。

三人《にん》は急《いそ》いで二階《かい》へあがった。そして舞台《ぶたい》に向《む》かったが、ルイスには、壁《かべ》の悲劇《ひげき》の仮面《かめん》が自分《じぶん》と同《おな》じくらいどぎまぎしているように思《おも》えた。男子《だんし》の更衣室《こういしつ》で衣装《いしょう》に着替《きが》え、手品《てじな》に使《つか》う道具《どうぐ》をひとつひとつ点検《てんけん》した。すべてオーケーだ。あとはティミーがヒヨコを持《も》ってくるのを覚《おぼ》えてさえいれば、準備《じゅんび》は完《かん》ぺきだった。

例《れい》のごとく、ティミーは遅刻《ちこく》していた。ルイスはいらいらしながら舞台裏《ぶたいうら》を歩《ある》き回《まわ》って、何度《なんど》もカーテンのすきまからどんどん増《ふ》える観客《かんきゃく》を見下《みお》ろした。小学校《しょうがっこう》の全生徒《ぜんせいと》と父兄《ふけい》、それから出演者《しゅつえんしゃ》の親《おや》たちもきている。まるでのどに、大《おお》きなかたい塊《かたまり》がつかえているようだ。五百人《にん》近《ちか》くの人《ひと》の前《まえ》で出《だ》し物《もの》をすると思《おも》うだけで、体《からだ》がすくんで、脚《あし》がゴムみたいにぐにゃぐにゃになり、頭《あたま》がくらくらして、息苦《いきぐる》しかった。

ようやくティミーが袋《ふくろ》をふたつ抱《かか》えて、あわてて通路《つうろ》を走《はし》ってくるのが見《み》えた。ひとつは、このあいだの曲芸《きょくげい》に使《つか》う棍棒《こんぼう》の入《はい》ったズックの袋《ふくろ》で、もうひとつは麻袋《あさぶくろ》だった。ルイスは急《いそ》いで駆《か》け寄《よ》った。舞台裏《ぶたいうら》に入《はい》ると、ティミーはすぐににっこり笑《わら》って「やあ」とあいさつした。「ニワトリを持《も》ってきたよ」そしてルイスに麻袋《あさぶくろ》を渡《わた》した。袋《ふくろ》はびっくりするくらい重《おも》かった。

ルイスは袋《ふくろ》を開《ひら》いて、なかをのぞいた。白《しろ》いメンドリが頭《あたま》を傾《かたむ》けて、きらきら光《ひか》る小《ちい》さな目《め》でルイスを見返《みかえ》した。「ティミー！　大人《おとな》のニワトリじゃないか！」ルイスは思《おも》わずどなった。

ティミーはわけがわからないといった顔《かお》をした。「え？　だって、ニワトリがほしかったんだろ？　ずっとそう言《い》ってたじゃないか」

「ぼくがほしかったのは、ヒヨコだ」ルイスは泣《な》きそうになって言《い》った。「メンドリじゃない！」

肩《かた》をすくめて、ティミーは言《い》った。「ヘンリエッタならだいじょうぶさ。こいつはいいやつなんだ。ペットみたいなんだよ。抱《だ》きあげたってなにしたって平気《へいき》さ。どっちにしろ、こいつを使《つか》うしかないよ。戻《もど》って、もう一羽連《わ》れてくる時間《じかん》はないからね。ぼくも曲芸《きょくげい》の練習《れんしゅう》をしなくちゃ」

ティミーは棍棒《こんぼう》を取《と》り出《だ》して、投《な》げる練習《れんしゅう》をはじめた。ルイスは暗《くら》いすみにいくと、麻《あさ》袋《ぶくろ》のなかを不安《ふあん》げにのぞいた。ヘンリエッタはじっと見返《みかえ》した。うまくいくか、自信《じしん》はなかった。こういうことがあったときのために、花束《はなたば》を持《も》ってくるんだった。だけど、持《も》ってきていないのだから、なんとかヘンリエッタで練習《れんしゅう》するしかない。ルイスはテーブルの上《うえ》から新聞紙《しんぶんし》を一枚取《まいと》ると、ひもとハンカチで作《つく》ったブランコを親指《おやゆび》にひっかけ、袋《ふくろ》のなかに手《て》を入《い》れた。ヘンリエッタは羽《はね》がふわふわしていて、熱《あつ》かった。外《そと》に出《だ》されても、おとなしくしている。ルイスはハンカチをヘンリエッタに巻《ま》きつけ、なかに包《つつ》むようにすると、ロープの下《した》に入《い》れた。ヘンリエッタは大《おお》きくて重《おも》いので、ひじで押《お》さえているのはかなりたいへんだった。

それから新聞紙《しんぶんし》を持《も》って広《ひろ》げた。ハンカチはすごい勢《いきお》いですべりおちてきた。ルイスは新聞紙《しんぶんし》をくしゃくしゃにしてなんとかヘンリエッタを隠《かく》せるくらいの玉《たま》にすると、びりびりと破《やぶ》いた。ヘンリエッタは外《そと》に出《で》てくると、頭《あたま》を左右《さゆう》に動《うご》かして、一回《かい》コッと鳴《な》いた。ルイスはそれまでとめていた息《いき》を、一気《いっき》に吐《は》き出《だ》した。まあなんとか、うまくいくだろう。

そしてタレント・ショーがはじまった。音楽《おんがく》のホワイト先生《せんせい》がピアノを弾《ひ》いて、当校《とうこう》の生徒《せいと》たちはこのすばらしい新公会堂《しんこうかいどう》で伝統《でんとう》の行事《ぎょうじ》が行《おこな》えることを喜《よろこ》んでおります、とあいさつした。幕《まく》があがり、最初《さいしょ》の出《だ》し物《もの》がはじまった。ルイスはヘンリエッタをローブの下《した》に抱《かか》えたまま、舞台《ぶたい》の袖《そで》から見《み》ていた。そのうちヘンリエッタの体《からだ》から発散《はっさん》される熱《ねつ》のせいで、ひどく暑《あつ》くなり、汗《あせ》が出《で》はじめた。ヘンリエッタも暑《あつ》かったにちがいない。まもなく、もぞもぞと体《からだ》を動《うご》かして、苦《くる》しそうな声《こえ》を出《だ》しはじめた。ローズ・リタがルイスの横《よこ》にきた。舞台《ぶたい》では、トムとデーヴがこのあいだのまんざいをやっている。トムたちは昔《むかし》ふうのまぬけなユニフォームを着《き》て、鼻《はな》の下《した》におもちゃの口《くち》ひげをはっていた。お客《きゃく》さんたちは大笑《おおわら》いして、拍手《はくしゅ》した。そしてホワイト先生《せんせい》が言《い》った。「さあ、次《つぎ》は正真正銘《しょうしんしょうめい》、世《よ》にもふしぎな、すばらしい手品《てじな》をごらんにいれましょう！」ルッツ氏《し》が《剣《つるぎ》の舞《まい》》のレコードをかけ、ルイスは転《ころ》びそうになりながら舞台《ぶたい》に出《で》て、まばゆいばかりの熱《あつ》い照明《しょうめい》の下《した》に立《た》った。

「レディース・アンド・ジェントルメン！」ルイスはかすれ気味《ぎみ》の声《こえ》で言《い》った。そしてごくりとつばを飲《の》みこむと、声《こえ》をふりしぼるようにして叫《さけ》んだ。「レディース・アンド・ジェントルメン！」それから大《おお》きく息《いき》を吸《す》いこんで、「わたしは、偉大《いだい》なる魔術師《まじゅつし》、ミスティファイ・ミストである！」と一気《いっき》に言《い》った。

右腕《みぎうで》の下《した》から、ヘンリエッタがつけくわえた。「クワワッ！」

ルイスはさらに強《つよ》くメンドリを押《お》さえつけた。「そしてこちらが、わが美《うつく》しい助手《じょしゅ》、ファンタスティック・ファアティーマ！」

ローズ・リタがまるで心《こころ》ここにあらずといったようすで、舞台《ぶたい》の袖《そで》から新聞紙《しんぶんし》を持《も》って現《あらわ》れた。ルイスは言《い》った。「ファンタスティック・ファアティーマが、今《いま》からこの、うつ、種《たね》も仕掛《しか》けもない、ううっ、しん――」ルイスは体《からだ》をのたくらせた。ヘンリエッタが逃《に》げようと身《み》もだえして、足《あし》をバタバタさせはじめたのだ。ルイスは必死《ひっし》になって、ヘンリエッタを押《お》さえこんだ。「この、うっ、種《たね》も仕掛《しか》けもない新聞紙《しんぶんし》をお目《め》にかけます。それから、わたしに渡《わた》します。今《いま》すぐに！」ルイスは大急《おおいそ》ぎで最後《さいご》まで言《い》った。

ローズ・リタは練習《れんしゅう》でやったとおり、たっぷりと時間《じかん》をかけて新聞紙《しんぶんし》を見《み》せた。その間《あいだ》も、ヘンリエッタは蒸《む》し熱《あつ》いローブの下《した》からなんとかして抜《ぬ》け出《だ》そうとしていた。ルイスはメンドリを押《お》さえようとして、体《からだ》をもぞもぞさせ、身《み》をくねらせた。顔《かお》がどんどんほてってくるのがわかる。ようやくローズ・リタが新聞紙《しんぶんし》を渡《わた》した。ルイスはほっとして、新聞紙《しんぶんし》に手《て》を伸《の》ばした。

すると、いきなりみんなが笑《わら》いはじめた。ローブの下《した》から、ヘンリエッタが羽根《はね》をまきちらしながら飛《と》び出《だ》したのだ。ヘンリエッタは羽《はね》をバタバタさせて、コッと鳴《な》いた。まだ、手品《てじな》ははじまってもいなかった。ルイスはどうしたらいいのかわからずに、ぼうぜんとローズ・リタを見《み》つめた。ローズ・リタはただぼんやりと見返《みかえ》しただけだった。客席《きゃくせき》から、だれかが叫《さけ》んだ。「いんちきだ！」ほかの客《きゃく》たちもやじを飛《と》ばしはじめた。

ルイスはパニックになった。ヘンリエッタはスポットライトを浴《あ》びて、右《みぎ》を見《み》たり左《ひだり》を見《み》たりしている。観客《かんきゃく》は大笑《おおわら》いして、「コケコッコー？」とか「ニワトリが先《さき》か、卵《たまご》が先《さき》か」などとさかんに叫《さけ》びたてた。

ローズ・リタが、ルイスを思《おも》い切《き》りひじでつついた。「あ、魔法《まほう》で生《い》きたニワトリをお出《だ》ししました」ルイスはみじめに言《い》った。「さて次《つぎ》は、この魔法《まほう》のソファに、わが助手《じょしゅ》が横《よこ》になります。太古《たいこ》の昔《むかし》から伝《つた》わる伝統《でんとう》の技《わざ》、空中浮遊《くうちゅうふゆう》をお見《み》せいたしましょう」そして
ローズ・リタの手《て》を取《と》って、ソファまで連《つ》れていった。みんなはまだ笑《わら》っている。ヘンリエッタは舞台《ぶたい》の前《まえ》のほうをいったりきたりしながら、満足《まんぞく》げにココーッと長《なが》い鳴《な》き声《ごえ》をあげていた。
ローズ・リタは横《よこ》になり、ルイスは上《うえ》にかけるシーツを取《と》って、さっと広《ひろ》げた。そのあいだにローズ・リタは足《あし》を低《ひく》いソファの両側《りょうがわ》に下《お》ろして、すばやく作《つく》り物《もの》の足《あし》を取《と》った。舞台《ぶたい》の真《ま》ん中《なか》にでんと座《すわ》っているニワトリをけんめいに無視《むし》しながら、ルイスはローズ・リタにシーツをかぶせ、観客《かんきゃく》のほうを向《む》いた。「さて、これから魔法《まほう》の呪文《じゅもん》をとなえます――」
ヘンリエッタはルイスのすぐ横《よこ》にいた。ヘンリエッタはいきなり立《た》ちあがると、「クワッ　クワッ　クワッ！」と鳴《な》いた。真《ま》っ白《しろ》いぴかぴかの卵《たまご》が舞台《ぶたい》の上《うえ》にのっていた。こうなると、もうみんな、ヒューヒューやじを飛《と》ばしたり、はやしたりの大騒《おおさわ》ぎだった。子《こ》

どもたちは口々《くちぐち》に「ルイスのインチキー！　やーい！」と叫《さけ》んだ。

ルイスははずかしさのあまり死《し》んでしまいそうだった。ルイスは両手《りょうて》を挙《あ》げ、言《い》うはずだった呪文《じゅもん》も忘《わす》れて叫《さけ》んだ。「浮《う》かべ！　浮《う》かべ！」

ローズ・リタは背中《せなか》をぐっと曲《ま》げて、にせの足《あし》を持《も》つと、ソファから起《お》きあがった。いつもだったら、これは本当《ほんとう》にうまくいった。シーツをかぶったローズ・リタが、ソファから数十《すう》センチ上《うえ》に浮《う》かんでいるように見《み》えるのだ。ところが今日《きょう》は、ルイスは気《き》が散《ち》っていたせいで、シーツのはしを踏《ふ》みつけていることに気《き》づかなかった。ローズ・リタが立《た》ちあがると、シーツがずり落《お》ちて、ローズ・リタがばかみたいなにせの足《あし》を持《も》っているのが丸見《まるみ》えになった。

「ずるだ！」観客席《かんきゃくせき》からやじが飛《と》んだ。「引《ひ》っこめ！　やーい！」ほかの子《こ》どもたちもこれに加《くわ》わった。「にせ魔術師《まじゅつし》だ！」「もとの農場《のうじょう》に帰《かえ》れ！」「ニワトリを持《も》ってかえって、丸焼《まるや》きにしろ！」

ローズ・リタは足《あし》をほうり投《な》げて立《た》ちあがった。その顔《かお》は火《ひ》のように真《ま》っ赤《か》だった。そして、おそろしい顔《かお》で観客席《かんきゃくせき》をにらみつけた。今《いま》や、小学生《しょうがくせい》までが叫《さけ》んでいた。「やーい、引《ひ》っこめー！」

ヘンリエッタは羽《はね》をバタバタさせて、またクワッと鳴《な》いた。白《しろ》い羽《はね》が一枚《まい》、くるくるとまわりながら宙《ちゅう》に舞《ま》った。

ルイスは小《ちい》さくなって、穴《あな》にでも入《はい》りたい気《き》持《も》ちだった。

すると、驚《おどろ》いたことにやじに負《ま》けない声《こえ》でローズ・リタがどなるのが聞《き》こえた。「うるさい！　あんたたちなんて大《だい》きらい！　ぜったい仕《し》返《かえ》ししてやるから！」

おなさけで、幕《まく》が下《さ》がった。ローズ・リタはルイスのほうに向《む》き直《なお》ってきっとにらみつけると、すたすたと去《さ》っていった。ルイスは心臓《しんぞう》が止《と》まったかと思《おも》った。

その瞬間《しゅんかん》、ローズ・リタはいつものローズ・リタではなかった。ぎらぎらと輝《かがや》く目《め》は、真《ま》っ黒《くろ》で、いくつもの目《め》が集《あつ》まってできたクモの複眼《ふくがん》のようだった。そう、まるで人間《にんげん》の姿《すがた》をしたクモだったのだ。

第《だい》6章《しょう》　憎《にく》しみを育《そだ》てろ！

ローズ・リタはふつふつとわきあがる怒《いか》りを抱《かか》えたまま、いやな臭《にお》いのする暗《くら》いすみっこに縮《ちぢ》こまっていた。自分《じぶん》を笑《わら》いものにしたルイスが憎《にく》かった。そもそもこんなばかげたタレント・ショーをやらせた学校《がっこう》も憎《にく》かったし、それに輪《わ》をかけて、自分《じぶん》をばかにした観《かん》客《きゃく》の子《こ》どもたちが、いや、大人《おとな》たちでさえもが憎《にく》かった。「必《かなら》ず仕返《しかえ》ししてやる」うなるようにつぶやいた。ローズ・リタはひざを抱《かか》えてうずくまるようにしゃがんでいた。ここは、狭苦《せまくる》しくて暑《あつ》かったけれど、それも気《き》にならなかった。カビと消毒液《しょうどくえき》とほこりの臭《にお》いがぜんぶ混《ま》ざったような、ひどい臭《にお》いですら、どうでもいい。ローズ・リタはひたすら自《じ》分《ぶん》を笑《わら》いものにした全員《ぜんいん》に仕返《しかえ》しする方法《ほうほう》を考《かんが》えた。

するとドアをノックする音《おと》がしたので、ローズ・リタは飛《と》びあがった。そのひょうしに頭《あたま》をぶつけたけれど、ぐっとくちびるを噛《か》んで、声《こえ》を押《お》し殺《ころ》した。すると、ツィマーマン夫人《ふじん》のやさしい声《こえ》がした。「ここにいるの、ローズ・リタ？」

「いない！」ばかみたいにきこえるのを承知《しょうち》で、ローズ・リタはどなった。「あっちへいって」

「いいえ、いきませんよ。入《はい》ってもいいかしら？」

ローズ・リタはなにも言《い》わなかった。そして、暗闇《くらやみ》のなかで肩《かた》をすくめた。ツィマーマン夫人《ふじん》から隠《かく》れるなんて、できるはずがないのだ。なくなったものや隠《かく》してあるものを見《み》つける、あらゆる呪文《じゅもん》を知《し》っているのだから。ドアのノブがガチャガチャいう音《おと》が聞《き》こえ、ツィマーマン夫人《ふじん》が用務員室《ようむいんしつ》のドアをさっと開《あ》けた。ローズ・リタは、オールドダッチの洗剤《せんざい》や、電球《でんきゅう》の箱《はこ》や、たわしや、丸《まる》めた雑巾《ぞうきん》が置《お》いてある厚《あつ》い合板《ごうはん》の棚《たな》の下《した》にしゃがみこんでいた。ツィマーマン夫人《ふじん》は暗闇《くらやみ》のなかをすかして見《み》ながら、鼻《はな》にしわを寄《よ》せた。「まさかこんなところにいるとは思《おも》いませんでしたよ。まあまあ、よりにもよってこんなくさいところに隠《かく》れてるなんて！」

「どうでもいいの」ローズ・リタはむすっとして言《い》った。タレント・ショーはもう三十分《ぷん》も前《まえ》に終《お》わっていたけれど、まだ衣装《いしょう》も着《き》たままだった。ローズ・リタは足《あし》をさらに引《ひ》き寄《よ》せると、できるだけすみっこに縮《ちぢ》こまった。

「まあ、あなたが気《き》にならないんだったら、わたしも気《き》にしないようにしましょ」ツィマーマン夫人《ふじん》は明《あか》るく言《い》った。そしてゆっくりとしゃがむと、足《あし》を横《よこ》に折《お》ってドアの前《まえ》に座《すわ》った。「舞台《ぶたい》で失敗《しっぱい》したからって、世界《せかい》の終《お》わりってわけじゃないのよ」

「わたしにとっては、終《お》わったようなものよ」ローズ・リタはボソッとつぶやいた。そして乱暴《らんぼう》にめがねを鼻《はな》の上《うえ》に押《お》しあげると、鼻《はな》をグスッとすすった。ちょっと間《ま》をおいてから、ローズ・リタは静《しず》かな声《こえ》できいた。「みんな帰《かえ》ったの？」

「ほとんどね」ツィマーマン夫人《ふじん》は答《こた》えた。用務員室《ようむいんしつ》は短《みじか》い廊下《ろうか》のつきあたりにあって、明《あ》かりは薄暗《うすぐら》い電球《でんきゅう》ひとつきりだった。ツィマーマン夫人《ふじん》の白髪《はくはつ》がぼうっと光《ひか》り、メガネのレンズに光《ひかり》が反射《はんしゃ》して、小《ちい》さな白《しろ》い丸《まる》が二つ並《なら》んでいるように見《み》える。ツィマーマン夫《ふ》人《じん》はもぞもぞと体《からだ》を動《うご》かして、姿勢《しせい》を楽《らく》にしようとした。「ご両親《りょうしん》には、わたしがあなたを連《つ》れて帰《かえ》るって、言《い》ったのよ。少《すこ》し落《お》ちつく時間《じかん》がいるだろうと思《おも》って」

深《ふか》く息《いき》を吸《す》いこむと、のどにつかえるような気《き》がした。ローズ・リタはけんめいに涙《なみだ》をこらえた。「どうしてみんな、あんなにいじわるなんだろう？」ローズ・リタはみじめな気持《きも》ちできいた。

ツィマーマン夫人《ふじん》はうつむいて、紫《むらさき》のドレスの生地《きじ》をつまむと、無意識《むいしき》のうちにひだをつけて折《お》りはじめた。「いじわるをしたとは思《おも》っていないと思《おも》いますよ」ツィマーマン夫人《ふじん》はゆっくりと口《くち》を開《ひら》いた。「どちらかというと、自分《じぶん》じゃなくてよかったって気持《きも》ちじゃないかしら。だれだって、はずかしい思《おも》いをしたことはあるのよ、ローズ・リタ。ひどくばつの悪《わる》いへまをやらかしたときって、みんながどう感《かん》じるかなんて、わからなくなってしまうの。だけどみんなにとっては、一生《いっしょう》の恥《はじ》なんておおげさなものじゃなくて、おもしろおかしい見《み》せ物《もの》にすぎない。そして、あそこで注目《ちゅうもく》を浴《あ》びているのが自分《じぶん》でなくてよかったと思《おも》って、笑《わら》うの。個人的《こじんてき》にあなたをどうこう思《おも》ってるわけじゃないのよ」

「ううん、思《おも》ってるのよ」ローズ・リタは、自分《じぶん》の下唇《したくちびる》が震《ふる》えているのがわかった。涙《なみだ》で目《め》がかすむ。「わ、わたしのことを、ば、ばかにしてるのよ！」

ツィマーマン夫人《ふじん》がさしのべた腕《うで》のなかに、ローズ・リタはそっと近《ちか》づいていって抱《だ》きついた。ドレスからうっすらとペパーミントの香《かお》りが漂《ただよ》った。「ほらほら」ツィマーマン夫人《ふじん》はやさしくローズ・リタの肩《かた》をなでた。「たしかに笑《わら》ったかもしれないけれど、傷《きず》つけようとしたわけじゃないのよ」

ローズ・リタはぱっと体《からだ》を起《お》こした。涙《なみだ》でメガネが曇《くも》っていた。「いいえ、傷《きず》つけたのよ！」

ツィマーマン夫人《ふじん》はちょっと悲《かな》しそうに微笑《ほほえ》んだ。「そうね、あなたの気持《きも》ちは傷《きず》ついたかもしれない。みんながヒューヒュー叫《さけ》んで、やじをとばしていたとき、まるで背《せ》の高《たか》さが十五センチくらいに縮《ちぢ》んだような気《き》がしたでしょ？　月曜日《げつようび》に学校《がっこう》へいってみんなと顔《かお》を合《あ》わせることなんてできないと思《おも》っているのもわかる。だけど、それでも人《ひと》は忘《わす》れるのよ、ローズ・リタ。今回《こんかい》のことで、むかし、ダンスにいったときのことを思《おも》い出《だ》したの。わたしは十六歳《さい》だった。ベン・クァッケンブッシュってハンサムな子《こ》が誘《さそ》ってくれたの。だけど、気《き》が利《き》かなくって不器用《ぶきよう》な子《こ》でね、わたしのスカートのすそを黒《くろ》くてごつい革靴《かわぐつ》で踏《ふ》んづけたのよ。スカートは足首《あしくび》まですとんと落《お》ちて、わたしはダンス会場《かいじょう》の真《ま》ん中《なか》でペチコートが丸見《まるみ》えになって、注目《ちゅうもく》の的《まと》になったってわけ。その当時《とうじ》としちゃ、とんでもなく世間体《せけんてい》の悪《わる》いことだったのよ！」

ローズ・リタは弱々《よわよわ》しく微笑《ほほえ》んだ。「今《いま》だって、そうとうまずいかも」

「さあ、どうかしら」ツィマーマン夫人《ふじん》は考《かんが》えこんだように言《い》ったけれど、目《め》がきらりと光《ひか》った。「今《いま》だったら、あそこまで注目《ちゅうもく》は浴《あ》びなかったでしょうね。わたしの脚《あし》は、あのころほど格好《かっこう》よくありませんからね！」

ローズ・リタは思《おも》わずくすっと笑《わら》った。「それからどうなったの？」

ツィマーマン夫人《ふじん》は肩《かた》をすくめた。「みんな、わたしを見《み》て大笑《おおわら》いした。学校《がっこう》の女《おんな》の子《こ》たちは、わたしのことをリトル・エジプトって呼《よ》びはじめた。なんのことか知《し》ってる？」

ローズ・リタが首《くび》を振《ふ》ると、ツィマーマン夫人《ふじん》は笑《わら》った。「ベリーダンサーの名前《なまえ》よ。その踊《おど》り子《こ》は、舞台《ぶたい》の上《うえ》でほとんど服《ふく》をつけないで踊《おど》るってことで有名《ゆうめい》だったの。わたしがどんな気持《きも》ちだったかわかるでしょ。だけど、だんだんと忘《わす》れたし、今《いま》から考《かんが》えると、あのベン・クァッケンブッシュとのデートもけっこうおかしかったとさえ思《おも》うわ。あなたもいずれ今夜《こんや》のことはどうでもよくなるはずよ」

ローズ・リタは汚《きたな》い床《ゆか》を見下《みお》ろした。心《こころ》の奥底《おくそこ》では、さんざん笑《わら》われて、やじられたことを忘《わす》れるなんて、ありえないと思《おも》っていた。けれど、いっしょうけんめい親切《しんせつ》にしてくれているツィマーマン夫人《ふじん》にそうは言《い》いたくなかった。「ルイスは？」ローズ・リタは小《ちい》さな声《こえ》できいた。

ツィマーマン夫人《ふじん》はにっこりした。「あなたたちが舞台《ぶたい》から下《お》りたあと、ジョナサンがつれて帰《かえ》りましたよ。ルイスも、今夜《こんや》のことが忘《わす》れられるまでは、いやな思《おも》いをたくさんするでしょうね」

ローズ・リタはうなずいたけれど、心《こころ》のなかでは今回《こんかい》のことはルイスの責任《せきにん》だと思《おも》っていた。

「さあ」ツィマーマン夫人《ふじん》はゆっくりと立《た》ちあがった。「着替《きが》えなくちゃ。わたしたちが出《で》ないと、鍵《かぎ》を締《し》められないしね」そして手《て》を差《さ》し出《だ》したので、ローズ・リタはすなおに手《て》をとって、立《た》たせてもらった。長《なが》い間《あいだ》、用務員室《ようむいんしつ》に隠《かく》れていたので、足《あし》がこわばってしびれていた。ローズ・リタはむっつりとしたまま女子《じょし》の更衣室《こういしつ》にいくと、ジーンズとトレーナーに着替《きが》え、ツィマーマン夫人《ふじん》といっしょに紫《むらさき》の一九五〇年型《ねんがた》プリマス・クランブルックが停《と》めてある場所《ばしょ》まで歩《ある》いていった。そして丸《まる》めて持《も》っていた衣装《いしょう》を、うしろの座席《ざせき》に放《ほう》りこんだ。

ツィマーマン夫人《ふじん》は、帰《かえ》り道《みち》の車《くるま》のなかではなにも言《い》わなかった。マンション通《どお》りに着《つ》

く と、ツィマーマン夫人《ふじん》はローズ・リタの家《いえ》の前《まえ》で車《くるま》を止《と》めた。テラスの電気《でんき》がついて、黄色《きいろ》い光《ひかり》が芝生《しばふ》に濃《こ》い影《かげ》を落《お》としていた。「ルイスに怒《いか》りをぶつけてはだめよ」ツィマーマン夫人《ふじん》はやさしい口調《くちょう》で言《い》った。「ルイスだって笑《わら》われたことを忘《わす》れてはだめ。ルイスも、あなたと同《おな》じようにいやな思《おも》いをしているの。あなたたちは友《とも》だちでしょ。友《とも》だちは、悪《わる》いことがあったときこそ、助《たす》け合《あ》わなきゃ」

ローズ・リタはうなっただけだった。そして、助手席《じょしゅせき》のドアを開《あ》けると、車《くるま》を下《お》りた。一瞬《いっしゅん》、衣装《いしょう》もいっしょにおろさなきゃ、と思《おも》ったけれど、もう二度《にど》と見《み》たくないと思《おも》い直《なお》した。そして、ツィマーマン夫人《ふじん》にお礼《れい》も言《い》わずにばたんとドアを閉《し》めると、庭《にわ》の芝生《しばふ》の上《うえ》を走《はし》っていった。玄関《げんかん》の鍵《かぎ》は開《あ》いていたので、そのままなかへ飛《と》びこむと、居間《いま》のほうから、母親《ははおや》の呼《よ》ぶ声《こえ》がした。「ローズ・リタ？　帰《かえ》ったの？」

「ただいま」ローズ・リタは叫《さけ》びかえすと、二階《かい》の自分《じぶん》の部屋《へや》へ駆《か》けあがった。そして鍵《かぎ》を締《し》め、ドアを背《せ》にして目《め》をつぶった。すると、薄暗《うすぐら》い劇場《げきじょう》で、白《しろ》いメンドリと白《しろ》いたまごがぼうっと光《ひか》っている様子《ようす》が浮《う》かんできた。くすくす笑《わら》う声《こえ》や、ばかにしたような声《こえ》さえ聞《き》こえるような気《き》がする。ふたたび、じわじわと熱《あつ》い怒《いか》りがわきあがってくるのを感《かん》じた。「必《かなら》ず仕返《しかえ》ししてやる」ローズ・リタはささやくように言《い》った。そして、どうしたら自分《じぶん》を笑《わら》った者《もの》たち全員《ぜんいん》に恥《はじ》をかかせてやれるか考《かんが》えはじめた。

ローズ・リタのママが部屋《へや》の前《まえ》まできて、気分《きぶん》はどうかたずねた。ローズ・リタは叫《さけ》び返《かえ》した。「だいじょうぶ。もう寝《ね》るから」

パジャマに着替《きが》えると、電気《でんき》を消《け》した。暗闇《くらやみ》のなかで横《よこ》になりながら、去年《きょねん》の夏《なつ》、キッチィ・イッチィ・キッピィのキャンプにいったときのことを思《おも》い出《だ》した。キャンプなんてばかにしていたけれど、ルイスがボーイスカウトのキャンプにいってしまったので、参加《さんか》することにしたのだ。でも、キャンプのあいだ、大半《たいはん》は、家《いえ》に帰《かえ》りたくてしょうがなかった。ローズ・リタに言《い》わせれば、キャンプにきている女《おんな》の子《こ》たちはみんな、ばかみたいで、いらいらさせられた。だけど、活動《かつどう》のなかには面白《おもしろ》いものもあった。夜《よる》になると、みんなでキャンプファイアーを囲《かこ》んで、キャンプのおかしな歌《うた》をたくさん歌《うた》った。うまく歌《うた》えようが、懐中電灯《かいちゅうでんとう》で楽譜《がくふ》が見《み》えなくて音程《おんてい》が外《はず》れようが、かまいやしないのだ。今《いま》でも気分《きぶん》が落《お》ちこむと、そのときの歌《うた》を思《おも》い出《だ》すことがある。そうすると、たいていは明《あか》るくなれた。真《ま》っ暗《くら》ななかで横《よこ》になっていると、歌《うた》がひとつ浮《う》かんできた。《リパブリック賛歌《さんか》》

の替《か》え歌《うた》だった。

夏《なつ》の暑《あつ》いときは、ピンクのパジャマ
冬《ふゆ》は寒《さむ》くて、フランネルの寝巻《ねま》き
だけど、暖《あたた》かい春《はる》と、涼《すず》しい秋《あき》は
なにも着《き》ないでふとんに飛《と》びこむの！
グローリ、グローリ、ハレルーヤ
グローリ、グローリ、どうする？
グローリ、グローリ、ハレルーヤ
なにも着《き》ないでふとんに飛《と》びこむの！

いつもはこの替《か》え歌《うた》を思《おも》い出《だ》すと、つい笑《わら》ってしまうのだけど、今日《きょう》のようにいろいろあったあとでは、その威力《いりょく》さえなくなってしまったようだった。怒《いか》りのあまり、眠《ねむ》れないのだ。

今夜《こんや》は、家《いえ》の外《そと》の街灯《がいとう》が妙《みょう》に明《あか》るく感《かん》じられた。ローズ・リタはじっと窓《まど》を見《み》た。時間《じかん》がたつにつれ、街灯《がいとう》のおぼろげな銀色《ぎんいろ》の光《ひかり》で窓《まど》がうっすらと光《ひか》りはじめた。部屋《へや》のなかのものは、ほとんどなにも見《み》えない。イスと机《つくえ》とたんすがあるとわかっている場所《ばしょ》に、黒《くろ》い影《かげ》が見《み》えるだけだ。だんだんとまぶたが重《おも》くなってきて、開《あ》けているのがむずかしくなってきた。呼吸《こきゅう》がゆっくりになっていく。

うとうとしながら、ローズ・リタはぼんやりとした頭《あたま》で、もうひとつ見《み》える黒《くろ》い影《かげ》がなにか考《かんが》えようとした。影《かげ》が近《ちか》づいてきたような気《き》がしたので、疲《つか》れた目《め》をむりやりうっすらと開《ひら》く。たしかに、影《かげ》はすぐそばにあった。背《せ》が高《たか》く、ベッドのすぐ脇《わき》に立《た》っている。コートが一、二枚《まい》かけてあるコートかけのようにも見《み》えるけれど、ローズ・リタの部屋《へや》にコートかけはない。なんにしろ、見慣《みな》れないし、この家《いえ》のものではないようだけれど、一方《いっぽう》でそこにあるのをかいま見《み》ても、違和感《いわかん》はなかった。つんと鼻《はな》を突《つ》くにおいがして、鼻《はな》が乾《かわ》いてむずむずした。セージか、ちょっとクローブの香《かお》りにも似《に》ている。手《て》を伸《の》ばせば触《ふ》れそうだ。そのくらい、近《ちか》い。でも、ローズ・リタはひどく疲《つか》れていた。

また目《め》を閉《と》じた。すると、おでこになにかが触《ふ》れるのを感《かん》じた。乾《かわ》いたやわらかい手《て》だ。

ツィマーマン夫人《ふじん》ね、とローズ・リタは眠《ねむ》くてぼうっとした頭《あたま》で考《かんが》えた。手《て》は、おでこをなぐさめるようにそっとなではじめた。「みんな大《だい》きらい」ローズ・リタはつぶやいた。「わかっている」息《いき》のもれるようなささやき声《ごえ》がした。ひどく低《ひく》くて、頭《あたま》のなかから聞《き》こえてくるのかもしれない。「憎《にく》しみはいいもの。人《ひと》を強《つよ》くする」

「うーん」自分《じぶん》の深《ふか》く規則正《きそくただ》しい寝息《ねいき》がはっきりと聞《き》こえる。まるで、ふわふわのやわらかな雲《くも》に乗《の》って、漂《ただよ》っているような感《かん》じがする。

「憎《にく》しみは育《そだ》てることができる」ささやき声《ごえ》は言《い》った。「おまえの望《のぞ》みをかなえ、おまえの目《め》となり、耳《みみ》となる。憎《にく》しみを解《と》き放《はな》て。わたしなら憎《にく》しみを放《はな》ち、意《い》のままに操《あやつ》る方法《ほう》を教《おし》えることができる」乾《かわ》いた手《て》は、やさしくおでこをなでていた。触《ふ》れているかいないかわからないくらいそっと。「そのことを教《おし》えるために、墓《はか》から出《で》てきたのだ」

ふいに、冷《つめ》たい指《ゆび》がローズ・リタの心臓《しんぞう》をぎゅっとつかんだ。息《いき》ができない。必死《ひっし》で息《いき》を吸《す》いこもうとしたけれど、体《からだ》がしびれていく。

「墓《はか》のなかには空気《くうき》がない。なにもなく、静《しず》まり返《かえ》っている。動《うご》くことも叫《さけ》ぶこともできない。できるのは考《かんが》えることだけ。かつて持《も》っていた力《ちから》のことを、そしてふたたび手《て》に入《い》れる力《ちから》のことを。そう、必《かなら》ず手《て》に入《い》れてみせる！」

肺《はい》が破裂《はれつ》しそうだ。息《いき》が苦《くる》しい。ローズ・リタは空気《くうき》を吸《す》おうとあがいた。しかし、手《て》はローズ・リタの額《ひたい》をおさえつけ、ぐいぐいと押《お》してくる。

声《こえ》は容赦《ようしゃ》なくつづけた。「贈《おく》り物《もの》を受《う》け取《と》るがよい。おまえは選《えら》ばれたのだ。憎《にく》しみを育《そだ》てろ！　強《つよ》くするのだ！　そしてわたしを呼《よ》びもどすのだ！」

額《ひたい》を押《お》さえる手《て》にさらに力《ちから》が入《はい》った。ローズ・リタは意識《いしき》を失《うしな》い、おそろしい悪夢《あくむ》のなかへ転《ころ》がり落《お》ちていった。かさこそと歩《ある》きまわるクモ、ねばねばとまといつくクモの巣《す》、半人半獣《はんじんはんじゅう》の醜《みにく》い怪物《かいぶつ》たち。半分《はんぶん》から先《さき》がかぎづめになった手《て》が、ローズ・リタを引《ひ》き裂《さ》こうとした。虫《むし》の目《め》が黒々《くろぐろ》と輝《かがや》き、ライオンの口《くち》が歯《は》をむいてうなり声《ごえ》をあげる。あざけるような憎《にく》しみのこもった笑《わら》い声《ごえ》が聞《き》こえたが、次《つぎ》の瞬間《しゅんかん》、すべてが静《しず》まり返《かえ》った。

夢《ゆめ》のなかで、ローズ・リタは奇妙《きみょう》な彫刻《ちょうこく》の前《まえ》に立《た》っていた。いくつもの面《めん》の刻《きざ》まれた柱《はしら》で、ローズ・リタよりも高《たか》い。てっぺんに、ぼろぼろになってあちこち穴《あな》のあいた石《いし》の球《たま》が乗《の》っている。球《たま》はローズ・リタが両腕《りょううで》でも抱《かか》えきれないほど大《おお》きかった。柱《はしら》の台座《だいざ》になにか文字《もじ》が彫《ほ》ってある。けれども、台座《だいざ》の形《かたち》のせいで読《よ》めなかった。ローズ・リタは柱《はしら》のまわりを一周《しゅう》して、横《よこ》に描《か》かれた文字《もじ》をたどって読《よ》もうとしたが、文字《もじ》は意味《いみ》を成《な》していなかった。

「わたしを探《さが》せ」寝室《しんしつ》で聞《き》いた、息漏《いきも》れのするようなささやき声《ごえ》が言《い》った。「わたしを自《じ》由《ゆう》にしておくれ」

ローズ・リタは周《まわ》りを見回《みまわ》したけれど、人《ひと》の姿《すがた》は見《み》えなかった。草《くさ》一本《ぽん》生《は》えていない黒々《くろぐろ》とした地面《じめん》が果《は》てしなく広《ひろ》がっている。世界《せかい》は平《たい》らで、この彫刻《ちょうこく》が中心《ちゅうしん》なのかもしれない。「どこにいるの？」ローズ・リタは叫《さけ》んだけれど、その声《こえ》はこの広漠《こうばく》とした世界《せかい》ではあまりにも小《ち》さく、すぐにのまれて聞《き》こえなくなってしまった。

「わたしを探《さが》すのだ」声《こえ》はくりかえした。

ローズ・リタは彫刻《ちょうこく》のほうを振《ふ》り返《かえ》った。じっと石《いし》の球《たま》を見《み》つめる。ゆっくりと回転《かいてん》している？　はっきりとはわからなかった。長《なが》いあいだ、ローズ・リタはじっと球《たま》を見《み》ていた。けれど、時計《とけい》の短《みじか》い針《はり》が動《うご》いているのを確《たし》かめようとして、見《み》つめているようなものだった。背伸《せの》びして、濃《こ》い灰色《はいいろ》の奇妙《きみょう》な球《たま》に触《ふ》れてみた。石《いし》はざらざらして、手《て》のひらがひんやりとした。

すると、あることが起《お》こった。

ふたつの目《め》が、ぱっと現《あらわ》れたのだ。かたい石《いし》の表面《ひょうめん》に！

目《め》は憎《にく》しみに燃《も》え、ローズ・リタを突《つ》き刺《さ》すようににらみつけた。あまりの邪悪《じゃあく》さに、ローズ・リタは息《いき》をのんだ。

すると、目《め》のわきから石《いし》の手《て》がぬっと突《つ》き出《で》てローズ・リタの手《て》をつかみ、そのまま凍《こお》りついた。石《いし》の手《て》はかたく、冷《つめ》たく、ざらざらしていて、びくともしない。ローズ・リタが手《て》をひっこめようとしても、一ミリたりとも動《うご》かすことはできなかった。

ローズ・リタは恐怖《きょうふ》に目《め》を見張《みは》った。自分《じぶん》の腕《うで》が灰色《はいいろ》に変《か》わりはじめたのだ。波《なみ》が押《お》し寄《よ》せるように、みるみるうちにひじから肩《かた》へと広《ひろ》がり、やがて体全体《からだぜんたい》が灰色《はいいろ》になった。

ローズ・リタは石《いし》になっていた。

第《だい》7章《しょう》　黒《くろ》い影《かげ》

次《つぎ》の週《しゅう》になっても、ローズ・リタはまるでまだあのおそろしい夢《ゆめ》のなかにいるようだった。本当《ほんとう》に石《いし》になってしまったような気《き》がする。少《すく》なくとも、感情《かんじょう》は石《いし》のように冷《ひ》え切《き》っていた。毎日学校《まいにちがっこう》にいったけれど、ほかの女《おんな》の子《こ》たちがうわさしてくすくす笑《わら》っても、無《む》視《し》した。ルイスも同《おな》じように、いじわるな陰口《かげぐち》にいやな思《おも》いをしていた。ローズ・リタに謝《あやま》ろうとしたけれども、ローズ・リタはまるで何《なん》キロも先《さき》を見《み》るような目《め》でルイスを見《み》るだけで、なにも言《い》わなかった。先生《せんせい》が宿題《しゅくだい》を出《だ》すと、まるで機械《きかい》みたいにただこなし、心《こころ》の奥底《おくそこ》でくすぶっている熱《あつ》い怒《いか》りの炎《ほのお》のことは、母親《ははおや》にも父親《ちちおや》にもツィマーマン夫人《ふじん》にもだれにも話《はな》さなかった。今《いま》や、怒《いか》りだけがローズ・リタを人間《にんげん》にとどめているようだった。

ローズ・リタはどんよくに怒《いか》りを燃《も》やしつづけた。

ルイスは何回《なんかい》か夕食《ゆうしょく》を食《た》べにこないか誘《さそ》ってみたけれど、ローズ・リタは首《くび》を横《よこ》に振《ふ》るだけだった。ローズ・リタはなにかを待《ま》っていた。自分《じぶん》でもそれがなにかはわからなかったけれど、友《とも》だちとしゃべったり笑《わら》ったりしたら、大切《たいせつ》な憎《にく》しみの炎《ほのお》が消《き》えてしまうと、心《こころ》のどこかで感《かん》じていた。だからいつにもまして人《ひと》を避《さ》けて、時《とき》がくるのを待《ま》っていた。

タレント・ショーから十日《か》たった月曜《げつよう》の午後《ごご》、ローズ・リタが学校《がっこう》から帰《かえ》ってくると、部屋《へや》に洗濯《せんたく》した服《ふく》を入《い》れたかごが置《お》いてあった。ローズ・リタは服《ふく》をしまいはじめた。クローゼットにブラウスとスカートをかけ、ジーンズをたたんで棚《たな》に入《い》れる。それから靴下《くつした》を一組《くみ》にして、しまおうとたんすの引《ひ》き出《だ》しを開《あ》けると、なかの靴下《くつした》の下《した》からなにかが突《つ》き出《だ》しているのが見《み》えた。あせた紫色《むらさきいろ》のベルベットのように見《み》える。ローズ・リタは眉《まゆ》をひそめて、靴下《くつした》をかきわけた。出《で》てきたのは、あの巻《ま》き物《もの》だった。

「返《かえ》したはずなのに」ローズ・リタはつぶやいて、すりきれた紫《むらさき》の帯封《おびふう》をためつすがめつ眺《なが》めた。「まちがいなく、博物館《はくぶつかん》に返《かえ》したはずよ」

ローズ・リタはブルッと震《ふる》えた。両腕《りょううで》に鳥肌《とりはだ》が立《た》つ。心《こころ》の奥底《おくそこ》から、また邪悪《じゃあく》なささやき声《ごえ》が響《ひび》いてきた――**贈《おく》り物《もの》を受《う》け取《と》るがいい。おまえは選《えら》ばれたのだ。**ローズ・リタは、自分《じぶん》の手《て》が帯封《おびふう》からぼろぼろの古《ふる》い巻《ま》き物《もの》をひき抜《ぬ》くのをじっと見《み》ていた。手《て》が勝手《かって》に動《うご》いているようだ。まるでだれかに操《あやつ》られているように、手《て》は巻《ま》き物《もの》を広《ひろ》げた。黄《き》ばんでしわくちゃになった巻《ま》き物《もの》にさっと目《め》を通《とお》すと、何年《なんねん》もの時《とき》を経《へ》て黒《くろ》からさびた鉄《てつ》のような色《いろ》になったインクで、文字《もじ》や数字《すうじ》らしきものが書《か》かれていた。このまえは、一番上《いちばんうえ》の、これはベル・フリッソンの遺言書《ゆいごんしょ》である、というところしか読《よ》まなかったか、今度《こんど》は残《のこ》りを読《よ》みはじめた。

ちっとも意味《いみ》がわからなかった。

巻《ま》き物《もの》に書《か》かれた記号《きごう》は、文字《もじ》でも数字《すうじ》でも絵《え》でもなくて、まるで適当《てきとう》にそれらしい線《せん》を書《か》いていっただけのように見《み》えた。巻《ま》き物《もの》の上端《じょうたん》からはみ出《で》てしまったものもあれば、下《した》からはみ出《で》たものもあり、真《ま》ん中《なか》も、判読不能《はんどくふのう》の意味《いみ》のない線《せん》で埋《う》めつくされている。ローズ・リタは学校《がっこう》で少《すこ》しは外国語《がいこくご》も習《なら》っていた。ラテン語《ご》とフランス語《ご》ならちょっとは読《よ》めたし、教科書《きょうかしょ》で古代《こだい》エジプトの象形文字《しょうけいもじ》や中国《ちゅうごく》の絵文字《えもじ》やほかのいろいろな文字《もじ》も見《み》たことがある。けれど、巻《ま》き物《もの》の印《しるし》はそのどれとも似《に》ていなかった。どちらかといえば、ヘブライ語《ご》やアラビア語《ご》に近《ちか》いけれど、ローズ・リタはそのどちらでもないような気《き》がした。そしてどんどん巻《ま》き物《もの》を広《ひろ》げていったが、最後《さいご》まで開《ひら》いてみて、あっと驚《おどろ》いた。

そこに描《えが》かれていたものに、見《み》おぼえがあった。そう、前《まえ》は夢《ゆめ》で見《み》たのだ。てっぺんに巨大《きょだい》な石《いし》の球《たま》をのせた、いくつもの面《めん》でできた柱《はしら》だった。石《いし》になったときのぞっとするような感覚《かんかく》を思《おも》い出《だ》して、ローズ・リタの手《て》は震《ふる》えはじめた。あわてて巻《ま》き物《もの》をもとのようにくるくると巻《ま》くと、帯封《おびふう》に突《つ》っこんだ。すると、視界《しかい》のすみでなにかが動《うご》いた。ローズ・リタはぱっと振《ふ》り向《む》いた。小《ちい》さな犬《いぬ》くらいの黒《くろ》い影《かげ》がクローゼットに走《はし》りこんだ？はっきりとはわからなかった。ローズ・リタは巻《ま》き物《もの》をベッドの上《うえ》にぽんと投《な》げると、机《つくえ》のイスをつかんだ。

危険《きけん》な猛獣《もうじゅう》をかわそうとするライオン使《つか》いのように、ローズ・リタはイスを盾《たて》にして、クローゼットの扉《とびら》をぱっと開《あ》けた。洋服《ようふく》がかかっているだけで、なにひとつ動《うご》くものはなかった。黒《くろ》い影《かげ》は見当《みあ》たらない。けれど、クローゼットの床《ゆか》に、ハードウィックさんから借《か》りてきた古《ふる》い緑《みどり》の本《ほん》が置《お》いてあるのが目《め》にとまった。あれからいろいろなことがあったせいで、ローズ・リタはまだ本《ほん》を開《ひら》いてもいなかった。ローズ・リタはイスを置《お》くと、古《ふる》い本《ほん》をとりあげた。石目《いしめ》のついた革表紙《かわびょうし》が、妙《みょう》につるつるしているように感《かん》じる。ローズ・リタはベッドの端《はし》に腰《こし》かけると、本《ほん》を開《ひら》いて、扉《とびら》の文字《もじ》を読《よ》んだ。

世界《せかい》の魔術師《まじゅつし》　四十人《にん》
——すばらしきペテン師《し》、詐欺師《さぎし》、いかさま師《し》たちの物語《ものがたり》
演出家兼監督兼《えんしゅつかけんかんとくけん》プロデューサー　ジョセフ・W・ウィンストン著《ちょ》
イリノイ州《しゅう》シカゴ　レヴィット出版《しゅっぱん》　一八八五年刊《ねんかん》

ローズ・リタは何《なん》ページかめくって、ウィンストン氏《し》が魔術師《まじゅつし》について述《の》べているところを読《よ》みはじめた。

なかでも舞台《ぶたい》で手品《てじな》を披露《ひろう》する魔術師《まじゅつし》たちは、実《じつ》に巧妙《こうみょう》だ。わざと観客《かんきゃく》の混乱《こんらん》を誘《さそ》い、別《べつ》のところに注意《ちゅうい》を向《む》けるように仕向《しむ》け、見事《みごと》な手《て》さばきによってわれわれをあざむき、楽《たの》しませてくれる。わたしは何度《なんど》も奇跡《きせき》としか思《おも》えないものを目《め》にして、

すっかり驚《おどろ》き感心《かんしん》してしまったものだ。が、あとで知《し》ってみると、この芸術家《げいじゅつか》たちが錯覚《さっかく》を誘《さそ》うのに用《もち》いた仕掛《しか》けはいつも、ばかばかしいほど単純《たんじゅん》なのだ。そんなとき、妙《みょう》に複雑《ふくざつ》な気持《きも》ちがすることは認《みと》めねばなるまい。手品師《てじなし》たちの賢《かしこ》さに感心《かんしん》すると同《どう》時《じ》に、自分《じぶん》のばかさかげんと観察力《かんさつりょく》のなさにうんざりするのだ。

けれども、四十年間《ねんかん》、こうした驚異《きょうい》を操《あやつ》る者《もの》たちと劇場《げきじょう》から劇場《げきじょう》へ旅《たび》を続《つづ》けているあいだには、何度《なんど》か忘《わす》れられないようなできごとにも出合《であ》った。ひょっとしたら本物《ほんもの》かもしれないと思《おも》うようなマジックに出《で》くわしたこともあったのだ。魔法《まほう》は本当《ほんとう》に存《そん》在《ざい》するのだろうか？　その判断《はんだん》を下《くだ》すのは、寛大《かんだい》なる読者《どくしゃ》の皆《みな》さまにお任《まか》せしよう。ただ、数多《かずおお》くの魔術師《まじゅつし》たちのなかに、六、七人《にん》、手口《てぐち》がどうしても見抜《みぬ》けず、その技《わざ》をけっして見破《みやぶ》れなかった者《もの》たちがいたことを、ここで証言《しょうげん》しておこう。彼《かれ》らは単《たん》なる手品師《てじなし》なのか、それとも、われわれ凡人《ぼんじん》には想像《そうぞう》もできない力《ちから》を操《あやつ》る者《もの》たちなのか？　それを判断《はんだん》するのは、皆《みな》さまである。

ローズ・リタはさらにページをめくった。すると、「ベル・フリッソン：霊《れい》たちと言葉《ことば》を交《か》わす者《もの》」という題《だい》のついた長《なが》い章《しょう》が現《あらわ》れた。ローズ・リタは読《よ》もうとしたが、昔《むかし》ふうの斜《なな》めに線《せん》を入《い》れて陰影《いんえい》をつけた、銅版画《どうはんが》のところで手《て》を止《と》めた。ほっそりした卵形《たまごがた》の顔《かお》をした女《おんな》の人《ひと》の絵《え》だ。大《おお》きな黒《くろ》い貫《つらぬ》くような目《め》と漆黒《しっこく》の髪《かみ》をしている。エジプト風《ふう》の頭飾《あたまかざ》りをつけていたが、正面《しょうめん》についた丸《まる》いメダリオンには、クモの姿《すがた》が刻《きざ》まれていた。暗《くら》い目《め》はまっすぐローズ・リタをのぞきこんでいるようだ。ローズ・リタはあわてて次《つぎ》のページをめくった。

すると、そこにもまた別《べつ》の挿《さ》し絵《え》があった。今度《こんど》のは、ややきめの粗《あら》い写真《しゃしん》だった。墓《はか》石《いし》の立《た》ち並《なら》んだ平《たい》らな墓地《ぼち》で、真《ま》ん中《なか》にひときわ高《たか》い石碑《せきひ》が立《た》っている。その石碑《せきひ》を、ローズ・リタは知《し》っていた。てっぺんに石《いし》の球《たま》を抱《いだ》いた、いくつもの面《めん》でできたあの柱《はしら》だったのだ。写真《しゃしん》の下《した》の説明文《せつめいぶん》には、「ベル・フリッソン、旧称《きゅうしょう》エリザベス・プロクターは、この奇妙《きみょう》な墓石《はかいし》の下《した》に眠《ねむ》っている。石《いし》の球《たま》は、目《め》には見《み》えない力《ちから》でゆっくりと回転《かいてん》していると言《い》われている。今《いま》もなお、彼女《かのじょ》の霊《れい》はけんめいにわれわれに話《はな》しかけようとしているのだろうか？　それはだれにもわからない」とあった。

ローズ・リタは、その質問《しつもん》に答《こた》えられるのは自分《じぶん》だけだと、なぜかはっきりと感《かん》じた。

そして、ベル・フリッソンについて記《しる》した章《しょう》を読《よ》みはじめた。

一方《いっぽう》ルイスは、日《ひ》に日《ひ》に落《お》ちこんでいった。でもそれは、予想《よそう》とはちがい、いじめのせいではなかった。ルイスが思《おも》っていたほど、学校《がっこう》の子《こ》たちはルイスのことをからかわなかった。ほかの、高校《こうこう》フットボールとか、もうすぐやってくるハロウィーンなどの話題《わだい》が出《で》てくると、みんなすぐにタレント・ショーのことは忘《わす》れてしまった。もちろん、ルイスが歩《ある》いていると、たまにだれかがメンドリの鳴《な》きまねすることもあったけれど、デーヴとトムのやった〝ファーストはだれだい?〟のまんざいのほうが、みんなの記憶《きおく》に残《のこ》っていた。デーヴたちは三位《い》に入《はい》ったけれど、二人《ふたり》が優勝《ゆうしょう》すべきだったと思《おも》っている人《ひと》は多《おお》かった。

ルイスが気《き》になってしょうがなかったのは、親友《しんゆう》の態度《たいど》のことだった。ローズ・リタの冷《つめ》たさは、ルイスを傷《きず》つけた。ルイスはもともと友《とも》だちが多《おお》いほうではないし、いちばんルイスのことを理解《りかい》して、好《す》きでいてくれるのは、ローズ・リタだったのに。ある日《ひ》、庭《にわ》の落《お》ち葉《ば》を集《あつ》めているときに、ルイスはおじさんにローズ・リタのことを相談《そうだん》してみた。

ジョナサンはなぐさめてくれた。「大人《おとな》になるっていうのは、楽《らく》なことじゃない」ジョナサンはくまでに寄《よ》りかかりながら言《い》った。「おまえさんたちは、今回《こんかい》のことで傷《きず》ついたし、その傷《きず》はもう一生消《いっしょうき》えることはないと思《おも》っているだろうが、そうじゃない。たいていの人《ひと》は立《た》ち直《なお》るんだ。少《すこ》し、ローズ・リタに時間《じかん》をやらんとな。いつかローズ・リタも忘《わす》れて、なにもかもよくなるさ」

「ぼくがぜんぶめちゃくちゃにしちゃったんだ」ルイスはみじめな気持《きも》ちで言《い》って、濡《ぬ》れたかえでの落《お》ち葉《ば》を集《あつ》めて深紅《しんく》と黄色《きいろ》のかび臭《くさ》い山《やま》にした。

ジョナサンはやさしくルイスの肩《かた》を叩《たた》いた。「人生《じんせい》に災難《さいなん》はつきものさ。なにもかも悪《わる》いほうに転《ころ》がりはじめたとき、わたしはどう思《おも》ったと思《おも》う？　こう思《おも》ったのさ。〝手品《てじな》をお笑《わら》いにしちまえば、まだチャンスはあるんだが〟ってね。だけど、それをおまえさんたちに伝《つた》える方法《ほうほう》がなかったんだ」

ルイスは集《あつ》めた落《お》ち葉《ば》を、二人《ふたり》で庭《にわ》のすみに作《つく》った大《おお》きな落《お》ち葉《ば》の山《やま》にのせながら、おじさんの言《い》ったことを考《かんが》えてみた。どうしてあのとき、思《おも》いつかなかったんだろう。おじさんの言《い》うとおりだ。あのとき、みんなはルイスとローズ・リタのことを見《み》てゲラゲラ笑《わら》っていた。お客《きゃく》を笑《わら》わせようとしていたトムとデーヴのことを笑《わら》うよりもよっぽど笑《わら》っていたのだ。あのとき、へまをしたのも演技《えんぎ》の一部《いちぶ》だと思《おも》わせる方法《ほうほう》を思《おも》いつけば、ぜんぜんちがう結果《けっか》になっていたかもしれない。でも、実際《じっさい》は思《おも》いつかなかったわけで、タレント・ショーは人生最悪《じんせいさいあく》の夜《よる》になってしまった。

その週《しゅう》の金曜日《きんようび》、ツィマーマン夫人《ふじん》はみんなをリヨン湖《こ》の別荘《べっそう》に招待《しょうたい》した。もう泳《およ》げる季節《きせつ》ではないけれど、ツィマーマン夫人《ふじん》の別荘《べっそう》はとても静《しず》かで、景色《けしき》がすばらしかったし、居心地《いごこち》も最高《さいこう》だった。ツィマーマン夫人《ふじん》はローズ・リタにもぜひいらっしゃいと言《い》ったけれど、ローズ・リタは断《こと》わった。だから、いったのは、ツィマーマン夫人《ふじん》とジョナサンおじさんとすっかり落《お》ちこんでいるルイスの三人《にん》だった。ツィマーマン夫人《ふじん》はいつにも増《ま》して、おいしい夕食《ゆうしょく》を作《つく》ってくれた。ポークチョップのグリルと、ふかふかのスタッフド・ベークドポテトに、ツンと酸《す》っぱいザワークラウト、焼《や》きたてのパンに甘《あま》いなめらかなバター、それからデザートは巨大《きょだい》なアップルパイのアイスクリーム添《ぞ》えだ。三人《にん》はツィマーマン夫人《ふじん》の紫《むらさき》のお皿《さら》をぜんぶ空《から》にすると、紫《むらさき》のナプキンで口《くち》を拭《ふ》いて、ホウッと満足《まんぞく》のため息《いき》をついた。

「すばらしいごちそうだったよ、フローレンス」ジョナサンは赤《あか》いひげの奥《おく》から満面《まんめん》の笑《え》みをのぞかせた。「今《いま》まででいちばんおいしかったんじゃないか？」

「それはどうもありがとう、ひげもじゃさん」ツィマーマン夫人《ふじん》は言《い》った。それから顔《かお》を曇《くも》らせて、ため息《いき》をついた。「ローズ・リタがこられなくて残念《ざんねん》ね。ちょっと心配《しんぱい》なの」

ルイスは、お腹《なか》がいっぱいで幸《しあわ》せだった気分《きぶん》がいっぺんに吹《ふ》き飛《と》んだ。「ぼくもだよ」ルイスは認《みと》めた。「最近《さいきん》じゃ、ろくに話《はな》してもくれないんだ」

ツィマーマン夫人《ふじん》はコーヒーをすすった。「そうねえ、ローズ・リタの年頃《としごろ》は、恥《はじ》をかくのがなによりもいやなのよ。忘《わす》れるには、かなり時間《じかん》がかかるでしょうね」

ジョナサンはルイスの肩《かた》に手《て》を置《お》いた。「ルイスもつらい思《おも》いをしてるよ。なにしろ、卵《たまご》のことで、これから気《き》が遠《とお》くなるほど長《なが》いあいだ、ありとあらゆるつまらない冗談《じょうだん》に耐《た》えなきゃいけないんだから」

ルイスは思《おも》わずにやっとした。おじさんとツィマーマン夫人《ふじん》がけっして、事件《じけん》のことを避《さ》けたり、たいしたことがなかったようなふりをしたりしなかったおかげで、ずいぶん助《たす》けられていた。二人《ふたり》とも、ルイスを子《こ》ども扱《あつか》いしないで、あけっぴろげに事件《じけん》のことを話《はな》した。ルイスはおじさんのそういうところが好《す》きだった。タレント・ショーであんなおそろしい失敗《しっぱい》をしでかしたあとですら、ジョナサン・バーナヴェルトはルイスの心《こころ》を軽《かる》くするコツを心得《こころえ》ていた。

「それでルイス」ツィマーマン夫人《ふじん》はふざけるようにきいた。「もう二度《にど》と、舞台《ぶたい》にはあがらないつもり？」

ルイスは肩《かた》をすくめて、フォークでお皿《さら》に残《のこ》っていたパイのかけらをいじくった。「どうかな。ぼくがあのメンドリを無理《むり》に使《つか》わなかったら、ぜんぶうまくいったと思《おも》うんだ。手品《てじな》を練習《れんしゅう》するのはすごく面白《おもしろ》かった」

「なるほど」ジョナサンが言《い》った。「毎年《まいとし》、コロンで大《おお》きな手品師《てじなし》の大会《たいかい》が開《ひら》かれてるんだ。コロンには、マジック・ショーの行《おこな》われるアボッツという劇場《げきじょう》があるんだよ。来年《らいねん》、いってみようか。いくつか手品《てじな》を習《なら》えるかもしれん。もちろん、おまえさんがいきたければな」

ルイスはフォークを置《お》いた。「考《かんが》えてみる。今《いま》は天文学者《てんもんがくしゃ》になるのもいいかなって思《おも》ってるんだ。そうすれば、みんなが寝《ね》ているあいだに、観測所《かんそくじょ》で働《はたら》けるでしょ。天体望遠鏡《てんたいぼうえんきょう》で惑星《わくせい》や星《ほし》を見《み》るんだ。ぼくが見《み》られる側《がわ》じゃなくてね」

「そいつもなかなかいいな」ジョナサンはくすくす笑《わら》いながら言《い》った。「だが今《いま》は、このすばらしい食事《しょくじ》への感謝《かんしゃ》の気持《きも》ちを表《あらわ》して、皿洗《さらあら》いをするのが先決《せんけつ》だな」そして、ポケットから25セント玉《だま》を取《と》り出《だ》した。「どっちが洗《あら》ってどっちが拭《ふ》くか、コインを投《な》げて決《き》めよう」

「ジョナサンおじさん。それって、両方表《りょうほうおもて》になってる手品用《てじなよう》のコインじゃないの？」

一瞬《いっしゅん》、ジョナサンはあぜんとした。それから、のけぞって大笑《おおわら》いしはじめた。「やられたよ！　見破《みやぶ》られた！　おまえさんが先《さき》だ、ルイス。洗《あら》うかい？　それとも拭《ふ》くほうかい？」


リヨン湖《こ》には、ツィマーマン夫人《ふじん》の愛車《あいしゃ》のベッシィ——紫《むらさき》のプリマスできていた。ツィマーマン夫人《ふじん》が、ジョナサン・バーナヴェルトの運転《うんてん》もおんぼろの車《くるま》も信用《しんよう》できないと言《い》ったからだ。三人《にん》が湖《みずうみ》を出《で》たのは、夜遅《よるおそ》くなってからだった。オークやカエデの木《き》がホーマー道路《どうろ》の路肩《ろかた》まで枝《えだ》を伸《の》ばし、暗《くら》いトンネルのようになった道《みち》を車《くるま》は猛《もう》スピードでとばしていった。もうすぐ満月《まんげつ》だけれど、黒《くろ》い雲《くも》が垂《た》れこめ、月《つき》はまったく見《み》えない。ときたま、風《かぜ》がさあっと吹《ふ》いてきて、ヘッドライトの光《ひかり》のなかを乾《かわ》いた落《お》ち葉《ば》が舞《ま》うのが見《み》えた。ルイスはうしろの座席《ざせき》に座《すわ》って、ツィマーマン夫人《ふじん》とジョナサンのあいだから前《まえ》の道路《どうろ》を見《み》つめていた。

車《くるま》ががたんがたんとゆれて線路《せんろ》を渡《わた》り、ニュー・ゼベダイに入《はい》った。店《みせ》はぜんぶ電気《でんき》が消《き》えて、閉《し》まっている。マンション通《どお》りに入《はい》ると、まもなくローズ・リタの家《いえ》が見《み》えてきた。ルイスは一瞬《いっしゅん》、凍《こお》りついた。それからギャッと悲鳴《ひめい》をあげた。

ツィマーマン夫人《ふじん》が勢《いきお》いよくブレーキを踏《ふ》んだので、ベッシィはキキィーッと音《おと》をたてて急停止《きゅうていし》した。「いったいどうしたの？」

「見《み》て！　ローズ・リタの家《いえ》！」

ジョナサンは助手席《じょしゅせき》の窓《まど》をさげた。そして震《ふる》える声《こえ》で言《い》った。「ありゃ、犬《いぬ》か？」

「ちがう」ルイスは言《い》った。ローズ・リタの家《いえ》のポーチをささっと跳《は》ねるように這《は》っている黒《くろ》い影《かげ》は、コリーかラブラドール犬《けん》くらいの大《おお》きさだけれど、犬《いぬ》ではなかった。脚《あし》が細《ほそ》長《なが》いし、そもそも犬《いぬ》にしては数《かず》が多《おお》すぎる。

「影《かげ》よ」ツィマーマン夫人《ふじん》はあやふやな調子《ちょうし》で言《い》った。「ただの木《き》の影《かげ》よ」

黒《くろ》い影《かげ》は、不気味《ぶきみ》なほど静《しず》かに家《いえ》の壁《かべ》を登《のぼ》っていった。

ジョナサンが張《は》り詰《つ》めた声《こえ》で言《い》った。「いいや、影《かげ》じゃない。クモだ。旅行《りょこう》トランクくらいあるクモだ！」

ルイスは息《いき》をのんだ。心臓《しんぞう》がどきどきしている。その怪物《かいぶつ》は屋根《やね》まで這《は》いのぼると、まるで見《み》えないクモの糸《いと》を伝《つた》うように空《そら》に登《のぼ》っていった。「なにしてたんだろう？」ルイスは怯《おび》えた声《こえ》できいた。

「想像《そうぞう》もつかん」ジョナサンは首《くび》を伸《の》ばして空《そら》を見《み》あげた。「なんだろうと、いっちまった。フローレンス、すぐに作戦会議《さくせんかいぎ》を開《ひら》かねばなるまい。あれは、ほんもののクモじゃない。魔法《まほう》で作《つく》られた化《ば》け物《もの》だ。それも邪悪《じゃあく》な魔法《まほう》でな。ローズ・リタがおそろしい危険《きけん》にさらされている予感《よかん》がする」

第《だい》8章《しょう》　奇妙《きみょう》なローズ・リタ

　次《つぎ》の日《ひ》の土曜日《どようび》は、風《かぜ》があって涼《すず》しかった。ルイスは毎週末《まいしゅうまつ》、魔法博物館《まほうはくぶつかん》にいって三十分《ぷん》ほどハードウィックさんやポーカー仲間《なかま》の友人《ゆうじん》たちとおしゃべりするのが習慣《しゅうかん》になっていたけれど、今日《きょう》はいかずに、家《いえ》の周《まわ》りをぶらぶらしていた。水平線《すいへいせん》でしだいに大《おお》きくなる嵐《あらし》のように、なにかおそろしいことが起《お》こる予感《よかん》がこみあげてくるのを、必死《ひっし》で押《お》さえていた。

　ジョナサンおじさんとツィマーマン夫人《ふじん》は、書斎《しょさい》で話《はな》しこんでいた。ルイスは自分《じぶん》が見《み》たことをぜんぶ二人《ふたり》に話《はな》した。おじさんたちはひどく心配《しんぱい》していた。二人《ふたり》がかかりっきりだったので、ルイスは自分《じぶん》がじゃまになっているような気《き》がした。ついにジョナサンが、いつもどおり博物館《はくぶつかん》にいってきたらどうだい、と言《い》ってくれた。「フローレンスもわたしも、今《いま》は相手《あいて》ができんしな。それに、ハードウィックさんは、おまえさんが博物館《はくぶつかん》に興味《きょうみ》を持《も》っているのを喜《よろこ》んでいるようだよ。おまえさんも少《すこ》しはいやなことが忘《わす》れられるだろうし」

今《いま》はなによりも、いやなことを忘《わす》れたかった。そこで、ルイスはウィンドブレーカーを着《き》ると、身《み》がひきしまるような寒《さむ》さのなかに出《で》ていった。いろいろ考《かんが》えながら街《まち》へ向《む》かって歩《ある》いていくと、ローズ・リタの家《いえ》の前《まえ》にさしかかった。ルイスは通《とお》りの反対側《はんたいがわ》に渡《わた》ったけれど、歩《ある》きながら何度《なんど》も、不安《ふあん》な気持《きも》ちで木々《きぎ》のほうを眺《なが》めた。おそろしい灰色《はいいろ》の影《かげ》が自分《じぶん》に襲《おそ》いかかろうと潜《ひそ》んでいるような気《き》がしてしょうがなかった。

けれども、そんなものはいなかった。枯《か》れ葉《は》と、黒《くろ》い太《ふと》ったリスが二、三匹《びき》、それからぼろぼろの古《ふる》い鳥《とり》の巣《す》が一つ、二つ見《み》えただけで、奇妙《きみょう》なものやおそろしいもののいる気《け》配《はい》はなかった。博物館《はくぶつかん》に着《つ》くと、パーキンズさんはまだきていなくて、残《のこ》りの三人《にん》はパーキンズさんがくるのを待《ま》ちながら、カードの手品《てじな》で互《たが》いに相手《あいて》をだまそうとしていた。

「手品《てじな》がうまくいったかどうか、話《はな》してくれんのかね？」ハードウィックさんはカードを切《き》って、いちばん上《うえ》からジャックをぽんぽんと出《だ》しながら、言《い》った。ルイスはため息《いき》をついて、悲惨《ひさん》な事件《じけん》の一部始終《いちぶしじゅう》を話《はな》した。

三人《にん》の手品師《てじなし》たちは、同情《どうじょう》した顔《かお》できいていた。ムッセンバーガーさんは、そんなアクシデントはしょっちゅうだと言《い》ってくれた。「ぴらぴらしたピエロの衣装《いしょう》を着《き》て、生放送《なまほうそう》で手品《てじな》をやってみりゃわかるよ」ムッセンバーガーさんは、ガラガラ声《ごえ》でなぐさめるように言《い》った。「放送中《ほうそうちゅう》にウサギにフンをされて、子《こ》どもたちに種《たね》がばれちまったこともある。一度《いちど》なんて、ツイン・オークスのでっかい牛乳《ぎゅうにゅう》ビンを出《だ》して見《み》せて、グイッと飲《の》んだとたん、カメラのレンズに向《む》かってぜんぶ吐《は》き出《だ》しちまったんだ。腐《くさ》ってたんだよ！」

「フーディーニだって、失敗《しっぱい》したことがあるんだ」小男《こおとこ》のジョニー・ストーンさんが、トランプに手《て》を伸《の》ばしながら言《い》った。「一度《いちど》か二度《にど》、脱出《だっしゅつ》がうまくいかなくて、助《たす》けられたことがあるはずだ。冬《ふゆ》に水中脱出《すいちゅうだっしゅつ》をしたとき、鍵《かぎ》のかかった箱《はこ》から出《で》たら、川《かわ》に氷《こおり》が張《は》っていて岸《きし》にあがれなかったって話《はなし》をよくしていたよ。背泳《せおよ》ぎで氷《こおり》と水《みず》のすきまにあるわずかな空気《くうき》を吸《す》いながら、八百メートルも泳《およ》がなきゃなんなかったんだ。岸《きし》にあがったときは、凍《こご》える寸前《すんぜん》だったたってさ」

氷《こおり》に閉《と》じこめられた暗《くら》い水《みず》のなかのようすがありありと浮《う》かんできた。川《かわ》の死《し》の腕《うで》の冷《つめ》たさが感《かん》じられるような気《き》さえする。「本当《ほんとう》にあった話《はなし》なんですか？」ルイスは恐《おそ》れと尊《そん》敬《けい》の入《い》り混《ま》じった気持《きも》ちでたずねた。

ストーンさんは片目《かため》をつぶってみせた。「どっちにしろ、面白《おもしろ》い話《はなし》だろ？」それから言《い》った。「一階《かい》に、フーディーニが脱出《だっしゅつ》に使《つか》っていた牛乳《ぎゅうにゅう》の缶《かん》があるのを見《み》たかい？」

ルイスが首《くび》を振《ふ》ると、ハードウィックさんは立《た》ちあがった。「思《おも》い立《た》ったが吉日《きちじつ》だ」一同《いちどう》はどやどやと下《した》におりて、ハードウィックさんがルイスに亜鉛《あえん》メッキ鋼《こう》の牛乳缶《ぎゅうにゅうかん》を見《み》せた。缶《かん》はルイスの背《せ》くらいあって、ふたには巨大《きょだい》な南京錠《なんきんじょう》が八つもついていた。「このなかに入《はい》って、だれかが錠《じょう》をかけるところを想像《そうぞう》してごらん」ハードウィックさんが言《い》った。「どんなに暗《くら》くて狭《せま》いか想像《そうぞう》できるかい？　光《ひかり》も空気《くうき》もないんだ」

ルイスは思《おも》い浮《う》かべてブルッと震《ふる》えた。すると、ふっと頭《あたま》に浮《う》かんできたことがあった。ツイマーマン夫人《ふじん》は、タレント・ショーのあとローズ・リタを用務員室《ようむいんしつ》で見《み》つけたと言《い》っていた。ローズ・リタは閉所恐怖症《へいしょきょうふしょう》だ。狭《せま》い場所《ばしょ》に閉《と》じこめられると、ヒステリーを起《お》こしてしまう。物置《ものおき》に隠《かく》れるなんて、ローズ・リタがしそうにもないことだった。「え？」ルイスはハードウィックさんが言《い》ったことを聞《き》き逃《のが》してしまった。ハードウィックさんはしゃべるのをやめて、ルイスをじっと見《み》た。

「こいつのなかに入《はい》ったところを想像《そうぞう》してたんだろう」博物館《はくぶつかん》の館長《かんちょう》は言《い》った。「こんなふうに錠《じょう》のかかった缶《かん》から、いったいぜんたいどうやってフーディーニが脱出《だっしゅつ》したか、わかるかいってきいたんだ」

ルイスは首《くび》を振《ふ》った。「できるなんて信《しん》じられない」

「ところができるんだ」ストーンさんが自慢《じまん》げに言《い》った。

ハードウィックさんもうなずいた。「ああ、もちろんできる。だが、フーディーニはそれを芸術的《げいじゅつてき》にやったんだ。フーディーニは魔術師《まじゅつし》というより、縄抜《なわぬ》けの名人《めいじん》といったほうが正《ただ》しいかもしれん。だが、彼《かれ》のやり方《かた》は実《じつ》に芸術的《げいじゅつてき》だったということは認《みと》めなけりゃならん」

ドアをノックする音《おと》がした。ハードウィックさんはにやりとした。「トーマス・パーキンズ氏《し》が遅《おく》れてご登場《とうじょう》だ」そして、入口《いりぐち》のドアを開《あ》けにいった。

ところが、きたのはパーキンズさんではなかった。ハードウィックさんがドアを開《あ》けると、ルイスはあっと驚《おどろ》いた。入《はい》ってきたのはローズ・リタだった。何日《なんにち》もろくに寝《ね》ていないような顔《かお》をしている。くまができているせいで、目《め》がひどく疲《つか》れて落《お》ちくぼんで見《み》えたし、髪《かみ》もいつにも増《ま》してもつれている。胸《むね》にはしっかりと緑《みどり》の本《ほん》を抱《かか》えていた。「こんにちは」ローズ・リタは小《ちい》さな声《こえ》で言《い》うと、ハードウィックさんに本《ほん》を渡《わた》した。「どうもありがとうございました」

「お安《やす》いごようだよ」ハードウィックさんは答《こた》えた。

ローズ・リタは、ルイスがいるのに気《き》づいていなかった。ローズ・リタは唇《くちびる》をなめると言《い》った。「もしよければ、もう少《すこ》し借《か》りていたいんです。あと、あの、前《まえ》に話《はな》してくださった墓地《ぼち》に今《いま》でもいきますか？　ベル・フリッソンが葬《ほうむ》られている墓地《ぼち》のことです」

「ときどきいくよ」ハードウィックさんは言《い》った。「古《ふる》い友人《ゆうじん》の墓《はか》がいくつかあるんだ。うちの奥《おく》さんと墓参《はかまい》りにいくんだよ。コロンのあの墓地《ぼち》には、魔術師《まじゅつし》たちの墓《はか》がびっくりするほどたくさんあるんだ」そして、ローズ・リタに本《ほん》を返《かえ》した。「好《す》きなだけ、借《か》りていていいよ」

「近《ちか》いうちにいきますか？」ローズ・リタはいてもたってもいられないようすだった。

ハードウィックさんは一瞬《いっしゅん》、考《かんが》えこんだ。「うーん。そう言《い》われてみれば、最近《さいきん》いってないな。明日《あす》、エレンといってもいいな」

「連《つ》れていってもらえますか？」ローズ・リタはきいた。

ハードウィックさんは言《い》った。「もちろんいいさ。おとうさんとおかあさんがいいと言《い》ったらね」

それから振《ふ》り返《かえ》って、言《い》った。「ルイス、きみもくるかい？」

ルイスはすぐに答《こた》えられなかった。ハードウィックさんが話《はな》しかけたとたん、ローズ・リタがじろりとこちらをにらみつけたのだ。すさまじい怒《いか》りの表情《ひょうじょう》が浮《う》かんだが、一瞬《いっしゅん》にして消《き》え、すぐにルイスが気《き》がかりな最近《さいきん》よく見《み》るぼんやりとした顔《かお》に変《か》わった。ルイスはつかえながら答《こた》えた。「う、うん。たぶん。おじさんにきいてみます」

「ぜひおいで」ハードウィックさんは言《い》って、ドアの外《そと》をのぞいた。「よし。トム・パーキンズがおんぼろ車《ぐるま》を停《と》めてるぞ。ようやくポーカーがはじめられるな」

ルイスはハードウィックさんたちにさようならを言《い》うと、ローズ・リタと表《おもて》へ出《で》た。ルイスはもごもごと二、三言話《ことはな》しかけてみたけれど、ローズ・リタはフンとうなったり、肩《かた》をすくめたりするだけで、家《いえ》の前《まえ》までくると、なにも言《い》わずに入《はい》ってしまった。ルイスはふいに、今《いま》、博物館《はくぶつかん》からいっしょに歩《ある》いてきたのはローズ・リタではないような、ぶきみな感覚《かんかく》に襲《おそ》われた。まるで死体《したい》と歩《ある》いてきたみたいだ、とルイスは思《おも》った。そう思《おも》ったとたん、吐《は》き気《け》がして気分《きぶん》が悪《わる》くなった。ローズ・リタの体《からだ》のなかにいるのがローズ・リタでないとしたら、いったいだれなんだ？

いや、人間《にんげん》ならまだましだ。いったいなんなんだろう？

家《いえ》に帰《かえ》ると、ツィマーマン夫人《ふじん》とジョナサンおじさんはまだ書斎《しょさい》にいた。ジョナサンは緑《みどり》のかさのランプを置《お》いた大机《おおづくえ》に座《すわ》っていた。横《よこ》に本《ほん》が乱雑《らんざつ》に積《つ》み重《かさ》ねてある。ツィマーマン夫人《ふじん》は大《おお》きなひじ掛《か》けいすに腰《こし》かけて、紫《むらさき》の長《なが》いスカーフのようなものをせっせと編《あ》んでいた。ツィマーマン夫人《ふじん》はめったに編《あ》み物《もの》はしなかったけれど、たまに考《かんが》え事《ごと》がたくさんあるときに、毛糸《けいと》と針《はり》をひっぱり出《だ》して、なにやら編《あ》みはじめることがあった。ぶかぶかのセーターやら掛《か》けふとんやらショールやらが編《あ》みあがるのだけれど、ツィマーマン夫人《ふじん》いわく、編《あ》みあがったものを見《み》ていちばん驚《おどろ》くのは、だれよりも編《あ》んでいた本人《ほんにん》だった。なにか編《あ》みたいものがあるわけでもなく、いきなり編《あ》みはじめるからだ。

ツィマーマン夫人《ふじん》とジョナサンおじさんは、ルイスが入《はい》ってきてもうひとつのひじ掛《か》けいすに座《すわ》ると、顔《かお》をあげた。「魔法《まほう》をかけられて、悩《なや》んで、とほうにくれているといった感《かん》じだわね、ルイス」ツィマーマン夫人《ふじん》はそう言《い》うと、針《はり》をカチッと鳴《な》らして、置《お》いた。

ルイスはうなずいた。「ちょっと気《き》になることがあったんだ」それからツィマーマン夫《ふ》人《じん》に、ローズ・リタが用務員室《ようむいんしつ》に隠《かく》れることにしたのはおかしいと思《おも》う、と言《い》った。

「わたしもそう思《おも》ったんですよ」ツィマーマン夫人《ふじん》は答《こた》えた。「ちょうどジョナサンと、最近《さいきん》のローズ・リタの行動《こうどう》はひどく奇妙《きみょう》だって言《い》っていたんです。まるでローズ・リタじゃないみたい。そのことについて、ちょっと調《しら》べてみたの。あとローズ・リタの家《いえ》で見《み》たクモについてもね」ルイスは、それを聞《き》いたとたんブルッと震《ふる》えた。ツィマーマン夫人《ふじん》は明《あか》るく見《み》せようとして、無理《むり》に笑《わら》いかけた。「心配《しんぱい》しないの！　このもじゃもじゃさんの持《も》っている神秘《しんぴ》の伝説《でんせつ》に関《かん》する本《ほん》をよく調《しら》べてみたのだけれど、あの気味《きみ》の悪《わる》い灰色《はいいろ》の化《ば》け物《もの》がなんであれ、おそらくローズ・リタを傷《きず》つけることはできないはずよ」

「心配《しんぱい》なのはそのことだけじゃないんだ」ルイスはため息《いき》をついた。そして、博物館《はくぶつかん》でローズ・リタにあったことを話《はな》してきかせた。「ローズ・リタは明日《あす》、ハードウィックさんとその墓《はか》にいくつもりなんだ」ルイスは最後《さいご》まで話《はな》すと、そう言《い》った。「でも、ぼくはいきたくない」ルイスは下唇《したくちびる》を噛《か》んだ。クリストバルへいくと思《おも》うだけで死《し》ぬほどこわいんだ、と告白《こくはく》する勇気《ゆうき》はなかった。気味《きみ》の悪《わる》い墓場《はかば》なんて大《だい》きらいだし、ローズ・リタのようすがおかしいときに、二人《ふたり》で後部座席《こうぶざせき》に乗《の》って三十キロも走《はし》るなんて、絶対《ぜったい》にいやだ。

ジョナサン・バーナヴェルトとツィマーマン夫人《ふじん》は視線《しせん》を交《か》わした。「鬼《おに》ばあさん、それこそ、われわれの問題《もんだい》を解決《かいけつ》してくれる絶好《ぜっこう》の機会《きかい》だと思《おも》うんだが？　どうだろう？」

ツィマーマン夫人《ふじん》はしゃんとなって言《い》った。「わたしもそう思《おも》いますよ。これ以上《いじょう》、ただぼんやりと、次《つぎ》はどんなおそろしいことが起《お》こるだろうなんて考《かんが》えて暗《くら》くなっていてもむだですよ！　もう行動《こうどう》を起《お》こすときよ。ルイスなら役《やく》に立《た》ってくれる」

ジョナサンは赤《あか》いひげを引《ひ》っぱりながら言《い》った。「フローレンスの言《い》うとおりだと思《おも》う」ジョナサンはゆっくりと口《くち》を開《ひら》いた。「われわれは、ローズ・リタがなにかの魔法《まほう》の攻撃《こうげき》にあっていると考《かんが》えている。戦《たたか》うためには、まずその背後《はいご》になにがあるのか知《し》る必要《ひつよう》がある。つまり、もっと言《い》えば、裏《うら》で糸《いと》を引《ひ》いているものの正体《しょうたい》を知《し》らないと戦《たたか》えんということだ。だから、おまえさんにはわれわれの目《め》となり耳《みみ》となってほしい。いっしょに墓地《ぼち》へいって、ローズ・リタからなにか探《さぐ》り出《だ》せないか、やってみてくれ」ルイスはどうすることもできずに、ため息《いき》をついた。「ぼくに話《はな》しかけようともしないんだよ」ルイスは言《い》った。

ツィマーマン夫人《ふじん》は編《あ》み目《め》を落《お》として、いらいらしたように舌《した》を鳴《な》らした。そして、そこまで戻《もど》ってやり直《なお》すと、言《い》った。「だからこそ、あなたにスパイのようなことをしてほしいのよ、ルイス。もちろん、友《とも》だちのことをスパイするなんて、よくないことよ。ふだんだったら、そんなことを頼《たの》んだりしないでしょうね。だけど、今回《こんかい》はジョナサンの言《い》うとおりよ。わたしはね、本当《ほんとう》に親指《おやゆび》がうずくんですよ。《マクベス》に出《で》てくる魔女《まじょ》の親《おや》指《ゆび》みたいにね。なにか邪悪《じゃあく》なことが起《お》ころうとしている。戦《たたか》う相手《あいて》がわからなければ、やられてしまうわ。よく観察力《かんさつりょく》を働《はたら》かせて、どんな小《ちい》さなことでも覚《おぼ》えてきてほしいの。そうすれば、ローズ・リタを救《すく》えるかもしれない」

ルイスはツィマーマン夫人《ふじん》の針《はり》がどんどんセーターに新《あたら》しい列《れつ》をつけくわえていくのを見《み》ながら、じっくりと考《かんが》えた。そしてとうとう深呼吸《しんこきゅう》して言《い》った。「わかった。いやだけど、いってくる」

こうして、ことは決《き》まった。ジョナサンとツィマーマン夫人《ふじん》はそのあと夕方《ゆうがた》まで打《う》ち合《あ》わせをして、夕食《ゆうしょく》はコールドチキンのサンドイッチとポテトチップスで急《いそ》いで済《す》ませた。ルイスはじっとしていられなかった。家中《いえじゅう》をうろうろしながら、名前《なまえ》も知《し》らないものや、見《み》てもなにかわからないものを探《さが》してまわった。

古《ふる》い屋敷《やしき》に住《す》むのは最高《さいこう》だったし、ルイスはこの家《いえ》を愛《あい》していた。どの部屋《へや》にも暖炉《だんろ》があって、ひとつひとつがぜんぶ、ちがう色《いろ》の大理石《だいりせき》で作《つく》られている。二階《かい》の部屋《へや》はほとんど使《つか》われていなくて、ありとあらゆるたぐいのがらくたが詰《つ》めこまれていた。なかには、南北戦争《なんぼくせんそう》より前《まえ》にさかのぼるバーナヴェルト家《け》の品々《しなじな》を入《い》れたトランクとか、空気《くうき》の抜《ぬ》けたような音《おと》を出《だ》す古《ふる》いハルモニウムや、立体幻灯機《りったいげんとうき》まであり、エジプトのピラミッドからナイアガラの滝《たき》の上《うえ》に張《は》ったワイヤーの上《うえ》でポーズをとる綱渡り師《つなわたりし》まで、セピア色《いろ》の立体《りったい》写真《しゃしん》が五百枚近《まいちか》くもあった。いつもなら、雨《あめ》の日《ひ》でも、屋敷《やしき》を探検《たんけん》して見《み》つけた面白《おもしろ》いものを試《ため》してみるだけで、じゅうぶん、楽《たの》しく過《す》ごすことができた。

けれども、その日《ひ》の夕方《ゆうがた》は、なにも手《て》につかなかった。心配《しんぱい》でじっと座《すわ》っていることはできなかったし、なにかに集中《しゅうちゅう》するのもむりだった。だからルイスは、家《いえ》のなかをあてもなく歩《ある》き回《まわ》り、裏《うら》の階段《かいだん》にいって、ステンドグラスの窓《まど》を眺《なが》めながらしばらく座《すわ》っていた。ジョナサンが魔法《まほう》をかけたので、窓《まど》の模様《もよう》は見《み》るたびにちがった。ほかの惑星《わくせい》らしい、煙《けむり》を吐《は》き出《だ》す高《たか》い山《やま》や、気味《きみ》の悪《わる》いねじけた木《き》や、球《たま》や円錐《えんすい》や円筒形《えんとうけい》をした不可解《ふかかい》な建物《たてもの》の立《た》ち並《なら》ぶ、ふしぎな風景《ふうけい》が見《み》えることもあった。たいていはもっと現実的《げんじつてき》な題材《だいざい》が多《おお》く、竜退治《りゅうたいじ》をする騎士《きし》とか、リラ（古代《こだい》ギリシアの竪琴《たてごと》）やタンブーラ（インドのリュート。ギターによく似《に》た楽器《がっき》）をひいたりシューリンクス（横笛《よこぶえ》）を吹《ふ》きながら羊《ひつじ》たちを見張《みは》る羊飼《ひつじか》いとか、タンゴを踊《おど》る四人《にん》の天使《てんし》の姿《すがた》が見《み》られた。

その夜《よる》、ステンドグラスの窓《まど》には、なだらかな起伏《きふく》を描《えが》く丘《おか》のあいだを縫《ぬ》うように走《はし》る道《みち》が映《うつ》っていた。丘《おか》は森《もり》に覆《おお》われ、上《うえ》には、ヴィックスヴェポラップのビンのような、暗《くら》い紫《むらさき》がかった青色《あおいろ》の空《そら》が広《ひろ》がっている。陰気《いんき》な深緑色《ふかみどりいろ》の丘《おか》の間《あいだ》をくねくねと走《はし》る道《みち》は、平《ひら》たい灰色《はいいろ》のヘビのようだった。ルイスは絵《え》にひきこまれそうな気《き》がした。荒《あ》れ模様《もよう》の異《い》様《よう》な空《そら》をあおぎながら、その得体《えたい》のしれない道《みち》を歩《ある》いている自分《じぶん》の姿《すがた》が浮《う》かんできた。先《さき》にはなにがあるのだろう？　ルイスはため息《いき》をついて立《た》ちあがり、テレビで面白《おもしろ》いものがやっていないか、見《み》にいった。

その夜遅《よるおそ》く、ルイスはベッドのなかでこれから待《ま》ち受《う》けている運命《うんめい》のことを考《かんが》えながらくよくよ悩《なや》んでいた。ルイスはなにに怯《おび》えているのかもわからないまま、怯《おび》えていた。追《お》い詰《つ》められたような感《かん》じだ。なにか邪悪《じゃあく》な知性《ちせい》を持《も》ったものが、自分《じぶん》を見張《みは》っているような気《き》がする。ルイスがなにをしようとしているのかを知《し》っていて、ルイスを滅《ほろ》ぼそうと狙《ねら》っているのだ。ふたたび道《みち》がくねくねと伸《の》びる不吉《ふきつ》な風景《ふうけい》が、よみがえってきた。あの先《さき》にはなにがあるんだろうという疑問《ぎもん》が、頭《あたま》から離《はな》れない。臆病者《おくびょうもの》になるなと自分《じぶん》に言《い》い聞《き》かせたけれど、うまくいかなかった。ルイスは、困難《こんなん》や危険《きけん》を無視《むし》してかかれるような人間《にんげん》ではなかった。胸《むね》が苦《くる》しくなり、ひとりぼっちだという気《き》がする。すると、ふっとお祈《いの》りの文句《もんく》が浮《う》かんできた。ルイスは暗闇《くらやみ》のなかで横《よこ》になったまま、「この普遍《ふへん》なる信仰《しんこう》によって、われわれがあらゆる逆境《ぎゃっきょう》から永遠《えいえん》に守《まも》られることを、心《こころ》よりお願《ねが》いいたします」と、となえた。

お祈《いの》りをとなえると、少《すこ》し気分《きぶん》がよくなった。ルイスは、まだそれがどんなものかもわからない困難《こんなん》に立《た》ち向《む》かおうとしているのだ。ルイスは祈《いの》りが聞《き》き届《とど》けられることを願《ねが》った。やがて、何度《なんど》も寝返《ねがえ》りをうちながら、浅《あさ》い不安《ふあん》な眠《ねむ》りへと落《お》ちていった。

第《だい》9章《しょう》　生霊《いきりょう》

日曜日《にちようび》は、典型的《てんけいてき》な秋《あき》の一日《にち》だった。真《ま》っ青《さお》な空《そら》の高《たか》いところを、馬尾雲《ばびうん》と呼《よ》ばれる細《ほそ》い筋《すじ》になった巻雲《けんうん》が流《なが》れていく。ハードウィックさんと奥《おく》さんのエレンが、青《あお》と白《しろ》のシボレーでルイスを迎《むか》えにきた。ハードウィックさんの奥《おく》さんは茶色《ちゃいろ》い目《め》のほっそりした女《おんな》の人《ひと》で、ゆったりしたズボンと麦《むぎ》わら帽子《ぼうし》をかぶっていた。ローズ・リタは先《さき》にうしろの座《ざ》席《せき》に座《すわ》っていたので、ルイスはそのとなりに座《すわ》った。クリストバルに着《つ》くまで、二人《ふたり》はほとんどしゃべらなかった。ローズ・リタはあいかわらずよそよそしくて、無口《むくち》だった。しょうがないので、ルイスは窓《まど》から、通《とお》りすがりの農場《のうじょう》の赤《あか》い古納屋《ふるなや》や、屋根《やね》に大《おお》きく〈メイル・ポーチのタバコを嚙《か》もう〉と描《か》かれた嚙《か》みタバコの広告《こうこく》などを眺《なが》めた。ハードウィックさんの運転《うんてん》は慎重《しんちょう》だったので、のんびりとしたドライブだった。

クリストバルは、町《まち》とは呼《よ》べなかった。ニュー・ゼベダイもかなり小《ちい》さい町《まち》だけれど、クリストバルは十字路《じゅうじろ》に飼料倉庫《しりょうそうこ》と雑貨屋《ざっかや》とガソリンスタンドがあるきりだった。ニュー・ゼベダイはかつてミシガン州《しゅう》の州都《しゅうと》に名乗《なの》りをあげたこともあるせいか、立《た》ち並《なら》ぶ家々《いえいえ》も、塔《とう》やけばけばしい飾《かざ》りや切妻屋根《きりづまやね》などのヴィクトリアふうの装飾《そうしょく》のある古《ふる》くて立派《りっぱ》なものが多《おお》かった。クリストバルの建物《たてもの》はもっと質素《しっそ》で、白《しろ》い板張《いたば》りの家《いえ》に小《ちい》さな庭《にわ》がついていた。

ハードウィックさんは、村《むら》のなかを走《はし》っていった。墓地《ぼち》のある大《おお》きなレンガ造《づく》りの教会《きょうかい》の前《まえ》もすぎたけれど、そこではとまらずに、また村《むら》の外《そと》に出《で》て、くねくねと曲《ま》がるわき道《みち》を降《お》りていった。一キロ半《はん》ほど走《はし》ると、いきなり道路《どうろ》が終《お》わり、さっきの教会墓地《きょうかいぼち》より小《ちい》さい、四角《しかく》い形《かたち》の墓地《ぼち》に着《つ》いた。ペンキを塗《ぬ》りなおしたばかりの白《しろ》い木《き》の柵《さく》が、ぐるりと巡《めぐ》らされている。ハードウィックさんが車《くるま》を止《と》め、みんなは外《そと》に出《で》た。ルイスは周《まわ》りを見《み》回《まわ》した。木《き》が一本《ぽん》も生《は》えていない。墓石《はかいし》のほとんどは古《ふる》いみかげ石《いし》で、意匠《いしょう》を凝《こ》らしたものはなかった。天使《てんし》や壺《つぼ》の図《ず》を彫《ほ》ったものや石碑《せきひ》はなく、上《うえ》に丸《まる》みのついた飾《かざ》りのない石《せき》板《ばん》が並《なら》んでいる。ところどころに緑《みどり》のコケが生《は》え、風雨《ふうう》にさらされて灰色《はいいろ》になっていた。

そのなかで、一つだけ、目《め》をひく石碑《せきひ》があった。

ハードウィックさんはシボレーのトランクからかごを取《と》り出《だ》した。中《なか》には、軍手《ぐんて》が二組《くみ》と、草《くさ》バサミなどの道具類《どうぐるい》が入《はい》っていた。「エレンとわたしは、墓《はか》の手入《てい》れをしてくるから、きみたちは好《す》きなように歩《ある》きまわっておいで。ローズ・リタ、真《ま》ん中《なか》にある大《おお》きな石碑《せきひ》がベル・フリッソンのだ。変《か》わってるだろう。見《み》てくるといい」

墓地《ぼち》の芝生《しばふ》は、少《すこ》し伸《の》びていた。きっとたまに人《ひと》が訪《おとず》れて、掃除《そうじ》しているのだろう。ほとんどの墓《はか》には花《はな》が供《そな》えてあって、新《あたら》しくて元気《げんき》なものもあれば、しおれて茶色《ちゃいろ》くなっているものもある。ルイスとローズ・リタは足《あし》もとの砂利《じゃり》をザクッザクッと踏《ふ》みながら、墓《ぼ》地《ち》の真《ま》ん中《なか》へ向《む》かってゆっくりと歩《ある》いていった。ルイスが信《しん》じている迷信《めいしん》のなかに、墓石《はかいし》を踏《ふ》むと悪《わる》いことが起《お》こるというものがあったから、ルイスは一歩《ぽ》一歩《ぽ》慎重《しんちょう》に足《あし》を運《はこ》んだ。

「たしかに大《おお》きいな」ふしぎな石碑《せきひ》の前《まえ》までくると、ルイスは言《い》った。石碑《せきひ》は、約《やく》三メートル四方《しほう》の真四角《ましかく》の台座《だいざ》の上《うえ》に立《た》っていた。台座《だいざ》の上《うえ》におおよそ一・五メートル四方《しほう》の石《いし》の立方体《りっぽうたい》があり、さらにその上《うえ》にいくつもの面《めん》でできた三メートルほどの柱《はしら》がそびえたっている。仕上《しあ》げはてっぺんにのっている、少《すく》なくとも直径《ちょっけい》が一メートルはありそうな灰色《はいいろ》の球《たま》だった。球《たま》には、なぜかチョークのあとがいくつかうっすらと残《のこ》っている。台座《だいざ》から球《たま》までぜんぶ、暗《くら》い感《かん》じのネズミ色《いろ》のみかげ石《いし》で作《つく》られていた。柱《はしら》と球《たま》を支《ささ》えている立方《りっぽう》体《たい》に、文字《もじ》が刻《きざ》まれていた。

ベル・フリッソン
（旧名《きゅうめい》　エリザベス・プロクター）
一八二二年《ねん》〜一八七八年《ねん》
もう一度《いちど》生《い》きることを願《ねが》いつつ、ここに眠《ねむ》る

うしろから、チョキンチョキンという草《くさ》バサミの音《おと》がする。ルイスは碑文《ひぶん》から顔《かお》をあげて、立方体《りっぽうたい》の上《うえ》の柱《はしら》を見《み》た。直径《ちょっけい》六〇センチかそこらだろう。そんなに太《ふと》くはない。くねくねと曲《ま》がった線《せん》や直線《ちょくせん》が深《ふか》く刻《きざ》まれていたけれど、文字《もじ》ではなかった。ルイスはもう一《いち》度《ど》球《たま》を見《み》あげた。なぜかひどく胸騒《むなさわ》ぎがした。

ローズ・リタは墓石《はかいし》の周《まわ》りをぐるぐると歩《ある》き回《まわ》りながら、熱心《ねっしん》に柱《はしら》を調《しら》べていた。ルイスはもうたくさんだった。くるりとうしろを向《む》くと、砂利道《じゃりみち》を急《いそ》いでハードウィックさん

のところへもどった。ハードウィックさんは〝世紀《せいき》の大魔術師《だいまじゅつし》キャンデリーニ　またの名《な》をフレデリック・ジェレミー・マクキャンドルス〟と刻《きざ》まれた墓石《はかいし》の周《まわ》りの草《くさ》を刈《か》っていた。

「ぶきみな石碑《せきひ》だろ？」ハードウィックさんはルイスに言《い》った。そして博物館《はくぶつかん》の館長《かんちょう》は、ハンカチで額《ひたい》をぬぐった。「ベル・フリッソンの墓《はか》のことだよ。彼女《かのじょ》はここで死《し》んだんだ。知《し》ってるかい？」

ルイスは首《くび》を振《ふ》った。

「話《はな》してあげなさいよ」ハードウィックさんの奥《おく》さんが勧《すす》めた。「もうすぐハロウィーンよ！　もってこいの時《とき》じゃない」

「そうだな」ハードウィックさんは、草《くさ》を刈《か》りながら言《い》った。「一八七八年当時《ねんとうじ》、ベル・フリッソンは、例《れい》の交霊術《こうれいじゅつ》をやりながらこの地方《ちほう》を巡業《じゅんぎょう》していた。デトロイトでショーを開《ひら》いて、列車《れっしゃ》で西《にし》に向《む》かった。ところがちょうどクリストバルのすぐ外《そと》で、列車《れっしゃ》が脱線《だっせん》したんだ。かなりのけが人《にん》が出《で》た」

「大事故《だいじこ》だったのよ」ハードウィックさんの奥《おく》さんがつけくわえた。「事故《じこ》が起《お》こったのは、十月中旬《がつちゅうじゅん》で、雲《くも》ひとつない晴《は》れた日《ひ》だったの。結局《けっきょく》、原因《げんいん》はわからなかった」

ハードウィックさんもうなずいた。「謎《なぞ》だったんだ。今言《いまい》ったとおり、たくさんの人《ひと》がけがをしたけど、重傷《じゅうしょう》だったのはベル・フリッソンだけだった。そのころ、ここには農場《のうじょう》があって、お医者《いしゃ》さんが住《す》んでいた。そのお医者《いしゃ》さんと奥《おく》さんがフリッソンをひきとって、手当《てあ》てをしたんだ。フリッソンは意識《いしき》を取《と》り戻《もど》したけれど、もう自分《じぶん》の先《さき》の長《なが》くないことがわかったんだな。死《し》ぬ間際《まぎわ》に、ひどく風変《ふうが》わりなことをしたんだ。そのお医者《いしゃ》さんから、農場《のうじょう》を買《か》い取《と》ったんだよ」

「お金持《かねも》ちだったんですか？」ルイスは聞《き》いた。

「ああ、そりゃあね」ハードウィックさんは答《こた》えた。「そして、一週間近《しゅうかんちか》くかけて、自分《じぶん》の石碑《せきひ》の絵《え》を描《か》いて、その絵《え》とまったく同《おな》じものを作《つく》るよう注文《ちゅうもん》したんだ。やがて、見慣《みな》れない男《おとこ》たちが農場《のうじょう》にやってきた。お医者《いしゃ》さんは電報《でんぽう》なんて打《う》たなかったし、フリッソンは普通《ふつう》の方法《ほうほう》じゃあ、連絡《れんらく》できなかったはずなのにだ。フリッソンは、一人一人《ひとりひとり》に会《あ》って、それぞれに指示《しじ》を出《だ》した。そして、お医者《いしゃ》さんには、農場《のうじょう》の前庭《まえにわ》にお墓《はか》を作《つく》るつもりだと言《い》って、そう記《しる》した遺言書《ゆいごんしょ》を書《か》いたんだ。それから、一風変《いっぷうか》わった巻《ま》き物《もの》を作《つく》った。それは博物館《はくぶつかん》に置《お》いてあるよ。ベル・フリッソンが死《し》んだのは、一八七八年《ねん》のハロウィーンの夜《よる》だった。次《つぎ》の日《ひ》、お医者《いしゃ》さん夫婦《ふうふ》はすぐに引《ひ》っ越《こ》した。そして例《れい》の、石工《いしく》だか大工《だいく》だか葬儀屋《そうぎや》だかわからんが、よそ者《もの》たちがやってきたんだ。彼《かれ》らは一カ月《げつ》かけてフリッソンを埋葬《まいそう》し、あの石碑《せきひ》を建《た》てた。それからお医者《いしゃ》さんの家《いえ》を解体《かいたい》して、またいっちまったというわけだ」

「そのときは、お墓《はか》はそのひとつだけだった」ハードウィックさんの奥《おく》さんが言《い》った。「けれど、何年《なんねん》かたつうちに、そうではなくなった。ベル・フリッソンは遺言《ゆいごん》で、ほかのところでお墓《はか》が買《か》えない人《ひと》に無料《むりょう》でこの場所《ばしょ》を提供《ていきょう》することを、約束《やくそく》したのよ。それから、魔術師《まじゅつし》なら無条件《むじょうけん》で提供《ていきょう》するって」

ハードウィックさんが引《ひ》き継《つ》いで言《い》った。「六人《にん》か七人《にん》の魔術師《まじゅつし》たちが、彼女《かのじょ》の申《もう》し出《で》に応《おう》じたわけだ」そして、草《くさ》を刈《か》っていたお墓《はか》を叩《たた》いた。「このフレディは、世紀《せいき》の大魔《だいま》術師《じゅつし》キャンデリーニっていったほうが知《し》られているな。彼《かれ》もその一人《ひとり》だ。やつのことは、戦争《せんそう》の前《まえ》から知《し》っている。八十七まで生《い》きて、一九四三年《ねん》に亡《な》くなったんだが、そのとき、ここに埋《う》めてくれって言《い》い残《のこ》したんだ。火《ひ》のついたロウソクを使《つか》った手品《てじな》が得意《とくい》でな。もし生《い》きていたら、きみも大好《だいす》きになっていたと思《おも》うよ、ルイス」

ルイスはうなずいた。「ベル・フリッソンの石碑《せきひ》のてっぺんにのってる球《たま》に、チョークの印《しるし》がついているのはなんですか？」

ハードウィックさんははさみをかごに戻《もど》すと、立《た》ちあがった。「それがまたふしぎなところなんだ。あの球《たま》は回転《かいてん》してる。ゆっくりと動《うご》いているんだ。だいたい六週間《しゅうかん》で、一周《しゅう》する。仕組《しく》みはだれにもわからんが、ある科学《かがく》の先生《せんせい》にきいたところによると、おそらくみかげ石《いし》が暖《あたた》かいと膨張《ぼうちょう》して、寒《さむ》くなると収縮《しゅうしゅく》することに関係《かんけい》してるんじゃないかと言《い》っていた」

「動《うご》いていることをたしかめようとして、みんながチョークで印《しるし》をつけるのよ」ハードウィックさんの奥《おく》さんが言《い》った。「そうするとね、たしかに動《うご》いているの」

ハードウィックさんたちはもうひとつのお墓《はか》を掃除《そうじ》しにいったので、ルイスはまたベル・フリッソンのお墓《はか》のほうに戻《もど》っていった。妙《みょう》な予感《よかん》を振《ふ》り払《はら》うことができない。なにかがひどくおかしい。ローズ・リタのことが心配《しんぱい》だった。次《つぎ》の瞬間《しゅんかん》、ルイスは凍《こお》りついたように足《あし》を止《と》めた。ローズ・リタが墓石《はかいし》の反対側《はんたいがわ》に立《た》って、手《て》のひらを空《そら》に向《む》けて両腕《りょううで》を広《ひろ》げ、柱《はしら》を見《み》あげていた。めがねに日《ひ》の光《ひかり》が反射《はんしゃ》している。墓石《はかいし》の上《うえ》の球《たま》を見《み》ているようだった。

「ねえ」ルイスはローズ・リタのほうに歩《ある》いていって、言《い》った。ローズ・リタは答《こた》えなかった。「変《へん》な墓石《はかいし》だよな」

ローズ・リタはルイスをにらみつけた。「なにも知《し》らないくせに」ローズ・リタは噛《か》みつくように言《い》った。

ルイスは眉《まゆ》をあげた。「え？　どうしたんだよ？　ぼくはただ――」

「なんでもない」

ルイスは言《い》った。「ハードウィックさんが、あの上《うえ》の球《たま》は回転《かいてん》してるんだって教《おし》えてくれたよ。ひとりでに動《うご》いているんだって。だから、みんながチョークで印《しるし》をつけてるんだ。気味悪《きみわる》いよね？」

「動《うご》きあれば、命《いのち》がある」ローズ・リタは奇妙《きみょう》なしゃがれ声《ごえ》で答《こた》えた。「血《ち》は命《いのち》なり。失《うしな》う者《もの》あれば、得《え》る者《もの》あり」

「なに言《い》ってるんだ？」

ローズ・リタは首《くび》を振《ふ》った。「別《べつ》に」

雲《くも》のあいだからまだ日《ひ》は差《さ》していたけれど、ルイスは急《きゅう》に寒《さむ》くなったように感《かん》じた。草《くさ》バサミのチョキンチョキンという音《おと》と、草《くさ》が風《かぜ》にそよぐ音《おと》のほかは、なにも聞《き》こえない。

「この記号《きごう》はなんだと思《おも》う？」ルイスは沈黙《ちんもく》を埋《う》めようとして言《い》った。そして、みかげ石《いし》に刻《きざ》みこまれた曲《ま》がった線《せん》やくるりと巻《ま》いた印《しるし》を指《ゆび》さした。

「謎《なぞ》だ」ローズ・リタはさっきと同《おな》じ、どこかぼんやりとしたかすれ声《ごえ》で言《い》った。「やがて解《と》けるかもしれぬ。だが解《と》けないかもしれない。その答《こた》えは、はるかかなたからもたらされるであろう」

ルイスは首《くび》のうしろがむずむずするのを感《かん》じた。虫《むし》だと思《おも》ってピシャリと叩《たた》くと、なにかねばねばしたものがくっついたので、手《て》を見《み》た。指《ゆび》に、細《ほそ》いクモの糸《いと》がくっついている。ルイスはぞっとして顔《かお》をゆがめ、かがんで手《て》を草《くさ》になすりつけた。すると、今度《こんど》は顔《かお》に糸《いと》が触《ふ》れた。そしてまた。ルイスは恐怖《きょうふ》で悲鳴《ひめい》をあげると、手《て》をやみくもに振《ふ》り回《まわ》した。そこいらじゅうに、ごく細《ほそ》いクモの糸《いと》が漂《ただよ》っていた。そして、その一本《ぽん》一本《ぽん》にほとんど見《み》えないほど小《ちい》さい灰色《はいいろ》のクモがぶらさがっているのだ。クモは大《だい》きらいだ。ルイスはローズ・リタの腕《うで》をつかんだ。「逃《に》げよう！」そして、ローズ・リタを引《ひ》きずって走《はし》り出《だ》した。

フリッソンの墓《はか》から数歩《すうほ》離《はな》れるとすぐに、ふわふわと漂《ただよ》う子《こ》グモは消《き》えた。ハードウィックさんたちにそのことを話《はな》すと、ちょうど集団移動《しゅうだんいどう》していたんだろう、と言《い》われた。

「子《こ》グモにはそういう習性《しゅうせい》があると聞《き》いたことがある。ただ、移動《いどう》するのはたしか春《はる》だったと思《おも》ったがな」ハードウィックさんは言《い》った。

ローズ・リタはなにも言《い》わなかった。帰《かえ》り道《みち》もほとんど口《くち》をきかなかった。ルイスはじっとローズ・リタのようすを観察《かんさつ》し、ローズ・リタの言《い》ったことを一言《こと》も漏《も》らさず記憶《きおく》しようとした。頭《あたま》のなかをいろいろな考《かんが》えが駆《か》け巡《めぐ》っていた。

その日《ひ》の夕方《ゆうがた》、ルイスはジョナサンおじさんとツィマーマン夫人《ふじん》に覚《おぼ》えていることはすべて話《はな》した。二人《ふたり》は深刻《しんこく》な表情《ひょうじょう》で聞《き》いていた。ルイスが話《はな》し終《お》わると、二人《ふたり》は長《なが》い間《あいだ》、黙《だま》って目《め》を見合《みあ》わせていた。「回転《かいてん》する球《たま》のついたお墓《はか》について、なにかきいたことはある、ジョナサン？」ツィマーマン夫人《ふじん》はたずねた。

「エジプトの死者《ししゃ》の書《しょ》で見《み》た覚《おぼ》えがあるな。クモについちゃ、どうだい？　エジプトの神《しん》話《わ》にはクモについての記述《きじゅつ》があるのかね？」

ツィマーマン夫人《ふじん》はあごに指《ゆび》をあてた。「そうねえ。特《とく》にクモについての記述《きじゅつ》に覚《おぼ》えはないわね。もちろん、古代《こだい》エジプト人《じん》はスカラベを神聖視《しんせいし》していたけれど、どちらかというとカブトムシに似《に》ているし。クモは昆虫《こんちゅう》じゃありませんからね。当《あ》てはまるとは思《おも》えない。なにも思《おも》いつきませんよ。ギリシア神話《しんわ》に、アテネに織物《おりもの》の術《じゅつ》で敗《やぶ》れてクモに変《か》えられたアラクネーの物語《ものがたり》があるのと、アフリカの民話《みんわ》にアナンシっていうクモのトリックスターが出《で》てくることくらいね」

「謎《なぞ》だな」ジョナサンは言《い》った。

「その答《こた》えは、はるかかなたからもたらされるであろう」ルイスはおごそかに言《い》った。ジョナサンおじさんとツィマーマン夫人《ふじん》は、まるでルイスがもうひとつ頭《あたま》を生《は》やしたとでもいうように、じっと見《み》つめた。「なに？」ルイスは少《すこ》し驚《おどろ》いて言《い》った。

「ずいぶんとおかしなことを言《い》うな。その答《こた》えは、はるかかなたからもたらされるであろう？　どういう意味《いみ》だね？」ジョナサンはたずねた。

「わからない」ルイスは告白《こくはく》した。「ローズ・リタが言《い》っていたんだ」

「そのままの言葉《ことば》で？」ジョナサンの声《こえ》はひどく不安《ふあん》そうだった。

「うん。まちがいないよ。ちょっとはちがうかもしれないけど、ほとんど同《おな》じはずだ」

ジョナサンはチョッキからパイプクリーナーを出《だ》すと（もう吸《す》わないのに、まだ持《も》ち歩《ある》いていたのだ）、くるくるとばねのようにねじった。それから端《はし》と端《はし》を近《ちか》づけていくと、パイプクリーナーはぴょんと手《て》から飛《と》び出《だ》した。ジョナサンは差《さ》し迫《せま》った声《こえ》で言《い》った。

「フローレンス、つまらないことに騒《さわ》ぎたてると言《い》われようが、悲観論者《ひかんろんじゃ》と言《い》われようが、どうしてもいやな予感《よかん》がする。生霊《いきりょう》については、もちろん知《し》ってるだろう？」

「う、え、ええ」ツィマーマン夫人《ふじん》は答《こた》えた。「でも、ただの偶然《ぐうぜん》ということもあるし」

「生霊《いきりょう》って？」ルイスがきいた。

ジョナサンは暗《くら》い顔《かお》でツィマーマン夫人《ふじん》を見《み》た。「鬼婆《おにばば》どの、おまえさんが説明《せつめい》してくれ。このなかじゃあ、おまえさんがいちばんくわしいから」

「あのね、ルイス」ツィマーマン夫人《ふじん》はルイスに向《む》かって話《はな》しはじめた。「生霊《いきりょう》っていうのは、一種《いっしゅ》の幽霊《ゆうれい》か亡霊《ぼうれい》のようなものなの。イギリスとアイルランドでは、人間《にんげん》の姿《すがた》をしている。というより、そのもとの人物《じんぶつ》にそっくりなのよ。ドイツではドッペルゲンガーって呼《よ》ばれていて、言《い》ってみれば〝本人《ほんにん》の分身《ぶんしん》〟っていうような意味《いみ》なの。ともかく、友《とも》だちや家族《かぞく》の前《まえ》に、犠牲者《ぎせいしゃ》の生霊《いきりょう》が――」

「ぎ、犠牲者《ぎせいしゃ》？」ルイスはつかえながらくりかえした。今《いま》はもう、生霊《いきりょう》とかいうものについて知《し》りたくなくなっていた。

ジョナサンはうなずいた。「ときには、犠牲者本人《ぎせいしゃほんにん》が自分《じぶん》の生霊《いきりょう》を見《み》ることもある。たいていの場合《ばあい》、みんな生霊《いきりょう》を見《み》て、本人《ほんにん》だと思《おも》っちまうんだ」

「それは、人間《にんげん》の生霊《いきりょう》の場合《ばあい》よ」ツィマーマン夫人《ふじん》が言《い》った。「ほかの国《くに》や、別《べつ》の時代《じだい》では、人間以外《にんげんいがい》の生霊《いきりょう》もいると信《しん》じられていた。動物《どうぶつ》や、鳥《とり》や、虫《むし》のね」

「ク、クモとか？」ルイスは言《い》った。

「ええ。クモとかね」ツィマーマン夫人《ふじん》は答《こた》えた。「すべての生霊《いきりょう》は、動物《どうぶつ》だろうが鳥《とり》だろうが気味《きみ》の悪《わる》い虫《むし》だろうが、ある役目《やくめ》を担《にな》っている。運《うん》のつきた人物《じんぶつ》の魂《たましい》を呼《よ》びにいくというね」

「死《し》ぬ運命《うんめい》の人《ひと》ってこと？」ルイスは小《ちい》さな声《こえ》できいた。

ジョナサンおじさんが静《しず》かに答《こた》えた。「そうだ、ルイス。死《し》ぬ運命《うんめい》の人《ひと》ってことだ」

ルイスは言葉《ことば》を失《うしな》った。ローズ・リタのことと、ローズ・リタの家《いえ》の外《そと》で見《み》たおそろしいクモのことで頭《あたま》がいっぱいだった。あれは本当《ほんとう》に生霊《いきりょう》なんだろうか？　ローズ・リタは死《し》んでしまうのだろうか？

第《だい》10章《しょう》　石碑《せきひ》と巻《ま》き物《もの》

その日曜日《にちようび》の午後《ごご》、ローズ・リタは出《で》かける用意《ようい》をしていた。母親《ははおや》の大《おお》きな声《こえ》がきこえた。「どこへいくの？」

ローズ・リタはジーンズをはいて、ぶかぶかのジャケットをはおり、ツィマーマン夫人《ふじん》がむかし編《あ》んでくれた紫《むらさき》の毛糸《けいと》の帽子《ぼうし》をかぶった。「ルイスと今度《こんど》のテストの勉強《べんきょう》をしてくる。遅《おそ》くなると思《おも》う」ローズ・リタは叫《さけ》び返《かえ》した。

「あんまり遅《おそ》くなりすぎないのよ」ポッティンガー夫人《ふじん》は言《い》った。

ローズ・リタは表《おもて》へ飛《と》び出《だ》した。ジャケットのなかには、巻《ま》き物《もの》と本《ほん》と懐中電灯《かいちゅうでんとう》とパラフィン紙《し》に包《つつ》んだサンドイッチが詰《つ》めこんである。これからやろうとしていることにいくぶんかは罪《つみ》の意識《いしき》を感《かん》じていた。とっぴな作《つく》り話《ばなし》をするのは大好《だいす》きだけれど、親《おや》にうそをついたことはほとんどなかったのだ。ローズ・リタは自転車《じてんしゃ》にまたがると、ミシンみたいにぽんぽん上下《じょうげ》しながら街《まち》のほうへ走《はし》っていった。それから西《にし》へ向《む》かって噴水《ふんすい》を通《とお》りすぎ、ナショナル・ハウス・ホテルの前《まえ》を抜《ぬ》けて、街《まち》の外《そと》に出《で》た。

五、六キロも走《はし》り続《つづ》けてから、ローズ・リタはようやく自転車《じてんしゃ》を下《お》りて、周《まわ》りを見回《みまわ》した。高速道路《こうそくどうろ》の北側《きたがわ》はトウモロコシ畑《ばたけ》で、枯《か》れて茶色《ちゃいろ》くなった茎《くき》がまだ立《た》っている。横木《よこぎ》を三本渡《ぼんわた》した柵《さく》で囲《かこ》ってあったけれど、問題《もんだい》ない。ローズ・リタは柵《さく》を乗《の》り越《こ》え、苦労《くろう》して自転車《じてんしゃ》を間《あいだ》から通《とお》した。トウモロコシ畑《ばたけ》のなかに自転車《じてんしゃ》を隠《かく》すのは、わけなかった。それから高速道路《こうそくどうろ》のほうへ引《ひ》き返《かえ》し、ヒッチハイクをはじめた。

六台《だい》が、スピードも緩《ゆる》めずにビュンッと通《とお》りすぎた。けれども次《つぎ》にきたおんぼろの赤《あか》いフォードのピックアップはスピードを緩《ゆる》めると、道路《どうろ》の端《はし》に寄《よ》った。丸々《まるまる》と太《ふと》った女《おんな》の人《ひと》が、助手席《じょしゅせき》のドアを開《あ》けた。「乗《の》っていく？　どうぞ！」女《おんな》の人《ひと》は明《あか》るい声《こえ》で言《い》った。

ローズ・リタは助手席《じょしゅせき》に乗《の》った。「ありがとうございます」

女《おんな》の人《ひと》はガン！　と車《くるま》のギアを入《い》れた。「どういたしまして。スザンナ・サイドラーよ。名前《なまえ》は？」

「ロワーナ・ポッター」偽名《ぎめい》は前《まえ》もって用意《ようい》していた。

「よろしく、ロワーナ・ポッター。どこへいきたいの？」

「クリストバルに戻《もど》りたいんです」ローズ・リタは言《い》った。

サイドラー夫人《ふじん》はいかにも農婦《のうふ》らしい大《おお》きな赤《あか》い顔《かお》に、赤《あか》と黒《くろ》の格子縞《こうしじま》のフランネル・シャツとオーバーオールを着《き》て、首《くび》に赤《あか》い大《おお》きなバンダナを巻《ま》いていた。髪《かみ》はまっすぐで短《みじか》く、赤《あか》みがかった茶色《ちゃいろ》をしている。そして矢車草《やぐるまそう》のような青《あお》い目《め》で、驚《おどろ》いてローズ・リタを見《み》た。「まあ、ロワーナ。ずいぶん遠《とお》くからきたのね。いったいどうやって、ニュー・ゼベダイまできたの？」

ローズ・リタは、まっすぐ前《まえ》の高速道路《こうそくどうろ》を見《み》つめた。「ええ、お話《はな》しすると長《なが》いんです」

ローズ・リタはゆっくりと答《こた》えながら、すさまじい勢《いきお》いで頭《あたま》を働《はたら》かせた。「わたしのおじが、昨日《きのう》、お医者《いしゃ》さまに診《み》てもらうためにニュー・ゼベダイにきたんです。いっしょにいこうって言《い》われたから、わたしもついてきたんですけれど、おじは盲腸《もうちょう》をとることになってしまって、そのまま入院《にゅういん》しちゃったんです。あんまり急《きゅう》だったので、みんな、わたしのことまで考《かんが》えられなくって。それで今日《きょう》、おじに帰《かえ》るように言《い》われたんです。ニワトリとブタにエサをやって、わたしの両親《りょうしん》にだいじょうぶだって伝《つた》えてくれって」

「電話《でんわ》すればよかったのに」サイドラー夫人《ふじん》は言《い》った。

「うちには電話《でんわ》がないんです。両親《りょうしん》は二人《ふたり》とも、耳《みみ》が聞《き》こえないので」

「まあ！　苦労《くろう》してきたのね！　そのお医者《いしゃ》さんに頼《たの》めばよかったのに」

「もうニュー・ゼベダイにいないんです。おじの手術《しゅじゅつ》が終《お》わるとすぐに、アッパー半島《はんとう》に一週間《しゅうかん》の釣《つ》り旅行《りょこう》にいってしまったから」

「そんなひどい話《はなし》、聞《き》いたこともない！」サイドラー夫人《ふじん》は憤慨《ふんがい》して言《い》った。「ともかく、ロワーナ、安心《あんしん》してちょうだい。わたしがあなたのうちの玄関《げんかん》のまん前《まえ》まで送《おく》り届《とど》けてあげるから。ちょうどクリストバルを通《とお》るの。夫《おっと》とわたしは、クリストバルの十五キロほど先《さき》の農場《のうじょう》に住《す》んでいるのよ。だから、なんでもないわ」

ローズ・リタはしまったと思《おも》って唇《くちびる》を嚙《か》んだ。わたしって、たまに話《はなし》ができすぎちゃうのよね。ローズ・リタはなるべく自分《じぶん》の家族《かぞく》の話《はなし》はせずに、サイドラー夫人《ふじん》に家族《かぞく》の話《はなし》をさせるようにした。サイドラー夫人《ふじん》は喜《よろこ》んで子《こ》どもたちの話《はなし》をした。おかげで、長《なが》い道《みち》のりのあいだに、ローズ・リタはヒラムとアーネストとクララと、みんなが「かわいこちゃん」と呼《よ》んでいる赤《あか》ん坊《ぼう》のヴェルマについて、すべて知《し》ることになった。クリストバルについたのは、日《ひ》が沈《しず》む直前《ちょくぜん》だった。ローズ・リタはそわそわしはじめた。すると、左《ひだり》側《がわ》にある農家《のうか》が目《め》に止《と》まった。「あれがうちです」ローズ・リタは、かわいこちゃんが台《だい》所《どころ》の壁《かべ》にケチャップを塗《ぬ》りたくった話《はなし》を途中《とちゅう》でさえぎって、言《い》った。

「おうちまでいって、ごあいさつするわね」サイドラー夫人《ふじん》は車《くるま》のスピードを落《お》としはじめた。

「いいえ、けっこうです。どちらにしろ、今《いま》ごろは教会《きょうかい》にいっているし。乗《の》せてくださって、ありがとうございました」ローズ・リタが強《つよ》く言《い》うので、サイドラー夫人《ふじん》は車《くるま》を寄《よ》せて、ローズ・リタを下《お》ろした。ローズ・リタはぼろぼろのフォードが見《み》えなくなるまでそこに立《た》って手《て》を振《ふ》り続《つづ》け、それから、歩《ある》き出《だ》した。墓《ぼ》地《ち》にいく道《みち》は、農家《のうか》をすぎるとすぐ見《み》つかった。

けれど、わき道《みち》に入《はい》ってからは、長《なが》かった。そのうちローズ・リタは暑《あつ》くなってきた。太陽《たいよう》が沈《しず》むにつれ、ローズ・リタの黒《くろ》い影《かげ》が長《なが》くなっていく。ようやくあの奇妙《きみょう》な石碑《せきひ》の前《まえ》までできた。目《め》を細《ほそ》めて見《み》あげると、チョークの印《しるし》が少《すこ》し動《うご》いたように思《おも》える。柱《はしら》のてっぺんのふしぎな球《たま》は、数時間前《すうじかんまえ》にきたときよりも、二、三センチほど回転《かいてん》していた。でこぼこした灰色《はいいろ》の球《たま》は、半分《はんぶん》は夕日《ゆうひ》を受《う》けて真《ま》っ赤《か》に染《そ》まり、残《のこ》りの半分《はんぶん》は深《ふか》い影《かげ》に沈《しず》んでいる。ローズ・リタはジャケットのなかから巻《ま》き物《もの》を取《と》り出《だ》した。そして、刺繍《ししゅう》のついた帯封《おびふう》から抜《ぬ》くと、広《ひろ》げはじめた。「これからどうすればいいの？」ローズ・リタは声《こえ》に出《だ》してつぶやいた。

それに答《こた》えるように、ぎょっとするようなことが起《お》こった。ローズ・リタは強《つよ》く引《ひ》っぱられたのを感《かん》じて、ヒッと悲鳴《ひめい》をあげた。巻《ま》き物《もの》が生命《せいめい》を得《え》たかのように、ローズ・リタの手《て》からのがれようとあばれはじめたのだ。まるで強力《きょうりょく》な磁石《じしゃく》のそばにある鉄《てつ》をおさえているような感《かん》じだ。巻《ま》き物《もの》はローズ・リタの手《て》から飛《と》び出《だ》して、石碑《せきひ》のほうへ飛《と》んでいきたがっているのだ。ローズ・リタは手《て》をはなした。

シュルルルル！　巻《ま》き物《もの》が広《ひろ》がりはじめた！　巻《ま》き物《もの》はどんどん伸《の》びて三メートル以上《いじょう》の長《なが》さになると、ヘビのように身《み》をくねらせながら飛《と》んで、端《はし》を墓《はか》の柱《はしら》の根元《ねもと》に巻《ま》きつけた。と、もう一方《いっぽう》の端《はし》が柱《はしら》の周《まわ》りをぐるぐると回《まわ》りはじめた。回《まわ》りながら巻《ま》き物《もの》はどんどんくり広《ひろ》がって、柱《はしら》にらせん状《じょう》に巻《ま》きついた。細長《ほそなが》い巻《ま》き物《もの》のすき間《ま》から、下《した》の石《いし》が三センチほどのぞいている。最後《さいご》にピタッと音《おと》がして、巻《ま》き物《もの》の先《さき》が球《たま》のちょうど真下《ました》にはりついた。その瞬間《しゅんかん》、太陽《たいよう》が沈《しず》み、ローズ・リタは突如《とつじょ》として冷《ひ》え冷《び》えとする薄闇《うすやみ》のなかにとり残《のこ》された。
まだ見《み》えるだけの明《あか》るさはあったから、ローズ・リタは柱《はしら》の周《まわ》りを一周《しゅう》して、上《うえ》を見《み》た。そして、はっと息《いき》をのんだ。巻《ま》き物《もの》の端《はし》に書《か》かれていた記号《きごう》が、石《いし》に刻《きざ》まれた印《しるし》とぴったり沿《そ》うように並《なら》んでいたのだ。記号《きごう》と印《しるし》は合《あ》わさって、文字《もじ》になっていた。ローズ・リタは、恐怖《きょうふ》で心臓《しんぞう》が破裂《はれつ》しそうになりながら、その文字《もじ》を読《よ》みはじめた。魔法《まほう》が働《はたら》いている。ローズ・リタは読《よ》むのをやめることはできなかった。

ネイスの名《な》において、（IN THE NAME OF NEITH）
アヌビスの名《な》において（IN THE NAME OF ANUBIS）
オシリスの名《な》において、聞《き》け！（IN THE NAME OF OSIRIS, HEAR!）

視界《しかい》はぼやけてきたが、呪文《じゅもん》の文字《もじ》はまるで赤々《あかあか》と燃《も》えているかのようにくっきりと見《み》えた。ローズ・リタはゆっくりと時計《とけい》と反対《はんたい》の方向《ほうこう》に石《いし》の柱《はしら》の周《まわ》りを回《まわ》って、古代《こだい》エジプトのものだと思《おも》われる言葉《ことば》を、悲《かな》しみと恐怖《きょうふ》で震《ふる》える声《こえ》で読《よ》みあげていった。

あたりの空気《くうき》が揺《ゆ》らめいたように思《おも》えた。ジャケットからサンドイッチと懐中電灯《かいちゅうでんとう》が落《お》ちたが、ローズ・リタは気《き》づかなかった。歩《ある》くのをやめようとしても、見《み》えない力《ちから》に引《ひ》きずられていく。奇妙《きみょう》な感覚《かんかく》だった。腕《うで》と足《あし》に何《なん》百本《ほん》もの細《ほそ》い糸《いと》をつけられ、生《い》きた操《あやつ》り人形《にんぎょう》みたいに引《ひ》っぱられていく。ローズ・リタは悲鳴《ひめい》に近《ちか》い声《こえ》で、最後《さいご》の呪文《じゅもん》の言葉《ことば》を叫《さけ》んだ。「ウル　ニピシュテイム　ホーラ！　サト　イム　ショラ！」そしてようやく、疲《つか》れ果《は》ててふらふらしながら立《た》ちどまった。

あたりが静《しず》まり返《かえ》った。時間《じかん》がたったような感覚《かんかく》はなかったけれど、見《み》あげると、暗《くら》い空《そら》に星《ほし》が輝《かがや》き、東《ひがし》から満月《まんげつ》より少《すこ》し欠《か》けた月《つき》があがってきた。月明《つきあ》かりで見《み》ると、なにもかもがちがって見《み》えた。墓石《はかいし》は、老《お》いた歯茎《しけい》から突《つ》き出《で》た乱杭歯《らんぐいば》のようだし、目《め》の前《まえ》の石碑《せきひ》は背《せ》の高《たか》い男《おとこ》が立《た》って、自分《じぶん》を見下《みお》ろしているように見《み》える。柱《はしら》のてっぺんの球《たま》が、ぐるぐると速《はや》いスピードで回転《かいてん》しはじめた。火花《ひばな》が散《ち》り、音《おと》がどんどん鋭《するど》くなって、とうとうローズ・リタはがっくりとひざをついて、耳《みみ》をふさいだ。

すると、地《ち》を揺《ゆ》るがすようなごろごろという音《おと》がして、石碑全体《せきひぜんたい》が、台座《だいざ》も柱《はしら》も球《たま》もぐるりと回転《かいてん》して左《ひだり》にずれた。台座《だいざ》の下《した》から、真《ま》っ暗《くら》な四角《しかく》い穴《あな》が姿《すがた》を現《あらわ》した。またひもで引《ひ》っぱられているような感覚《かんかく》に襲《おそ》われ、ローズ・リタはビクンとして立《た》ちあがり、石《いし》に刻《きざ》まれた階段《かいだん》のほうへよろよろと歩《ある》いていった。階段《かいだん》は地面《じめん》の下《した》まで続《つづ》いていた。

「いや！」叫《さけ》んだけれど、むだだった。狭《せま》い場所《ばしょ》は大《だい》きらいだ。こんなにおそろしい場所《ばしょ》は見《み》たことがない。ローズ・リタは叫《さけ》ぼうとしたけれど、なにかふわっとしてねばねばするものが、そう、おそろしく長《なが》いクモの糸《いと》のようなものが口《くち》を封《ふう》じ、声《こえ》は恐怖《きょうふ》でかすれた悲鳴《ひめい》にしかならなかった。

そしてローズ・リタは闇《やみ》のなかへとおりていった。見《み》あげると、墓石《はかいし》がガタンとゆれてもとの場所《ばしょ》にもどっていくのが見《み》えた。そして、最後《さいご》の光《ひかり》が消《き》えた。

ローズ・リタは墓《はか》のなかに囚《とら》われた。

第《だい》11章《しょう》　いけにえ

ルイスがベッドのなかで本《ほん》を読《よ》んでいると、電話《でんわ》の鳴《な》る音《おと》が聞《き》こえた。枕《まくら》もとのウェストクロックスの目覚《めざ》まし時計《どけい》は九時《じ》四十五分《ふん》をさしている。ふしぎに思《おも》って、ベッドから出《で》ると、こんな時間《じかん》にだれが電話《でんわ》をかけてきたのだろうと、裸足《はだし》のままそっと下《した》におりていった。

玄関《げんかん》のホールにおじさんが立《た》って、受話器《じゅわき》を持《も》って話《はな》していた。「いいえ、きてません……ええ、そのとおりです……だから心配《しんぱい》してなかったんです。ポッティンガーさん、今《いま》からツィマーマン夫人《ふじん》に電話《でんわ》してみます。ツィマーマン夫人《ふじん》なら、ひとつ、ふたつ心当《こころあ》たりがあるかもしれない……わかります。本当《ほんとう》に……ええ、お願《ねが》いします。ではあとで」

ジョナサンは電話《でんわ》を切《き》ると、ひどくあわてたようすでルイスのほうを振《ふ》り返《かえ》った。「ローズ・リタのお母《かあ》さんのルイーズ・ポッティンガーだったんだ。ローズ・リタが四時《じ》ごろ、テストの勉強《べんきょう》をするって言《い》ってうちに向《む》かったと言《い》うんだ。きていないな?」

ルイスは体《からだ》が冷《つめ》たくなるのを感《かん》じた。「うん、きてない。ローズ・リタと最後《さいご》に別《わか》れたのは、二時半《じはん》ごろ、ハードウィックさんが家《いえ》まで送《おく》ってくれたときだよ。なにがあったの?」

「いなくなったんだ」ジョナサンは深刻《しんこく》な声《こえ》で言《い》った。「着替《きが》えておいで。わたしはフローレンスに電話《でんわ》するから。いやな予感《よかん》がする」

ルイスは急《いそ》いで二階《かい》へ戻《もど》ると、洗濯《せんたく》したコーデュロイのズボンとシャツとソックスとスニーカーをはいた。下《した》の書斎《しょさい》におりていくと、ツィマーマン夫人《ふじん》はもうきていた。「こんなことになるかもしれないって心配《しんぱい》していたんですよ」ツィマーマン夫人《ふじん》はそう言《い》っているところだった。ルイスが入《はい》っていくと、ツィマーマン夫人《ふじん》は顔《かお》をあげて、悲《かな》しそうな顔《かお》で微笑《ほほえ》んだ。「こんばんは、ルイス! ローズ・リタはとてもまずいことになっているんじゃないかって言《い》っていたところなの」

「ベル・フリッソンのことに関係《かんけい》しているにちがいないよ。墓地《ぼち》でのローズ・リタの様子《ようす》は、ひどく変《へん》だったもの。まるで石碑《せきひ》に魅入《みい》られたみたいだった」

「ジョナサンとわたしで、魔法《まほう》に関《かん》する本《ほん》をぜんぶ調《しら》べてみたんですよ。ベル・フリッソンの正体《しょうたい》がなんであれ、どの本《ほん》にも載《の》っていないの。もし本物《ほんもの》の魔女《まじょ》だったとしても、ほかの魔法使《まほうつか》いとは付《つ》き合《あ》いがなかったようね」

ジョナサンは白状《はくじょう》した。「本当《ほんとう》のことを言《い》って、フローレンスもわたしも、フリッソンは単《たん》に舞台《ぶたい》の上《うえ》でマジックをやってみせるだけの魔術師《まじゅつし》だと思《おも》っていたんだ。魔法博物館《まほうはくぶつかん》の人《ひと》たちと同《おな》じ、手品師《てじなし》だとな。交霊術《こうれいじゅつ》や心霊主義《しんれいしゅぎ》に関《かん》する本《ほん》で、二、三、彼女《かのじょ》に関《かん》する記述《きじゅつ》は見《み》つけたが、それだけだった。フリッソンは、いわゆる神《かみ》がかり状態《じょうたい》になって死《し》んだ人《ひと》の言葉《ことば》を語《かた》る霊媒《れいばい》だと思《おも》ったんだよ。フーディーニが生前《せいぜん》よく、いかさまだと言《い》っていたたぐいのね。フーディーニは探偵《たんてい》みたいに、本当《ほんとう》の魔力《まりょく》を持《も》っていると主張《しゅちょう》するやからの化《ば》けの皮《かわ》をはがすのが得意《とくい》だったんだ」

「知《し》らなかった」ルイスは答《こた》えた。

「それはとにかく」ツィマーマン夫人《ふじん》がきっぱりした口調《くちょう》で言《い》った。「今《いま》となっては、そんなことを知《し》ったって何《なん》の役《やく》にも立《た》ちませんよ。ルイーズ・ポッティンガーは警察《けいさつ》に届《とど》けると言《い》ってましたけど、もし、魔法《まほう》が関係《かんけい》しているんなら、そんなことをしてもむだでしょう。今回《こんかい》の魔法《まほう》は、特別《とくべつ》のものよ。古代《こだい》エジプトの魔術《まじゅつ》ですからね。ああ、ウォルシュ博士《はかせ》が町《まち》にいれば、相談《そうだん》できたんだけど」

デビット・ウォルシュ博士《はかせ》は、地元《じもと》の名士《めいし》だった。古代《こだい》エジプトの歴史《れきし》と伝説《でんせつ》を専門《せんもん》とする考古学者《こうこがくしゃ》で、しょっちゅう遠征《えんせい》に出《で》かけていた。まさに今《いま》も、エジプトのナイル川岸《がわぎし》のどこかへ墓《はか》の発掘《はっくつ》に出《で》かけていて留守《るす》だった。

ルイスは言《い》った。「息子《むすこ》のクリスは小学生《しょうがくせい》なんだ。知《し》ってるよ」

「それは役《やく》に立《た》つかもしれんぞ」ジョナサンが言《い》った。「ルイス、明日《あす》クリスにおとうさんの本《ほん》を見《み》せてもらえるよう、たのんでくれないか。ウォルシュ博士《はかせ》は、エジプトに関《かん》する膨大《ぼうだい》な蔵書《ぞうしょ》を持《も》っているんだ。きっと、なかに役《やく》に立《た》つものがあるはずだ」

「明日《あす》？　今夜《こんや》はなにもできないの？」ルイスは泣《な》きついた。

「なにをするの？」ツィマーマン夫人《ふじん》が言《い》った。「ルイス、わたしたちはみんな、ローズ・リタが大好《だいす》きだし、ローズ・リタを助《たす》けるためならなんでもする。だけど、未知《みち》のものに立《た》ち向《む》かうときは、ただ突撃《とつげき》していったってだめ。いざってときに戦《たたか》えるようにきちんと武装《ぶそう》しておかなければ。それに、ローズ・リタはだいじょうぶよ。少《すく》なくともしばらくのあいだはね。ジョナサンとわたしは生霊《いきりょう》について調《しら》べたんです。霊《れい》はローズ・リタをまんまと呼《よ》び出《だ》したかもしれないけれど、今《いま》できるのはそこまで。月《つき》が次《つぎ》の段階《だんかい》に入《はい》るまで、ローズ・リタの身《み》にはなにも起《お》こらないはずよ」

「それはいつ？」そうきいたものの、ルイスは返事《へんじ》をきくのがこわかった。

「金曜《きんよう》の夜《よる》だ」ジョナサンが答《こた》えた。「下弦《かげん》の月《つき》になる」

「ハロウィーンの前《まえ》の晩《ばん》だ」ルイスはささやくように言《い》った。

「そうだ。ハロウィーンの前《まえ》の晩《ばん》だ」ジョナサンは重々《おもおも》しい声《こえ》で言《い》った。

ジョナサンとツィマーマン夫人《ふじん》の推測《すいそく》が正《ただ》しければ、あと五日《か》のうちにローズ・リタを助《たす》けなければならないことになる。ああ、どうか間《ま》に合《あ》いますように、とルイスは祈《いの》った。

次《つぎ》の日《ひ》の学校《がっこう》は、永遠《えいえん》に続《つづ》くように思《おも》えた。ローズ・リタはお休《やす》みで、みんな、ローズ・リタが行方不明《ゆくえふめい》になったことを知《し》っていた。たいていの人《ひと》は、ローズ・リタは家出《いえで》したと思《おも》っていたし、誘拐《ゆうかい》されたと思《おも》っている子《こ》もいた。ルイスは同《おな》じクラスの子《こ》たちにきかれたけれど、なにも話《はな》したくなかった。

学校《がっこう》が終《お》わると、ルイスはウォルシュ家《け》に向《む》かった。ウォルシュ博士《はかせ》の家《いえ》は、ハイストリートから西《にし》に数《すう》ブロックいったミシガン通《どお》りにある。歩《ある》いていくうちに、ルイスはだれかに見《み》られているような、なんとも言《い》えないいやな気持《きも》ちがしはじめた。振《ふ》り返《かえ》ってうしろを見《み》ても、だれもいない。ルイスは上着《うわぎ》のポケットに入《い》れた手《て》をぐっと奥《おく》につっこむと、肩《かた》をまるめて、また落《お》ち葉《ば》をザクザクと踏《ふ》みながら歩《ある》き出《だ》した。そしていきなりすっと角《かど》を曲《ま》がると、急《いそ》いで木《き》のうしろに隠《かく》れ、息《いき》を潜《ひそ》めて待《ま》った。

三十秒後《びょうご》に、角《かど》からあわてて飛《と》び出《だ》してきた人物《じんぶつ》を見《み》て、ルイスは、はあっと息《いき》を吐《は》いて、力《ちから》を抜《ぬ》いた。そして、木《き》のかげから出《で》ていった。「おい、チャド。ぼくをつけてたな？」

ブロンドで茶色《ちゃいろ》い目《め》のチャド・ブリットンは、ボタンを首《くび》まできっちりとしめた茶色《ちゃいろ》のトレンチコートというでたちだった。チャドははっと足《あし》を止《と》めて、にやりと笑《わら》った。

「そのとおり」チャドは残念《ざんねん》そうに言《い》った。「練習《れんしゅう》してたんだ」

ルイスはため息《いき》をついた。チャドは大《おお》きくなったら探偵《たんてい》になりたがっていて、練習《れんしゅう》だといってはみんなのことをつけまわしていた。このごろではだいぶうまくなってきて、一時《じ》間以上《かんいじょう》こっそり観察《かんさつ》されていたことに気《き》づいた大人《おとな》たちが、腹《はら》を立《た》てることもあった。

「じゃあ、やめろよ。別《べつ》になにしてるわけじゃないんだから」

「だけど、ルイスはローズ・リタ・ポッティンガーの親友《しんゆう》だろ？」チャドはもっともなことを言《い》った。「みんな、ローズ・リタは誘拐《ゆうかい》されて、身代金《みのしろきん》を要求《ようきゅう》されてるってうわさしているよ。だからルイスのことをつけてたんだ」

「ぼくは誘拐《ゆうかい》なんかしてない」ルイスはかっとして言《い》った。

「ルイスがやったとは思《おも》ってないよ。だけど、ルイスのおじさんは金持《かねも》ちだろ。だから、やつらはルイスのことも誘拐《ゆうかい》して、莫大《ばくだい》な身代金《みのしろきん》を要求《ようきゅう》するかもしれない。そうしたら、ぼくは犯人《はんにん》の車《くるま》のナンバーを見《み》て、警察《けいさつ》に通報《つうほう》するんだ」チャドはまるでこれ以上理《いじょうり》にかなったことはないというように、にっと歯《は》を見《み》せた。

「そう簡単《かんたん》にいくとは思《おも》わないけど。ともかく、ぼくは今《いま》、忙《いそが》しいんだ。明日《あす》、事件《じけん》について知《し》ってることはぜんぶ話《はな》してあげるから、いいね？」

「やった！」チャドはようやく了解《りょうかい》した。「情報《じょうほう》を流《なが》してくれよ！」

ルイスは頭《あたま》を振《ふ》りながら、またウォルシュ博士《はかせ》の家《いえ》へ向《む》かって歩《ある》きはじめた。クリス・

ウォルシュは十歳《さい》で、短《みじか》い茶色《ちゃいろ》い髪《かみ》の背《せ》の低《ひく》い男《おとこ》の子《こ》だ。大《おお》きな石造《いしづく》りの家《いえ》の前《まえ》で、サッカーボールをトスして遊《あそ》んでいたが、ルイスを見《み》ると、にっこりして、ボールを投《な》げてきた。ルイスはたじろいで、ボールを受《う》けそこねた。ルイスがボールを拾《ひろ》いあげると、クリスは笑《わら》いながら「こんにちは、ルイス」と言《い》った。

「やあ」ルイスは答《こた》えて、ボールを投《な》げ返《かえ》した。クリスは完《かん》ぺきに受《う》けとめた。

「遊《あそ》ぶ？」クリスはきいた。

「今日《きょう》はだめなんだ。おかあさんはいる？」

「うん」

そこでルイスはなんの用《よう》できたか説明《せつめい》し、最後《さいご》に言《い》った。「おじさんがエジプトに興味《きょうみ》を持《も》っていてね。本《ほん》を一、二冊《さつ》お借《か》りできないかって。エジプトの魔術《まじゅつ》に関《かん》するのがあれば助《たす》かるんだけど」

「もちろんいいよ」クリスはすぐに答《こた》えた。「パパはたくさん持《も》ってるから。入《はい》って」

ウォルシュ博士《はかせ》の家《いえ》は大《おお》きくて、天井《てんじょう》が高《たか》く、壁《かべ》は羽目板張《はめいたば》りで、エジプトの工芸品《こうげいひん》がたくさん飾《かざ》ってあった。壺《つぼ》や小《ちい》さな像《ぞう》があちこちに置《お》かれ、壁《かべ》には古代《こだい》の青銅《せいどう》の鎧《よろい》や、弔《とむら》い用《よう》の仮面《かめん》、象形文字《しょうけいもじ》がぎっしり書《か》かれたパピルスの額《がく》などがかかっている。クリスのおかあさんが、本《ほん》は好《す》きなだけ借《か》りていってくださってけっこうよ、と言《い》ってくれたので、ルイスとクリスは書斎《しょさい》に入《はい》った。クリスは本棚《ほんだな》のほうにいくと言《い》った。「ここにあるのは、本物《ほんもの》なんだ。これが『昼間《ひるま》に出歩《である》く者《もの》』っていって、死者《ししゃ》の本《ほん》って呼《よ》ばれている本《ほん》なんだ。こっちのは、動物《どうぶつ》の魔術《まじゅつ》に関《かん》する本《ほん》だよ。あとこれは……」

見終《みお》わったときには、ルイスは、大《おお》きくて重《おも》い二冊《さつ》を入《い》れて六冊《さつ》の本《ほん》を抱《かか》えていた。ルイスはクリスとおかあさんにお礼《れい》を言《い》うと、町《まち》の真《ま》ん中《なか》を通《とお》って家《いえ》に向《む》かった。ところが半分《はんぶん》もいかないうちに、チャドがまたひそかに尾行《びこう》をはじめた。ルイスは無視《むし》して、ハイストリートに向《む》かって急《いそ》いだ。

ツィマーマン夫人《ふじん》が戻《もど》ってきて、ジョナサンといっしょに熱心《ねっしん》に本《ほん》を調《しら》べた。休《やす》んだのは、急《いそ》いで夕食《ゆうしょく》のサンドイッチを食《た》べたときだけだった。しかし、とうとうツィマーマン夫人《ふじん》は顔《かお》をあげた。「ここに書《か》いてある。聞《き》いていて」そして、コホンと咳払《せきばら》いすると、読《よ》みはじめた。

エジプトの第一王朝期前《だいいちおうちょうきまえ》、古代都市《こだいとし》サイスで非常《ひじょう》にめずらしいネイス崇拝《すうはい》がはじまった。女神《めがみ》ネイスの信者《しんじゃ》たちは、生《せい》と死《し》の神秘《しんぴ》の学問《がくもん》に夢中《むちゅう》になった。ネイスは大《おお》いなるつむぎ手《て》であり、生《せい》の世界《せかい》と死《し》の世界《せかい》をつなげる道《みち》を開《ひら》く者《もの》である。また彼女《かのじょ》を象徴《しょうちょう》する生《い》き物《もの》はクモであった。クモは、生《せい》と死《し》をつなぐという象徴的《しょうちょうてき》な意味《いみ》を担《にな》う生《い》き物《もの》であり、すなわち、その糸《いと》は現在《げんざい》と未来《みらい》のあいだを渡《わた》す橋《はし》を表《あらわ》す。信者《しんじゃ》たちのなかには、大《おお》いなるクモの糸《いと》は、アリアドネーの糸《いと》だまのように、この世《よ》と暗《くら》い死《し》の世界《せかい》のあいだにある迷路《めいろ》を抜《ぬ》ける道《みち》を教《おし》えると信《しん》じる者《もの》もいた。糸《いと》を反対《はんたい》にたどることによって、死《し》んだ魂《たましい》がこの世《よ》に戻《もど》ってこられると考《かんが》えていたのだ。

しかし、その道《みち》をたどるには、高《たか》い代償《だいしょう》が必要《ひつよう》だ。まず、血《ち》を流《なが》し、死《し》のクモの霊《れい》を作《つく》り出《だ》さなければならない。そして最終的《さいしゅうてき》には、人間《にんげん》のいけにえが必要《ひつよう》だ。血《ち》を作《つく》るには血《ち》が、命《いのち》を作《つく》るには命《いのち》が必要《ひつよう》なのだ。そのいけにえを死《し》の世界《せかい》に送《おく》るのとひきかえに、この世《よ》にもどることを望《のぞ》んでいる魂《たましい》は、生《せい》への道《みち》をたどることができる。

ジョナサン・バーナヴェルトはヒューッと口笛《くちぶえ》を吹《ふ》いた。「またずいぶんとぶきみだな。

続《つづ》きもあるのかい？」

ツィマーマン夫人《ふじん》はしばらくのあいだ、声《こえ》を出《だ》さずに読《よ》んでいた。それから、顔《かお》をあげた。「ええ。死《し》のクモは、半分霊《はんぶんれい》で、半分《はんぶん》は生身《なまみ》の、一種《いっしゅ》の亡霊《ぼうれい》らしいの。わたしたちが推測《すいそく》していたように、生霊《いきりょう》のような習性《しゅうせい》を持《も》っていて、その力《ちから》は月《つき》の相《そう》と深《ふか》く結《むす》びついている。次《つぎ》の月《つき》まで、ローズ・リタは安全《あんぜん》よ。少《すく》なくともそれまでは、いけにえにされることはないはず。時間《じかん》はあまりないけれどね。でもまだほかに心配《しんぱい》なことがある」

かすれた声《こえ》で、ジョナサンは言《い》った。「言《い》ってくれ」

ツィマーマン夫人《ふじん》はゆっくりと口《くち》を開《ひら》いた。「クモには魔法《まほう》の力《ちから》がある。肉体的《にくたいてき》にはとても弱《よわ》いけれど、幻想《げんそう》を作《つく》り出《だ》して、わたしたちの心《こころ》を惑《まど》わせることができるの。それに、もし噛《か》まれれば、命《いのち》はない。気《き》をつけなければ」

「いつ出発《しゅっぱつ》するの？」ルイスはきいた。

ジョナサンは首《くび》を振《ふ》った。「ルイス、今回《こんかい》のことは、おまえさんに手伝《てつだ》ってくれとは言《い》えんよ。あまりに危険《きけん》だ」そしてやさしい声《こえ》で、つけくわえた。「それに、ひどくおそろしい思《おも》いをすることになるかもしれん」

ルイスは静《しず》かに言《い》った。「わかってる。実際《じっさい》、もうこわくてしょうがないんだ。だけど、ローズ・リタはぼくの友《とも》だちだ。昔《むかし》、邪悪《じゃあく》な霊《れい》にもう少《すこ》しで井戸《いど》に引《ひ》きこまれそうになったとき、ローズ・リタは助《たす》けにきてくれた。今度《こんど》は、ぼくがお返《かえ》しする番《ばん》だ」

ツィマーマン夫人《ふじん》は力強《ちからづよ》くうなずいた。「ルイスの言《い》うとおりだと思《おも》いますよ、ジョナサン。邪悪《じゃあく》な力《ちから》は、おそろしい策略《さくりゃく》を用意《ようい》しているだろうけど、単純《たんじゅん》なことで、それがすべて崩《くず》れ去《さ》る可能性《かのうせい》までは計算《けいさん》に入《い》れていない。友情《ゆうじょう》はまさに単純《たんじゅん》で、けれど大《おお》きな力《ちから》を持《も》っているものよ。みんなは一人《ひとり》のために、一人《ひとり》はみんなのためにっていうでしょう？」

ジョナサン・バーナヴェルトは赤《あか》いひげを引《ひ》っぱった。「みんなは一人《ひとり》のために、一人《ひとり》はみんなのために、か。よし」そして、言《い》った。「ルイス、全員《ぜんいん》のぶんの懐中電灯《かいちゅうでんとう》を持《も》ってきてくれ。フローレンス、おまえさんは家《いえ》に帰《かえ》って、お守《まも》りや護符《ごふ》のなかでも特《とく》に力《ちから》のあるものをとってきてほしい。死《し》のクモと戦《たたか》うんだから、あるものはどんなものでも使《つか》わなければ！」

第《だい》12章《しょう》　アヌビスの玉座《ぎょくざ》

暗《くら》い墓穴《はかあな》のなかに入《はい》ったとき、ローズ・リタは一瞬《いっしゅん》、パニックを起《お》こした。四方《しほう》の壁《かべ》がじりじりと迫《せま》ってきて、押《お》しつぶされるような気《き》がした。空気《くうき》はよどんでかび臭《くさ》く、息苦《いきぐる》しい。肺《はい》がずきずきして、心臓《しんぞう》がしめつけられ、今《いま》にも破裂《はれつ》しそうだった。世界《せかい》がぐるぐるとまわりはじめ、ローズ・リタは頭《あたま》がくらくらしてよろめいた。

すると、なにかの力《ちから》にひっぱられるのを感《かん》じた。通路《つうろ》はわずかにくだっていて、その先《さき》はトンネルになっていた。ローズ・リタは、あたりのようすが見《み》えることに気《き》づいて驚《おどろ》いた。地上《ちじょう》の光《ひかり》は土《つち》や石《いし》の厚《あつ》い層《そう》に阻《はば》まれて墓《はか》のなかまで届《とど》かなかったが、ふしぎなことにあたりはぼんやりと緑色《みどりいろ》に光《ひか》っていて、壁《かべ》の崩《くず》れかけた灰色《はいいろ》のタイルが、根《ね》や土《つち》であちこち盛《も》りあがっているのが見《み》える。地面《じめん》は、気味《きみ》が悪《わる》いほどやわらかくふわふわしていて、踏《ふ》むとベシャッとなにかがつぶれて、液体《えきたい》のようなものが出《で》た。立《た》ちのぼるじめじめとした土《つち》のにおいは、カビや、腐敗《ふはい》や、死《し》を連想《れんそう》させる。さらに先《さき》で通路《つうろ》は曲《ま》がっていたが、うっすらと光《ひか》るもやを思《おも》わせる弱《よわ》い緑色《みどりいろ》の光《ひかり》では、はっきりと見《み》ることはできなかった。ローズ・リタはいやいやながら、一歩一歩《ぽぽ》進《すす》んでいった。通路《つうろ》は左《ひだり》へ曲《ま》がったり、右《みぎ》へ曲《ま》がったりしたが、常《つね》に下《した》へ、下《した》へと向《む》かっていた。

何時間《なんじかん》も歩《ある》き続《つづ》けたように思《おも》えたころ、ようやく光《ひかり》が強《つよ》くなりはじめた。ローズ・リタは頭上《ずじょう》に何《なん》トンもの土《つち》の存在《そんざい》を感《かん》じ、地上《ちじょう》から、生《い》ける者《もの》の世界《せかい》から、切《き》り離《はな》されたような気《き》がした。明《あか》るくなるにつれ、タイルをはった壁《かべ》から水《みず》が染《し》み出《だ》し、ぬるぬるとした黒《くろ》い筋《すじ》になって流《なが》れていることや、自分《じぶん》が床一面《ゆかいちめん》に生《は》えたキノコの上《うえ》を歩《ある》いていることがわかった。巨大化《きょだいか》した毒《どく》ダケは、皮膚《ひふ》を思《おも》わせる青白《あおじろ》い色《いろ》をしていて、踏《ふ》むとはじけて吐《は》き気《け》をもよおすような悪臭《あくしゅう》を放《はな》った。

通路《つうろ》は三メートルほどに広《ひろ》がり、先《さき》に門《もん》が見《み》えた。薄《うす》いカーテンが、ゆらゆらとかすかにゆれている。近《ちか》くまでいって、ローズ・リタは息《いき》をのんだ。門《もん》にかかった絹《きぬ》のようなものは、カーテンではなかった。巨大《きょだい》なクモの巣《す》だったのだ。いたるところに、小《ちい》さな骨《ほね》がくっついている。おそらくここまで下《お》りてきたコウモリやネズミやヘビのたぐいだろう。

門《もん》はローズ・リタの頭《あたま》よりはるかに高《たか》かったけれど、首《くび》を縮《ちぢ》めるようにしてその下《した》をくぐった。

門《もん》をくぐると、なかは奇妙《きみょう》な丸《まる》い部屋《へや》だった。半球形《はんきゅうけい》の天井《てんじょう》は見上《みあ》げるほど高《たか》く、一番《いちばん》高《たか》くなっている中央《ちゅうおう》の部分《ぶぶん》は闇《やみ》にのまれて、見《み》えない。部屋《へや》の真《ま》ん中《なか》に丸《まる》い大理石《だいりせき》でできた壇《だん》がある。周囲《しゅうい》がぐるりと階段《かいだん》になっていて、どこからでもあがれるようになっていた。中心《ちゅうしん》に白《しろ》い柱《はしら》が立《た》ち、てっぺんに大《おお》きな白《しろ》い大理石《だいりせき》の釜《かま》が乗《の》っていた。なかで、なにかが緑色《みどりいろ》の炎《ほのお》を出《だ》して燃《も》えている。煙《けむり》もうっすらと緑色《みどりいろ》に輝《かがや》き、ゆるやかに広《ひろ》がりながら流《なが》れていく。ぶきみな光《ひかり》の正体《しょうたい》は、この炎《ほのお》と煙《けむり》だった。

「おいで！」

ローズ・リタははっと息《いき》をのんだ。声《こえ》が頭《あたま》のなかでしたのか、実際《じっさい》に聞《き》こえたのか、わからない。ローズ・リタはおそろしい力《ちから》にひきずられるように、壇《だん》に沿《そ》って歩《ある》きはじめた。部屋《へや》の奥《おく》の壁《かべ》に、玉座《ぎょくざ》がふたつ見《み》えた。鈍《にぶ》い輝《かがや》きを放《はな》っている。金《きん》でできているようだ。両方《りょうほう》とも背《せ》もたれが高《たか》く、てっぺんに奇妙《きみょう》な胸像《きょうぞう》を抱《だ》いていた。首《くび》から下《した》は人間《にんげん》だが、顔《かお》はキツネのようで巨大《きょだい》な耳《みみ》をしている。ローズ・リタはこれと同《おな》じものを前《まえ》に本《ほん》で見《み》たことがあった。古代《こだい》エジプトの女神《めがみ》、アヌビスだ。ローズ・リタはのろのろと前《まえ》に進《すす》みながら、考《かんが》えた。たしか生《せい》から死《し》への道《みち》を守《まも》る神《かみ》だったような気《き》がする……。

「よくきた」ざらざらした声《こえ》がささやいたので、ローズ・リタははっとして、また玉座《ぎょくざ》のほうへ目《め》をやった。右側《みぎがわ》の玉座《ぎょくざ》は空《から》っぽだった。が、もう一方《いっぽう》には、幽霊《ゆうれい》のような影《かげ》が女王《じょおう》のごとく誇《ほこ》らしげに背《せ》を伸《の》ばして座《すわ》っていた。

「止《と》まれ」

ローズ・リタは足《あし》を止《と》めた。そして、玉座《ぎょくざ》に座《すわ》っている人物《じんぶつ》をまじまじと見《み》つめた。この距離《きょり》から見《み》ると、ほっそりした堂々《どうどう》たるようすの女《おんな》だとわかる。流《なが》れるような白《しろ》いローブをまとい、ひじ掛《か》けに腕《うで》をのせ、イスについた金色《きんいろ》の球《たま》をつかんでいる。その手《て》や指《ゆび》の肌《はだ》は病的《びょうてき》な灰色《はいいろ》で、妙《みょう》にざらざらして見《み》えた。顔《かお》は陰《かげ》になっていて、さっきからぴくりとも動《うご》かない。

「よくきた」

ローズ・リタはがくんとよろめいて、手《て》とひざをついた。まるで体《からだ》を支《ささ》えていた糸《いと》が、突然《とつぜん》切《き》られたようだった。手《て》がずぶずぶとキノコのなかに沈《しず》み、ローズ・リタはぞっとして震《ふる》えた。ぬるぬるした冷《つめ》たいものに手首《てくび》までつかり、ローズ・リタは悲鳴《ひめい》をあげると、這《は》うようにうしろに下《さ》がり、階段《かいだん》をのぼって壇《だん》にあがった。「あなたは――あなたはだれ？」ローズ・リタは叫《さけ》んだ。

女《おんな》は笑《わら》った。空気《くうき》の漏《も》れるような、冷《つめ》たい笑《わら》い声《ごえ》だった。「だれだかわかっているだろう」

ローズ・リタの歯《は》がカチカチと鳴《な》った。手《て》が冷《つめ》たい。必死《ひっし》で手《て》をジーンズにこすりつけ、気味《きみ》の悪《わる》いキノコの汁《しる》をとろうとした。洞窟《どうくつ》のような部屋《へや》のなかは凍《こお》るように寒《さむ》く、震《ふる》えがとまらない。「ベル・フリッソン」ローズ・リタは低《ひく》い声《こえ》で言《い》った。「わたしになにをするつもり？」

「おまえが望《のぞ》んだことではないのかい？」ベル・フリッソンは冷《つめ》たく言《い》い放《はな》った。「復讐《ふくしゅう》したいと思《おも》ったのだろう？　おまえをばかにした者《もの》たちを憎《にく》んだはずだ。死《し》のクモを解《と》き放《はな》ちたいと思《おも》ったはずだよ」

「い、いいえ」ローズ・リタは口《くち》ごもりながら言《い》った。「あれはただの夢《ゆめ》――」

「おまえはこれから永遠《えいえん》に夢《ゆめ》を見《み》ることができる」かすれた声《こえ》がささやいた。「でも、これは約束《やくそく》してやろう。ふたたびわたしが生《い》ける者《もの》の世界《せかい》に出《で》たあかつきには、いちばん初《はじ》めにおまえにひどい行《おこな》いをした者《もの》たちを滅《ほろ》ぼしてやる。その光景《こうけい》を思《おも》い浮《う》かべながら、ここで永遠《えいえん》の眠《ねむ》りにつくがよいわ！」

ローズ・リタはめまいがした。様々《さまざま》な光景《こうけい》が次々《つぎつぎ》と浮《う》かんでは消《き》えた。クラスの女《おんな》の子《こ》たちが恐怖《きょうふ》で悲鳴《ひめい》をあげているところ。石《いし》でできているはずの校舎《こうしゃ》が、炎《ほのお》をあげて燃《も》えているところ。ニュー・ゼベダイの町全体《まちぜんたい》が破壊《はかい》しつくされ、がれきの上《うえ》をクモが這《は》いまわっている光景《こうけい》も。が、次《つぎ》の瞬間《しゅんかん》、すべてがぱっと消《き》えた。「そんなこと、させない！」

ローズ・リタは怒《いか》りと同時《どうじ》に恐怖《きょうふ》を感《かん》じて、叫《さけ》んだ。

「わたしはあまりにも長《なが》く待《ま》ちすぎた」ベル・フリッソンはじっと座《すわ》ったまま言《い》った。「ふたたび、生《い》きるんだ。ああ、また生《い》きるんだよ！　だが、まず破壊《はかい》してやる！」

「ど、どうして？」ローズ・リタは泣《な》いていた。

声《こえ》は冷酷《れいこく》で、慈悲《じひ》のかけらもなかった。「かつて生《い》きた肉体《にくたい》を持《も》っていたとき、わたしは霊《れい》たちと話《はな》すことができた！　研究《けんきゅう》をさらに進《すす》める時間《じかん》さえあったなら、世界最強《せかいさいきょう》の支《し》配者《はいしゃ》となっていたにちがいない。だが実際《じっさい》は、日々《ひび》の糧《かて》を得《え》るために、愚《おろ》か者相手《ものあいて》にショーをしなければならなかった。古代《こだい》の霊《れい》はわたしを教《おし》え導《みちび》き、死《し》を遠《とお》ざける方法《ほうほう》を授《さず》けた。そう、わたしは死《し》にそなえて、ある準備《じゅんび》をしておいたのさ。わたしの死《し》は見《み》せかけにすぎない。器《うつわ》が割《わ》れても、霊魂《れいこん》は生《い》き続《つづ》けるのだ」

「よくわからない」ローズ・リタは訴《うった》えた。おそろしい寒《さむ》さのために、手足《てあし》の感覚《かんかく》がなくなっていく。

「あたりまえだよ！」ムチのように鋭《するど》い声《こえ》に、ローズ・リタはびくりとした。「ばかな娘《むすめ》め。おまえなどに、クモの糸《いと》の秘密《ひみつ》がわかってたまるか！　クモの糸《いと》には、霊魂《れいこん》が死者《ししゃ》の国《くに》へ最後《さいご》の旅《たび》に出《で》てしまわぬよう、つなぎとめる力《ちから》があるのだ。わたしはわかっていた！　準備《じゅんび》をしてきたんだ！　そして今《いま》、こうしておまえがわたしと交代《こうたい》するためにやってきたのさ。ようやく、わたしは肉体《にくたい》を得《え》て、生《い》ける者《もの》の世界《せかい》へもどることができる。クモがどうやって生《い》きているか知《し》っているかい？　どうやって獲物《えもの》を捕《と》らえ、その血《ち》を飲《の》むのかを？　小《ちい》さなハエの命《いのち》はせいぜい、二、三週間《しゅうかん》にすぎない。だが、クモにとらわれ、その糸《いと》に包《つつ》まれていれば、その数倍《すうばい》も生《い》きるのだ！　それがおまえの運命《うんめい》だよ。このアヌビスの玉座《ぎょくざ》に座《すわ》り、長《なが》い長《なが》いときを、わたしのために生《い》き続《つづ》けるのだ。わたしは、クモのようにおまえの力《ちから》と命《いのち》を吸《す》いとるのだ!」

ローズ・リタのうしろでカチッという音《おと》がした。ローズ・リタは見《み》るのがこわかった。が、振《ふ》り返《かえ》った。

馬《うま》ほどもある巨大《きょだい》なクモが、うしろから壇《だん》にのぼってくるところだった。大《おお》きなねずみ色《いろ》の体《からだ》がぞっとするように脈打《みゃくう》ち、五つのでっぱった目《め》は、この世《よ》のものとは思《おも》えないぶきみな光《ひかり》をたたえている。かたく閉《と》じたあごは小刻《こきざ》みに震《ふる》え、先《さき》が真《ま》っ赤《か》になった鋭《するど》い毒《どく》牙《が》がのぞいていた。体《からだ》じゅう毛《け》に覆《おお》われた化《ば》け物《もの》は、じりじりとローズ・リタに近《ちか》づいてきた。

ローズ・リタは後《あと》ずさりした。心臓《しんぞう》が激《はげ》しく動悸《どうき》している。クモはじりっと詰《つ》め寄《よ》った。肺《はい》の機能《きのう》が麻痺《まひ》したように、悲鳴《ひめい》をあげたくても、声《こえ》が出《で》ない。ローズ・リタはもう一歩《ぽ》さがって階段《かいだん》をおりた。もう一段下《だんお》りようとしたとき――

骨《ほね》のようにやせこけた手《て》に、腕《うで》をつかまれたのだ!

ローズ・リタは息《いき》が止《と》まりそうになったが、振《ふ》り向《む》いて戦《たたか》おうとした。

ローズ・リタの腕《うで》をつかんだ手《て》は、びくともしなかった。ローズ・リタは女《おんな》の顔《かお》を見《み》て、おそろしさのあまり気《き》を失《うしな》いかけた。

白《しろ》いリネンのローブの下《した》は、骸骨《がいこつ》だった。ぽっかりとあいた眼窩《がんか》、ぞっとするような笑《え》み。そしてその骨《ほね》についた肉《にく》を見《み》て、ローズ・リタは身《み》の毛《け》がよだった——それは肉《にく》でなく、骨《ほね》の表面《ひょうめん》を、うじゃうじゃと這《は》い回《まわ》る何百《なんびゃく》、何千《なんぜん》というクモだったのだ。クモたちは目《め》をチラチラと光《ひか》らせ、脚《あし》をせっせと動《うご》かして、糸《いと》を吐《は》き出《だ》していた。

骸骨《がいこつ》はにやりと笑《わら》って、口《くち》を開《ひら》き、かすれた声《こえ》で言《い》った。「この子《こ》たちは、わたしの新《あたら》しい肉《にく》をつむいでいるんだよ。これでいい。これでいいんだ」

すると、二本《ほん》の巨大《きょだい》なクモの脚《あし》が、ローズ・リタの両肩《りょうかた》をがっしりとつかんだ。なにもかもが真《ま》っ暗《くら》になり、ローズ・リタは気《き》を失《うしな》った。

第《だい》13章《しょう》　巻《ま》き物《もの》の秘密《ひみつ》

「ここを曲《ま》がって」ルイスが言《い》った。ツィマーマン夫人《ふじん》はハンドルを回《まわ》し、ベッシーは高《こう》速道路《そくどうろ》から下《お》りて、墓地《ぼち》へ向《む》かう横道《よこみち》に入《はい》った。

ジョナサン・バーナヴェルトがうしろの座席《ざせき》から言《い》った。「このあたりは、ひどくさびれているな」

ツィマーマン夫人《ふじん》は鼻《はな》を鳴《な》らした。「これからなにか悪《わる》いことをしようってやつらは、堂々《どうどう》と町《まち》の真《ま》ん中《なか》に入《はい》ってくるようなまねはしませんよ。人里《ひとざと》はなれた暗《くら》いところで、こそこそよこしまなことをやろうとするもんです」

ルイスはまっすぐ前《まえ》を見《み》つめていた。車《くるま》のヘッドライトが、ゆらめきながら闇《やみ》を突《つ》き抜《ぬ》けるように照《て》らしている。とうとう道《みち》が広《ひろ》くなり、ずらりと並《なら》んだ丸《まる》い墓石《はかいし》が見《み》えてきた。

「真《ま》ん中《なか》の大《おお》きいのが、ベル・フリッソンの石碑《せきひ》だよ」ルイスはささやくように言《い》った。

ローズ・リタを助《たす》けるためならなんでもするつもりだったけれど、不安《ふあん》のあまり気持《きも》ちが悪《わる》くなりそうなのは事実《じじつ》だった。

車《くるま》ががたんとゆれて止《と》まった。ツィマーマン夫人《ふじん》はキーを回《まわ》した。「さてと。着《つ》きましたよ。ぐずぐずしていたって、なんの得《とく》にもなりませんからね。ジョナサン、懐中電灯《かいちゅうでんとう》は持《も》ってきた？」

「ここさ」ジョナサンはクロムめっきの長《なが》い懐中電灯《かいちゅうでんとう》を二本《ほん》、前《まえ》の二人《ふたり》に回《まわ》し、自分《じぶん》も一本《ぽん》持《も》った。電池《でんち》が七本《ほん》も入《はい》る強力《きょうりょく》なもので、かなり先《さき》まで照《て》らすことができる。ニュー・ゼベダイを出発《しゅっぱつ》するまえに、三本《ぼん》とも新《あたら》しい単《たん》一電池《でんち》に替《か》えてきた。ルイスがスイッチを入《い》れると、車内《しゃない》にまばゆい白《しろ》い光《ひかり》があふれた。

「いきましょう」ツィマーマン夫人《ふじん》は言《い》ってドアを開《あ》けた。三人《にん》は車《くるま》を下《お》りた。

外《そと》はとても静《しず》かだった。そよ風《かぜ》が吹《ふ》いて、木《き》にしがみつくように残《のこ》っている枯葉《かれは》がさらさらと鳴《な》っている。コオロギが一匹《ぴき》、ゆっくりと悲《かな》しくやさしい歌《うた》を奏《かな》でている。雲《くも》が四つか五つ、星明《ほしあ》かりを受《う》けてかすかに銀色《ぎんいろ》に光《ひか》りながら空《そら》を渡《わた》っていった。月《つき》は空《そら》の低《ひく》いところで輝《かがや》いていた。ルイスはしばらく立《た》って、きんと冷《つめ》たい十月《がつ》の空気《くうき》を肺《はい》いっぱいに吸《す》いこんだ。と、おじさんが肩《かた》に手《て》を置《お》いたので、飛《と》びあがった。

「すまん、ルイス」ジョナサンは言《い》った。

「いいよ」ルイスはかすれた声《こえ》で言《い》った。のどがからからだった。

三人《にん》は墓地《ぼち》の中央《ちゅうおう》を通《とお》る小道《こみち》を歩《ある》いていった。半分《はんぶん》ほどきたとき、ジョナサンおじさんが左《ひだり》のほうに懐中電灯《かいちゅうでんとう》を向《む》けた。「いったいあれはなんだ？」ジョナサンはなにか長《なが》くて茶色《ちゃいろ》いヘビのようなものに向《む》かって墓石《はかいし》のあいだを歩《ある》いていった。そして、拾《ひろ》いあげたが、カサカサと乾《かわ》いた音《おと》がするのが聞《き》こえた。それから、なにかカラカラというような音《おと》がして、ジョナサンがもどってきた。

「なんです？」ツィマーマン夫人《ふじん》はたずねながら、懐中電灯《かいちゅうでんとう》をジョナサンのほうに向《む》けた。

「巻《ま》き物《もの》だ」ジョナサンは答《こた》えた。「長《なが》い茶色《ちゃいろ》の巻《ま》き物《もの》だ。カサカサに乾《かわ》いとる。羊皮紙《ようひし》のようだな」

「博物館《はくぶつかん》で見《み》たやつだ！」ルイスが叫《さけ》んだ。「ベル・フリッソンの遺言書《ゆいごんしょ》だよ。話《はな》したでしょ！　信《しん》じられない！　ローズ・リタのやつ、またこっそり持《も》ってきたんだ！」

「すぐに決《き》めつけないの。ほら、わたしの懐中電灯《かいちゅうでんとう》を持《も》っていてちょうだい」ツィマーマン夫人《ふじん》は言《い》った。

ルイスは懐中電灯《かいちゅうでんとう》を受《う》け取《と》って、ツィマーマン夫人《ふじん》が少《すこ》しずつ羊皮紙《ようひし》を開《ひら》いていくあいだ、手元《てもと》を照《て》らしていた。「なるほど」ツィマーマン夫人《ふじん》はつぶやいた。「まあ、へえ！」

「いったいなんなんだ、鬼《おに》ばあさん」ジョナサンおじさんは文句《もんく》を言《い》った。「このしわくちゃの紙切《かみき》れには、大切《たいせつ》な意味《いみ》があるんだな？　このすばらしいお宝《たから》がなんなのか、説明《せつめい》してくれ！」

ツィマーマン夫人《ふじん》はゆっくりと口《くち》を開《ひら》いた。「これは封印《ふういん》を解《と》く呪文《じゅもん》なんです。魔法《まほう》で封《ふう》をされた秘密《ひみつ》の場所《ばしょ》を開《ひら》くためのものなんですよ。だけど、呪文《じゅもん》がぜんぶそろってないうえに、羊皮紙《ようひし》が妙《みょう》に――そうね、伸《の》びているように見《み》える。まるで悪魔同士《あくまどうし》で綱引《つなひ》きでもしたみたい。ここにあった魔力《まりょく》はもうすべて使《つか》われてしまったようね」

「いこう」ジョナサンがせっぱつまった声《こえ》で言《い》って、ツィマーマン夫人《ふじん》の手《て》から巻《ま》き終《お》えた巻《ま》き物《もの》をとった。「ほかになにか見《み》つかるかもしれん」

三人《にん》は墓石《はかいし》の周《まわ》りを回《まわ》ってみた。ルイスは真《ま》ん中《なか》の柱《はしら》を懐中電灯《かいちゅうでんとう》で照《て》らした。なにかが、このあいだとちがうような気《き》がする。石《いし》が削《けず》れて、表面《ひょうめん》がでこぼこになっている。それからルイスははっと気《き》づいた。刻《きざ》まれていた文字《もじ》がなくなっているのだ。まるでだれかがハンマーとのみで柱《はしら》の表面《ひょうめん》をくだいて、文字《もじ》を削《けず》り取《と》ってしまったように。懐中電灯《かいちゅうでんとう》のまるい光《ひかり》を下《した》に向《む》けると、柱《はしら》の台座《だいざ》を覆《おお》うように落《お》ちた石《いし》のかけらが散《ち》らばっていた。

ツィマーマン夫人《ふじん》がルイスの肩《かた》を叩《たた》いた。「ルイス」ツィマーマン夫人《ふじん》はおかしな声《こえ》で言《い》った。「懐中電灯《かいちゅうでんとう》を消《け》して。あなたもよ、ジョナサン」

ルイスが言《い》うとおりにすると、ベルベットのカーテンのような闇《やみ》が訪《おとず》れた。遠《とお》くのほうで、フクロウが物悲《ものがな》しい低《ひく》い声《こえ》でホウ、ホオオウウウウと鳴《な》いている。はるか遠《とお》くを走《はし》る列車《れっしゃ》の哀調《あいちょう》をおびた警笛《けいてき》の音《おと》がかすかに聞《き》こえた。「見《み》て」ツィマーマン夫人《ふじん》はほとんどささやくような声《こえ》で言《い》った。「柱《はしら》の上《うえ》の球《たま》を見《み》てごらんなさい」

ルイスは闇《やみ》をすかすように見《み》て、首《くび》の毛《け》が逆立《さかだ》ち、腕《うで》に鳥肌《とりはだ》が立《た》つのを感《かん》じた。柱《はしら》のてっぺんにある黒《くろ》い石《いし》の球《たま》から煙《けむり》が出《で》ていた。かすかに緑色《みどりいろ》に光《ひか》る蒸気《じょうき》が次《つぎ》から次《つぎ》へとあがって、細《ほそ》い筋《すじ》になって流《なが》れていく。煙《けむり》はやがて薄《うす》くなり、空気《くうき》のなかに蒸散《じょうさん》していった。

ジョナサンは咳払《せきばら》いをした。「なにかが起《お》こってる。なにか邪悪《じゃあく》なことが。あの煙《けむり》はオシリス（エジプト神話《しんわ》に出《で》てくる幽界《ゆうかい》の王《おう》。弟《おとうと》に殺《ころ》されるが、妻《つま》に救《すく》われて復活《ふっかつ》する）のランプから出《で》る煙《けむり》と同《おな》じかい？」

「優《ゆう》をあげますよ、ジョナサン」ツィマーマン夫人《ふじん》は答《こた》えた。「その意味《いみ》するところもわかるわね？」

「ぼくはわからない」ルイスは押《お》し殺《ころ》した声《こえ》で言《い》った。

ツィマーマン夫人《ふじん》はもう一度《いちど》懐中電灯《かいちゅうでんとう》をつけた。ジョナサンは墓《はか》の周《まわ》りを歩《ある》きはじめた。

「いけにえが捧《ささ》げられたことを意味《いみ》するの。だれかがここで殺《ころ》された。ああ、最近《さいきん》とはかぎらない。今年《ことし》でもない。今世紀《こんせいき》ですらないかもしれない。でも、ともかく、けがれた儀《ぎ》式《しき》がここで行《おこな》われた。あれは、昔《むかし》〝ひとだま〟とか〝鬼火《おにび》〟と呼《よ》ばれていたたぐいの光《ひかり》よ。突然《とつぜん》の死《し》の結果《けっか》、生《しょう》じるものなの。一カ所《しょ》にとどまる種類《しゅるい》の霊《れい》ではないわ」

墓石《はかいし》の反対側《はんたいがわ》からジョナサン・バーナヴェルトが叫《さけ》んだ。「これを見《み》てくれ」

ツィマーマン夫人《ふじん》とルイスは、反対側《はんたいがわ》にまわった。ジョナサンは、懐中電灯《かいちゅうでんとう》で地面《じめん》を照《て》らしていた。草《くさ》の上《うえ》に、懐中電灯《かいちゅうでんとう》と、パラフィン紙《し》で包《つつ》んだサンドイッチがふたつと、緑《みどり》の表紙《ひょうし》の本《ほん》が落《お》ちていた。ジョナサンは本《ほん》を拾《ひろ》って、開《ひら》いてみた。「『偉《い》大《だい》なる魔術《まじゅつ》師《し》四十人《にん》』」ジョナサンは声《こえ》に出《だ》して読《よ》んだ。そしてぱらぱらと本《ほん》をめくった。「ベル・フリッソンについての章《しょう》がある」

ルイスは思《おも》い出《だ》した。「ローズ・リタが博物館《はくぶつかん》でハードウィックさんに借《か》りた本《ほん》だ。やっぱりローズ・リタはここに戻《もど》ってきたんだ」

ツィマーマン夫人《ふじん》は、もう一度《いちど》懐中電灯《かいちゅうでんとう》で墓石《はかいし》を照《て》らした。「ローズ・リタが巻《ま》き物《もの》を持《も》ってきて、呪文《じゅもん》をとなえたのはまちがいない。というより、呪文《じゅもん》が勝手《かって》に働《はたら》いたんでしょうね。ルイス、柱《はしら》の表面《ひょうめん》は削《けず》られている？」

「うん。まちがいないよ。前《まえ》は印《しるし》が刻《きざ》まれてたんだ。意味《いみ》の通《つう》じない記号《きごう》みたいのが。でも今《いま》はひとつもない」

「呪文《じゅもん》が自動的《じどうてき》に働《はたら》き出《だ》すようになっていたわけね」ツィマーマン夫人《ふじん》は考《かんが》えこみながら言《い》った。「ローズ・リタがどこにいるにしろ、どこか魔法《まほう》の入口《いりぐち》をくぐったにちがいない。どうやってそこにいくか、考《かんが》えなければ」

「どうすりゃいいんだ？」ジョナサンは、いらいらしたように怒《おこ》った声《こえ》で言《い》った。「巻《ま》き物《もの》の魔力《まりょく》はもう失《うしな》われたって言《い》ったじゃないか」

「どうにかするんですよ」ツィマーマン夫人《ふじん》は言《い》った。「よく調《しら》べるんです。ジョナサン、ルイス、もうこれ以上《いじょう》ここでできることはありません、少《すく》なくとも今晩《こんばん》はね。もう一度《いちど》呪《じゅ》文《もん》を働《はたら》かせる方法《ほうほう》に、一つ、二つ心当《こころあ》たりがあるんです。魔法使《まほうつか》いっていうのは、呪文《じゅもん》を働《はたら》かせることができるから、魔法使《まほうつか》いなんです。なにも、呪文《じゅもん》が自動式《じどうしき》である必要《ひつよう》はないんですよ。でも、どういう呪文《じゅもん》だったか、一語一句《いちごいっく》正確《せいかく》に知《し》る必要《ひつよう》がある。時間《じかん》がかかると思《おも》うわ。帰《かえ》りましょう。金曜《きんよう》の夜《よる》までは、まだあるんですから」

四日《か》だ、ルイスは思《おも》った。たった四日《か》しかないんだ！

火曜日《かようび》、学校《がっこう》が終《お》わるやいなや、ルイスは急《いそ》いで家《いえ》に帰《かえ》った。家《いえ》に入《はい》ると、ツィマーマン夫人《ふじん》が食堂《しょくどう》のテーブルに座《すわ》っていた。周《まわ》りには紙《かみ》が積《つ》みあげられ、すべてになにか書《か》きこんである。テーブルの上《うえ》には巻《ま》き物《もの》もあったが、あらためて見《み》ると、ひどくもろくて今《いま》にも破《やぶ》れそうだった。ジョナサン・バーナヴェルトはテーブルの反対側《はんたいがわ》に黙《だま》って座《すわ》って、墓地《ぼち》から持《も》って帰《かえ》ってきた本《ほん》を熱心《ねっしん》に調《しら》べていた。ジョナサンは顔《かお》をあげてルイスを見《み》ると、力《ちから》なく微笑《ほほえ》んだ。「おかえり」ジョナサンは言《い》った。

「終《お》わった？」ルイスはたずねた。

「だいたいはね」ツィマーマン夫人《ふじん》が答《こた》えた。疲《つか》れきったようすで、しわのよった顔《かお》がひきつって、ひどくやつれて見《み》えた。「あの本《ほん》にのっている石碑《せきひ》の写真《しゃしん》と、巻《ま》き物《もの》に描《か》かれた文字《もじ》から、呪文《じゅもん》のだいたい八十五パーセントはわかったと思《おも》いますよ」ツィマーマン夫《ふ》人《じん》はルイスに、巻《ま》き物《もの》と、石碑《せきひ》に刻《きざ》まれた記号《きごう》は並《なら》べるように作《つく》られていることを教《おし》えた。石碑《せきひ》の記号《きごう》と巻《ま》き物《もの》の端《はし》に書《か》かれた線《せん》をぴったり合《あ》わせると文字《もじ》になり、それで呪文《じゅもん》が完《かん》成《せい》するのだ。問題《もんだい》は、巻《ま》き物《もの》の端《はし》にある文字《もじ》の一部《いちぶ》が、単《たん》なる垂直《すいちょく》の線《せん》の場合《ばあい》だった。いったいTなのかIなのか、それとも小文字《こもじ》のlなのか、まったくわからない。Fの上半《うえはん》分《ぶん》なのかEなのか、また、Bの上《うえ》なのかRの上《うえ》なのか、わからないものもあった。かなりの文字《もじ》を推測《すいそく》で埋《う》めることができたけれど、なかにはどう見《み》ても変《へん》に思《おも》える箇所《かしょ》もあった。

ツィマーマン夫人《ふじん》は目《め》をこすった。「墓石《はかいし》に刻《きざ》まれていた記号《きごう》さえわかれば、簡単《かんたん》なのに！」

「わかったものだけでなんとかならない？　うまくいくかもしれないよ！」ルイスは言《い》った。

ジョナサンは首《くび》を振《ふ》った。「残念《ざんねん》だがな、ルイス。呪文《じゅもん》は完《かん》ぺきじゃなきゃならない。

そうでなければ、ないのと同《おな》じなんだ。呪文《じゅもん》が魔法《まほう》を支配《しはい》し、左右《さゆう》する。文句《もんく》がすべてわからないまま呪文《じゅもん》をとなえれば、まったく効《き》かないか、手《て》に負《お》えないような事態《じたい》を引《ひ》き起《お》こすことにもなりかねない。そのつもりもないのにカエルに変身《へんしん》しちまうとか、悪魔《あくま》を世《よ》に解《と》き放《はな》つとか、ロープの下《した》から生《い》きたニワトリが出《で》てくるとかな」

ルイスはうめいた。

ジョナサンは無理《むり》に笑《え》みを浮《う》かべて言《い》った。「ニワトリは冗談《じょうだん》だ。疲《つか》れてるんだな、たぶん。なにか食《た》べるものを作《つく》るから、食《た》べ終《お》わったらまたこのいまいましい巻《ま》き物《もの》を調《しら》べようじゃないか」

ツィマーマン夫人《ふじん》は紙《かみ》の山《やま》を押《お》しやった。「わたしが作《つく》りますよ。ひげもじゃさんのグルメ・ハムサンドイッチにはあきましたからね！　わたしが料理《りょうり》しているあいだに、ベル・フリッソンについてあの本《ほん》になんて書《か》いてあったか、話《はな》してちょうだいな、ジョナサン」

ジョナサンは二人《ふたり》にざっと内容《ないよう》を話《はな》して聞《き》かせた。たいした内容《ないよう》ではなく、助《たす》けにはなりそうもなかった。「本《ほん》の著者《ちょしゃ》は、ベル・フリッソンのことを、よくいるペテン師《し》のたぐいだと思《おも》っていたようだな」ジョナサンは説明《せつめい》し終《お》わると言《い》った。「たしかに、なかには説明《せつめい》しようのない不可解《ふかかい》な現象《げんしょう》もあったと認《みと》めてはいるがね。そりゃそうだろう。エリザベス・プロクター、つまり、自称《じしょう》ベル・フリッツソンが、この世《よ》のものではない力《ちから》と接触《せっしょく》していたことはまちがいないからな。ひとつ、妙《みょう》なことがある。フリッツソンは何年《なんねん》もかけてかなりの財産《ざいさん》を築《きず》いたようだが、ぜんぶ葬式《そうしき》で使《つか》っちまったらしいんだ。例《れい》の事故《じこ》が起《お》こる数年前《すうねんまえ》に、彼女《かのじょ》は妙《みょう》なやつらを集《あつ》めて、自分《じぶん》がいつどこで死《し》のうと、自分《じぶん》の墓《はか》を作《つく》って埋《う》めるよう手配《てはい》したらしい。なにかをたくらんでいたとしか思《おも》えん」

「わたしもそう思《おも》いますよ」ツィマーマン夫人《ふじん》は鍋《なべ》やフライパンをガチャガチャやりながら言《い》った。「フリッツソンはもう一度《いちど》、よみがえろうとしていたにちがいありません」

「それだ、それにちがいない、フローレンス」ジョナサンは断言《だんげん》した。そして、振《ふ》り返《かえ》ると、台所《だいどころ》のカレンダーを見《み》つめた。「フリッツソンは一八七八年《ねん》のハロウィーンの日《ひ》に死《し》んだ。だから、今度《こんど》のハロウィーンの日《ひ》に生《い》きかえるつもりだと思《おも》う。つまり、今度《こんど》の金曜《きんよう》日《び》の真夜中《まよなか》、日付《ひづけ》が三十日《にち》から三十一日《にち》に変《か》わるときに――」

ジョナサンはその先《さき》を言《い》わなかった。言《い》う必要《ひつよう》もなかった。それは言葉《ことば》にするには、あまりにもおそろしすぎた。

第《だい》14章《しょう》　捜索《そうさく》

ダイバーが暗《くら》く深《ふか》い海《うみ》からゆっくりと海面《かいめん》に浮《う》かんでいくように、ローズ・リタはじょじょに意識《いしき》を取《と》りもどした。最初《さいしょ》は、夢《ゆめ》を見《み》ていたのだと思《おも》った。初《はじ》めて巻《ま》き物《もの》を見《み》つけた日《ひ》から起《お》こったことはすべて霧《きり》に包《つつ》まれたように漠然《ばくぜん》としていて、ぼんやりとしか思《おも》い出《だ》せない悪夢《あくむ》のようだった。ローズ・リタは、暖《あたた》かくて居心地《いごこち》のいい、ほっとした気持《きも》ちに包《つつ》まれていたが、それはほんの数秒《すうびょう》だった。

ぱっと目《め》を開《あ》けると、気味《きみ》の悪《わる》い緑色《みどりいろ》の光《ひかり》が見《み》えた。そして、すべて本当《ほんとう》に起《お》きたことなのだと、さとった。ローズ・リタはふたつの玉座《ぎょくざ》のうちひとつに座《すわ》っていた。立《た》ちあがろうとしたが、身動《みうご》きができない。頭《あたま》を動《うご》かすことすらできないのだ。下《した》を見《み》たローズ・リタの目《め》は恐怖《きょうふ》で見開《みひら》かれた。

体全体《からだぜんたい》が、きらきらと光《ひか》るクモの糸《いと》でくるまれていた。頭以外《あたまいがい》すべて、まゆですっぽり覆《おお》われている。何《なん》メートルもある包帯《ほうたい》をきつく巻《ま》かれたミイラのようだ。巨大《きょだい》なクモの足《あし》が肩《かた》に触《ふ》れたときのチクチクする感触《かんしょく》がよみがえり、胃《い》がきゅっとねじれるような気《き》がした。ふつうのコガネグモが捕《つか》まえた虫《むし》を糸《いと》でぐるぐる巻《ま》きにするように、あのクモはローズ・リタに糸《いと》を巻《ま》きつけたのだ。髪《かみ》まで、玉座《ぎょくざ》の背《せ》に貼《は》りつけられているようだった。糸《いと》はきつく、息《いき》をするのがやっとだ。腕《うで》は玉座《ぎょくざ》のひじ掛《か》けに、手《て》はつるつるした金属《きんぞく》のようなものでできた球《たま》に、縛《しば》りつけられている。顔《かお》を横《よこ》に向《む》けることすらできなかった。

横《よこ》の玉座《ぎょくざ》にだれか座《すわ》っているのが、わずかに見《み》えた。あのおそろしい、クモの這《は》いまわる骸骨《がいこつ》だ。すると、あの息《いき》のもれたような声《こえ》がきこえた。「あがいてもむだだ。痛《いた》みは一瞬《いっしゅん》で終《お》わる。そのあとは、気《き》にもならなくなる。頭《あたま》ははっきりしているが、体《からだ》のほうは百年《ねん》かけてゆっくり、ゆっくりと、衰《おとろ》えていく。その生命《せいめい》がわたしに活力《かつりょく》を与《あた》える。言《い》ってみれば、おまえはわたしの一部《いちぶ》になるのだ。光栄《こうえい》に思《おも》うがよい」

「はなして」ローズ・リタは言《い》った。もう怯《おび》えてもいなかったし、体《からだ》がすくんでもいなかった。ただ心《こころ》の底《そこ》から怒《おこ》っていた。「はなして。さもなければ後悔《こうかい》するわよ！」

骸骨《がいこつ》はそれを無視《むし》し、ネコなで声《ごえ》で言《い》った。「わたしは何《なん》十年《ねん》ものあいだ、この闇《やみ》のなかにいたんだよ。さあ、おまえはどう思《おも》うだろうね？　すぐに頭《あたま》がどうかなるだろうねえ。墓《はか》のなかに一人《ひとり》、仲間《なかま》はクモだけ。ああ、何週間《なんしゅうかん》もたたぬうちに、おまえは正気《しょうき》を失《うしな》うにちがいない」

　ローズ・リタは答《こた》えなかった。必死《ひっし》になってのがれようともがいたけれど、べとべとしたクモの糸《いと》はがんじょうで、体《からだ》をろくに動《うご》かすことすらできなかった。「はなしてよ！」ローズ・リタはまた叫《さけ》んだ。

「ばかな娘《むすめ》め」声《こえ》はあざ笑《わら》った。「肉体《にくたい》が失《うしな》われたとき、わたしは目的《もくてき》を遂《と》げるために死《し》のカーテンをぐぐったのだ。わたしの命令《めいれい》どおり、墓《はか》は作《つく》られ、わたしの命令《めいれい》どおりに、奴隷《どれい》どもはかつてわたしの親友《しんゆう》だった女《おんな》を世界《せかい》のつむぎ手《て》であるネイスに捧《ささ》げた。ためらうことなくそれを命《めい》じたこのわたしが、よりにもよっておまえを逃《に》がすとでも思《おも》うか？　いいや、おまえはわたしの生命線《せいめいせん》、この世《よ》とわたしをつなぐ唯一《ゆいいつ》の糸《いと》なのだ。東洋《とうよう》の宝《たから》をすべて与《あた》えられようとも、おまえをはなすものか！」どこか痛《いた》ましい笑《わら》い声《ごえ》が響《ひび》きわたった。「その時《とき》はすぐそこまできている。そう、時《とき》がくれば、わたしのかわいいペットがおまえを押《お》さえつけ、体《からだ》を前《まえ》にかがませる。あとは、おまえの首《くび》のうしろをひと嚙《か》みするだけ。おそろしい痛《いた》みだろうねえ。そして、わたしはここを去《さ》るのだ。見《み》よ、すでに力《ちから》が増《ま》してきた！」

ローズ・リタは悲鳴《ひめい》をあげまいと歯《は》を食《く》いしばった。横《よこ》の骸骨《がいこつ》が動《うご》いたのだ！　きしるような音《おと》をたてて、骸骨《がいこつ》はゆっくりと体《からだ》を起《お》こすと、立《た》ちあがった。そしてよろよろしながら前《まえ》へ一歩踏《ぽふ》み出《だ》した。ローズ・リタは目《め》をつぶった。

小《ち》さなクモたちは、骨《ほね》を覆《おお》うように白《しろ》い糸《いと》の肌《はだ》をつむぎ出《だ》していた。クモたちがうごめいているせいで、骸骨《がいこつ》の肉《にく》は小《ち》さく波打《なみう》っているように見《み》える。ぽっかりとあいた眼窩《がんか》の奥《おく》は赤《あか》く光《ひか》り、一直線《いっちょくせん》に裂《さ》けた口《くち》から、ひからびた黄色《きいろ》い歯《は》がのぞいていた。リネンのローブの下《した》で、胸《むね》がまるで呼吸《こきゅう》しているように大《おお》きく上下《じょうげ》している。

「どうだい？　わたしはきれいかい、え？」声《こえ》はあざけるように言《い》った。「もう少《すこ》しだよ。準備《じゅんび》ができて、おまえの力《ちから》と養分《ようぶん》を吸《す》い取《と》れば、この肉《にく》は今《いま》のおまえの肉《にく》と同《おな》じように本物《ほんもの》になる。わたしは美《うつく》しくなる！　そしてふたたび地上《ちじょう》を歩《ある》くのだ！　今度《こんど》こそか弱《よわ》い人間《にんげん》どもを支配《しはい》してやる。そうすれば、おまえの力《ちから》が涸《か》れても、いくらでも次《つぎ》のいけにえを手《て》に入《い》れられる。いくらでもね。わたしは永遠《えいえん》に生《い》き続《つづ》けるのだ！」

ローズ・リタは目《め》を開《あ》けた。目《め》の前《まえ》に、骸骨《がいこつ》がふらふらしながら立《た》っていた。まだしっかりと立《た》つ力《ちから》はないようだ。骸骨《がいこつ》は一歩横《ぽよこ》に歩《ある》くと、崩《くず》れるように玉座《ぎょくざ》に倒《たお》れこんだ。骨《ほね》がカタカタとこもった音《おと》をたてた。「ほうら、わたしのペットがきた」骸骨《がいこつ》はささやいた。ローズ・リタはぎくっとして、血走《ちばし》った目《め》で部屋《へや》を見回《みまわ》した。丸《まる》い壇《だん》の向《む》こうから、巨大《きょだい》なクモが這《は》ってくるのが見《み》えた。「いや!」ローズ・リタは叫《さけ》んだ。「その時《とき》は近《ちか》い」声《こえ》は言《い》った。「すぐそこまできている」

とうとうハロウィーンの前日《ぜんじつ》の金曜日《きんようび》がやってきた。ルイスはどうかなりそうだった。警察《けいさつ》はあらゆるところを探《さが》し回《まわ》ったけれど、なんの手《て》がかりも見《み》つけられなかった。ポッティンガー夫妻《ふさい》は見《み》つけた人《ひと》に謝礼金《しゃれいきん》を払《はら》うと申《もう》し出《で》たけれど、もちろん、それも役《やく》には立《た》たなかった。ジョナサンとツィマーマン夫人《ふじん》は、行《い》きづまっていた。暗号《あんごう》や暗号解読法《あんごうかいどくほう》に関《かん》する本《ほん》にのっていたやり方《かた》から、ツィマーマン夫人《ふじん》が考《かんが》えつくかぎり最《もっと》も強《つよ》い呪文《じゅもん》まで、ありとあらゆる方法《ほうほう》を試《ため》してみたけれど、どれも効《き》き目《め》はなかった。

その日《ひ》、ルイスは心配《しんぱい》のあまり学校《がっこう》を休《やす》んでいた。午後遅《ごごおそ》くに、電話《でんわ》が鳴《な》った。ジョナサンが出《で》た。ツィマーマン夫人《ふじん》とルイスが待《ま》っていると、ジョナサンはけわしい顔《かお》をして台所《だいどころ》に戻《もど》ってきた。「ジョージ・ポッティンガーからだった。結局《けっきょく》のところ、警察《けいさつ》にも少《すこ》しは収穫《しゅうかく》があったようだ。サイドラーという女性《じょせい》が、町《まち》の西《にし》のはずれでロワーナ・ポッターと名乗《なの》る女《おんな》の子《こ》を車《くるま》に乗《の》せたらしい。墓地《ぼち》の近《ちか》くで下《お》ろしたそうだ。州警察《しゅうけいさつ》は付近《ふきん》を捜索《そうさく》して、トウモロコシ畑《ばたけ》でローズ・リタの自転車《じてんしゃ》を発見《はっけん》した。警察《けいさつ》はローズ・リタが家《いえ》出《で》したと考《かんが》えている」

ツィマーマン夫人《ふじん》はため息《いき》をついた。「ああ、このいまいましい呪文《じゅもん》の残《のこ》りさえわかればっ！　あと七語《ご》だけなんですよ。でも、その言葉《ことば》に力《ちから》がある。ジョナサン、万《まん》が一《いち》最悪《さいあく》の事態《じたい》になれば、このままで呪文《じゅもん》をとなえるしかないわ。ああ、どうなるかわからないけれど、やってみるしかない」

ルイスが言《い》った。「ハードウィックさんに写真《しゃしん》を持《も》ってるか、きいてみたらどう？」

ジョナサンとツィマーマン夫人《ふじん》はじっとルイスを見《み》た。「写真《しゃしん》？」ジョンさんおじさんがくりかえした。「石碑《せきひ》の写真《しゃしん》ってことか？」

ツィマーマン夫人《ふじん》が言《い》った。「どうしてハードウィックさんが写真《しゃしん》を撮《と》ったって思《おも》うの？」

肩《かた》をすくめてルイスは言《い》った。「たしかに可能性《かのうせい》は薄《うす》いかもしれないけど。でも、ハードウィックさんと奥《おく》さんは何度《なんど》もあの墓地《ぼち》にいってる。友《とも》だちのお墓《はか》があるんだ。それに、ハードウィックさんは魔法《まほう》に関《かん》するものならなんでも集《あつ》めてるでしょ。魔法《まほう》の杖《つえ》から本《ほん》からポスターからフーディーニの古《ふる》い牛乳缶《ぎゅうにゅうかん》まで」

ジョナサンが立《た》ちあがった。「きいてみる価値《かち》はあるな。電話《でんわ》してくる」そして書斎《しょさい》へ電話《でんわ》をしにいった。すぐにジョナサンは帰《かえ》ってきて、二人《ふたり》をせきたてた。「いくぞ！ルイスのおかげで救《すく》われるかもしれん」

ツィマーマン夫人《ふじん》は、ジョナサンが車庫《しゃこ》の扉《とびら》を開《あ》けたときも、一言《ひとこと》の文句《もんく》すら言《い》わなかった。三人《にん》はジョナサンの箱型《はこがた》のおんぼろ車《ぐるま》で魔法博物館《まほうはくぶつかん》までいくと、大急《おおいそ》ぎで中《なか》へ入《はい》った。ハードウィックさんは三人《にん》を待《ま》っていて、ドアを開《あ》けて中《なか》へ通《とお》してくれた。「ようこそ、いらっしゃい」ハードウィックさんは言《い》って、一人《ひとり》一人《ひとり》と握手《あくしゅ》した。「ジョナサン、ひさしぶりだな。きみが去年《きょねん》の夏《なつ》、商工会議所《しょうこうかいぎしょ》でやった手品《てじな》は実《じつ》にすばらしかったよ。あの、ハンカチが浮《う》くやつだ。もう少《すこ》しで、種《たね》が明《あ》かせそうだよ。だが、あれはすばらしかった。わたしは――」

　ジョナサンはこわばった笑《え》みを浮《う》かべて言《い》った。「ありがとう、ボブ。だが、今《いま》すぐにでも見《み》せてほしいんだ。さっき電話《でんわ》で話《はな》したものをね。もちろん、迷惑《めいわく》じゃなければだが」

「おやすいごようだ」ハードウィックさんは言《い》って、三人《にん》をドアまで連《つ》れていった。「地《ち》下室《かしつ》に置《お》いてあるんだ。きみの友《とも》だちは見《み》つかったかい、ルイス？」

「いいえ」ルイスは暗《くら》い声《こえ》で言《い》った。

「気《き》の毒《どく》に」ハードウィックさんはドアを開《あ》けて、なかに手《て》を入《い》れてぱちんと電気《でんき》をつけた。「ここだ。足《あし》もとに気《き》をつけて。階段《かいだん》がひどく急《きゅう》なんだ。ローズ・リタは必《かなら》ず見《み》つかるよ。きっと、ちょいと家出《いえで》してみただけさ。若《わか》い人《ひと》には多《おお》いことだ。たいてい何事《なにごと》もなく、無事《ぶじ》に戻《もど》ってくる」ハードウィックさんはしゃべりながら、三人《にん》を連《つ》れて地下室《ちかしつ》に降《お》りていった。レンガの壁《かべ》には十以上《いじょう》のファイルキャビネットがずらりと並《なら》べられ、ひとつひとつの引《ひ》き出《だ》しにラベルがついていた。ハードウィックさんは大《おお》きく手《て》を振《ふ》ってキャビネットを指《さ》し示《しめ》した。「これが手紙《てがみ》と原稿《げんこう》のコレクションだ。マジック・ショーのビラや広告《こうこく》もある。有名《ゆうめい》な手品師《てじなし》の写真《しゃしん》はほとんどサイン入《い》りなんだよ。スクラップブックに、手品《てじな》のやり方《かた》を記《しる》した手書《てが》きの説明書《せつめいしょ》もだ。それと、もちろんこれだ。このキャビネットはぜんぶ石《いし》ずり、つまり言《い》ってみれば碑銘《ひめい》のレプリカなんだ」

ハードウィックさんは引《ひ》き出《だ》しのひとつを開《あ》けて、なかをごそごそと探《さぐ》ると、ようやく厚《あつ》い緑《みどり》のファイルホルダーを取《と》り出《だ》した。「これかい？」ジョナサンはせっぱつまった声《こえ》できいた。

「ああ」ハードウィックさんは答《こた》えた。「フォルダーにラベルが貼《は》ってあるだろう。〝ベル・フリッソンの墓石《はかいし》の石《いし》ずり：一九三八年《ねん》六月《がつ》一日《にち》〟」そして、ファイルを開《ひら》いて、大《おお》きな薄紙《うすがみ》を一枚取《まいと》り出《だ》した。ルイスは、おじさんが紙《かみ》の端《はし》を持《も》って、広《ひろ》げるのをじっと見《み》ていた。何枚《なんまい》もの紙《かみ》をつなげてテープではりあわせたもので、デッサン用《よう》の木炭《もくたん》で一面《いちめん》塗《ぬ》ってあった。

それを見《み》て、ルイスは碑銘《ひめい》をすり写《うつ》したものだと気《き》づいた。ハードウィックさんはベル・フリッソンの墓石《はかいし》の柱《はしら》に紙《かみ》をあてて、上《うえ》から木炭《もくたん》でこすったのだ。その結果《けっか》、できたレプリカには墓石《はかいし》に刻《きざ》まれた記号《きごう》がすべて写《うつ》し取《と》られていた。ツィマーマン夫人《ふじん》はすでにずらりと並《なら》んだ記号《きごう》を指《ゆび》でたどりはじめていた。「これよ！」

ファイルホルダーのなかには、ほかにも折《お》りたたまれた紙《かみ》が入《はい》っていて、それぞれに柱《はしら》の側面《そくめん》が写《うつ》しとられていた。ツィマーマン夫人《ふじん》は次《つぎ》の単語《たんご》の足《た》りない部分《ぶぶん》を見《み》つけ、さらに次《つぎ》のものも見《み》つけた。五分《ふん》で、ツィマーマン夫人《ふじん》は残《のこ》りの単語《たんご》をすべて探《さが》しあてた。

「ありがとう！」ツィマーマン夫人《ふじん》は、キツネにつままれたような顔《かお》をしているハードウィックさんに向《む》かって言《い》った。「もうおいとましなくては！」

ハードウィックさんは、ツィマーマン夫人《ふじん》に好奇心《こうきしん》いっぱいの笑顔《えがお》を向《む》けた。「どうしてそんなに急《いそ》いでいるのかも教《おし》えてもらえないのかね？」

ジョナサン・バーナヴェルトはぴしゃりとハードウィックさんの肩《かた》を叩《たた》いた。「あとでな、ボブ。今《いま》は、おまえさんが熱狂的《ねっきょうてき》な収集家《しゅうしゅうか》だってことを――おまけに熱狂的《ねっきょうてき》にまめだってことを感謝《かんしゃ》するだけだ！　ルイス、いくぞ！」

ルイスはおじさんについて階段《かいだん》をあがった。そして、ふたつのことに気《き》がついた。ひとつは、もうかなり遅《おそ》いということだ。太陽《たいよう》が沈《しず》みはじめている。

もうひとつは、ツィマーマン夫人《ふじん》がとうとう呪文《じゅもん》を完成《かんせい》させたということだった。つまり、あのさびれた墓地《ぼち》にいかなければならないということだ。ローズ・リタを助《たす》けるために、あの呪文《じゅもん》をとなえるのだ。

呪文《じゅもん》をとなえたら、なにが起《お》こるのだろう？　あのおそろしい墓地《ぼち》でいったいどんなものと戦《たたか》うことになるのだろう？　死《し》のクモだろうか？　それとも墓《はか》からよみがえった魔女《まじょ》？

いや、もっとおそろしいものかもしれない。ルイスが想像《そうぞう》すらできない、いまわしいものが待《ま》ち受《う》けているかもしれないのだ。

第《だい》15章《しょう》　見《み》えないお守《まも》り

ジョナサン・バーナヴェルトは、無我夢中《むがむちゅう》で車《くるま》を走《はし》らせた。おんぼろ車《ぐるま》がタイヤをキイキイ鳴《な》らしながら大《おお》きく傾《かたむ》いてカーブを曲《ま》がるたびに、ルイスは座席《ざせき》にしがみついた。農《のう》家《か》や畑《はたけ》が飛《と》ぶようにすぎていく。車《くるま》が墓地《ぼち》に続《つづ》く長《なが》い横道《よこみち》に入《はい》ったとき、太陽《たいよう》は沈《しず》みかけていた。そして太陽《たいよう》がすっかり沈《しず》んだとき、ジョナサンは急《きゅう》ブレーキをかけて車《くるま》を止《と》めた。

「時間《じかん》がない」ツィマーマン夫人《ふじん》は車《くるま》からおりながら言《い》った。「はい、ジョナサン。これを首《くび》に下《さ》げておいて。これがあなたのよ、ルイス。これはわたしの」ツィマーマン夫人《ふじん》はお守《まも》りのコレクションのなかから三つを選《えら》んで持《も》ってきていた。一つはスカラベで、古代《こだい》エジプトの生《せい》の象徴《しょうちょう》だった。ふたつめは小《ちい》さな金《きん》の十字架《じゅうじか》で、十五世紀《せいき》に、あるとても高《こう》貴《き》な修道士《しゅうどうし》の聖別《せいべつ》を受《う》けたものだ。三番《ばん》めの、ルイスが渡《わた》されたお守《まも》りは、紫《むらさき》の石《いし》で、ツィマーマン夫人《ふじん》の魔力《まりょく》できらきらと光《ひか》っていた。

ツィマーマン夫人《ふじん》は、ごく普通《ふつう》の黒《くろ》いかさを持《も》って、墓石《はかいし》のほうに大《おお》またで歩《ある》いていった。かさは閉《と》じていて、柄《え》についた水球《すいきゅう》をブロンズのグリュプスがかぎづめでつかんでいた。ジョナサンとルイスもそのあとに続《つづ》いた。ツィマーマン夫人《ふじん》はていねいにかさを地面《じめん》に置《お》いた。「手《て》をつないで」ツィマーマン夫人《ふじん》は低《ひく》い声《こえ》で言《い》った。「なにがあっても、はなれてはだめ」

「みんなは一人《ひとり》のために」ルイスはびくびくしながら言《い》った。勇敢《ゆうかん》な声《こえ》を出《だ》そうとしたのだけれど、タレント・ショーと同《おな》じくらいうまくいかなかった。

「一人《ひとり》はみんなのために」ジョナサン・バーナヴェルトがあたりに響《ひび》きわたるような声《こえ》で言《い》った。「フローレンス、がんばってくれ。そしてあのうろうろと這《は》い回《まわ》るぶきみなクモの化《ば》け物《もの》に、目《め》にものを見《み》せてやれ！」そしてルイスの手《て》をぎゅっと握《にぎ》ると、ツィマーマン夫人《ふじん》の右手《みぎて》をつかんだ。ルイスはツィマーマン夫人《ふじん》の左手《ひだりて》を握《にぎ》った。

すんだ高《たか》い声《こえ》でツィマーマン夫人《ふじん》は呪文《じゅもん》の言葉《ことば》をとなえはじめた。英語《えいご》あり、ラテン語《ご》あり、ギリシャ語《ご》もあったし、古代《こだい》エジプトで使《つか》われていたコプト語《ご》もあった。呪文《じゅもん》が朗々《ろうろう》と響《ひび》きわたると、ルイスの足《あし》の下《した》で地面《じめん》がゆれはじめた。そして、あたかも石《いし》が生命《せいめい》を得て動《うご》き出《だ》そうとしているような、奇妙《きみょう》なギィーという音《おと》がした。ツィマーマン夫人《ふじん》が最後《さいご》の一語《ご》をとなえたとたん、ベル・フリッソンの石碑《せきひ》のてっぺんにある球《たま》がゆれはじめた。そしてバリッと大《おお》きな音《おと》がしたかと思《おも》うと、球《たま》は粉々《こなごな》にくだけ、粉塵《ふんじん》が飛《と》び散《ち》った。ルイスが、危《あぶ》ない！　と叫《さけ》んだ。柱《はしら》がぐらりとゆれて、ドウッと倒《たお》れ、みかげ石《いし》の台座《だいざ》がゆっくりと片側《かたがわ》にずれた。

その下《した》から、地下《ちか》に下《お》りる暗《くら》い穴《あな》が現《あらわ》れた。

ツィマーマン夫人《ふじん》はコホンと咳払《せきばら》いをした。「ここまではうまくいったってことね。さあ、いくわよ。なにが起《お》こるか、まったくわかりませんからね。エリザベス・プロクターは秘密《ひみつ》の場所《ばしょ》を守《まも》るのに、なにかやっかいな番犬《ばんけん》を飼《か》ってるでしょうからね！　ルイス、もしあの巨大《きょだい》なクモがいても、本物《ほんもの》じゃないってことを忘《わす》れないで。ひとつまみの灰《はい》と一《ひと》滴《しずく》の生《い》き血《ち》でできた霊《れい》にすぎないんですから」

「な、なら、ぼくたちを傷《きず》つけたりできないってこと？」ルイスはきいた。

ツィマーマン夫人《ふじん》はにこりともせずに言《い》った。「いいえ、傷《きず》つけることはできる。たしかにね。あの霊《れい》は、人間《にんげん》の負《ふ》の感情《かんじょう》、つまり憎《にく》しみや恐怖《きょうふ》や怒《いか》りをエサにしている。だけど、存在《そんざい》するためには、相手《あいて》がその存在《そんざい》を信《しん》じていなければならない。つまり、あなたが信《しん》じなければ、化《ば》け物《もの》の力《ちから》は失《うしな》われる。そのことは忘《わす》れないで……みんな、用意《ようい》はいい？いきましょう」ツィマーマン夫人《ふじん》はかさを拾《ひろ》いあげると、戦《たたか》いにそなえた。

ジョナサン・バーナヴェルトが先頭《せんとう》に立《た》ち、懐中電灯《かいちゅうでんとう》の強《つよ》い光《ひかり》でトンネルの奥《おく》を照《て》らした。壁《かべ》のタイルは割《わ》れてぼろぼろにくずれ、そこから緑色《みどりいろ》のぬるぬるしたものが出《で》ている。床《ゆか》は弾力《だんりょく》のある毒《どく》ダケで覆《おお》われ、小《ちい》さな動物《どうぶつ》の白《しろ》い骨《ほね》が散《ち》らばっているのが見《み》えた。

ジョナサンの次《つぎ》にルイスが続《つづ》き、ツィマーマン夫人《ふじん》がしんがりをつとめた。悪臭《あくしゅう》がひどく、ルイスは吐《は》き気《け》を覚《おぼ》えた。なので、口《くち》で空気《くうき》を飲《の》みこむようにして、呼吸《こきゅう》する。三人《にん》は長《なが》いあいだくねくねと曲《ま》がるトンネルを歩《ある》き続《つづ》けた。すると、ジョナサンがぴたりと足《あし》を止《と》めた。「なるほど、やつの番犬《ばんけん》がいたよ」ジョナサンはささやいた。「フローレンス、あれを見《み》ろ！」

ルイスはおじさんのうしろから前《まえ》を見《み》た。そして、血《ち》が凍《こお》りついた。トンネルの奥《おく》は、真《ま》っ白《しろ》いクモの糸《いと》で完全《かんぜん》にふさがれ、大《おお》きくうねっている巣《す》の真《ま》ん中《なか》に巨大《きょだい》なクモがとまっていた。ローズ・リタの家《いえ》でちらりと見《み》たクモではない。あのクモは、毛《け》で覆《おお》われ、灰色《はいいろ》だった。でも今《いま》ここにいるクモは、つやつやした黒《くろ》で、腹《はら》に赤《あか》い砂時計《すなどけい》のような形《かたち》の模様《もよう》がある。アメリカ一の猛毒《もうどく》を持《も》つクロゴケグモだった。

おまけに、このクモはお皿《さら》くらい大《おお》きかった。と、長《なが》い脚《あし》が動《うご》き出《だ》し、クモはじりじりと下《した》へくだりはじめた。

ツィマーマン夫人《ふじん》は前《まえ》に出《で》て、かさを前《まえ》に掲《かか》げた。と、次《つぎ》の瞬間《しゅんかん》、かさは黒《くろ》く長《なが》い杖《つえ》に変《か》わり、てっぺんで紫《むらさき》の球《たま》がまばゆい光《ひかり》を放《はな》った。ツィマーマン夫人《ふじん》の姿《すがた》も変《か》わっていた。紫《むらさき》の流《なが》れるようなローブをまとい、ひだというひだで炎《ほのお》がかっと燃《も》えあがる。背《せ》がすっと伸《の》び、ツィマーマン夫人《ふじん》は堂々《どうどう》たる姿《すがた》で立《た》ちはだかった。クモは、なにかが起《お》こったのを感《かん》じ取《と》ったようだった。そして脚《あし》を大《おお》きく開《ひら》くと、ぱっと前《まえ》へ飛《と》び出《だ》した――

パチパチと音《おと》がして、ツィマーマン夫人《ふじん》の手《て》から紫《むらさき》のエネルギーが稲妻《いなずま》のように飛《と》び出《だ》し、化《ば》け物《もの》を空中《くうちゅう》でとらえた。クモは炎《ほのお》に包《つつ》まれて、まっすぐ巣《す》の上《うえ》に落《お》ちた。シュウウウ！　という音《おと》がして、たちまち巣《す》に火《ひ》がつき、燃《も》え広《ひろ》がった。黒《くろ》こげになったクモの体《からだ》がぼとっと地面《じめん》に落《お》ちて、灰《はい》になった。

ツィマーマン夫人《ふじん》は杖《つえ》をおろした。杖《つえ》はまたかさに戻《もど》っていた。「これで、向《む》こうにもわたしたちがきたことはわかったはずよ。ご期待《きたい》を裏切《うらぎ》らないようにしなくちゃね」

三人《にん》は大《おお》きなまるい部屋《へや》に入《はい》っていった。真《ま》ん中《なか》に大理石《だいりせき》の壇《だん》があるせいで、反対側《はんたいがわ》は見《み》えない。三人《にん》はじりじりと壇《だん》の周《まわ》りを回《まわ》っていった。すると、ツィマーマン夫人《ふじん》が絶望《ぜつぼう》したような叫《さけ》び声《ごえ》をあげて立《た》ちどまった。ルイスの目《め》はくぎづけになった。

ローズ・リタが金《きん》の玉座《ぎょくざ》に座《すわ》っていた。まるでミイラのように体《からだ》がぐるぐる巻《ま》きにされている。黒《くろ》ぶちのめがねの奥《おく》の目《め》は、恐怖《きょうふ》で見開《みひら》かれていた。

灰色《はいいろ》のクモは、以前《いぜん》よりはるかに大《おお》きくなっていた。ローズ・リタの上《うえ》にかがみこみ、前足《まえあし》を肩《かた》にかけている。液《えき》を滴《したた》らせた牙《きば》が、首《くび》からわずか数《すう》センチにせまっていた。腹部《ふくぶ》をゆっくりと脈打《みゃくう》たせながら、壁《かべ》にへばりついている。

すると、壇《だん》の向《む》こうから、人影《ひとかげ》が現《あらわ》れた。「愚《おろ》か者《もの》め」息《いき》もれのする声《こえ》がさげすんだように言《い》った。ルイスは目《め》を疑《うたが》った。それは、ひからびた死体《したい》のような女《おんな》だった。真《ま》っ白《しろ》い肉《にく》が顔《かお》の骨《ほね》にへばりつき、目《め》はうつろで、口《くち》はただの黒《くろ》い裂《さ》け目《め》のようだ。その裂《さ》け目《め》が動《うご》いて、化《ば》け物《もの》がしゃべりだした。「遅《おそ》かったな」

「いいや」ジョナサンが高《たか》らかに言《い》った。「そうは思《おも》わん。ローズ・リタ、助《たす》けにきたぞ！　ここから連れ帰《かえ》ってやるからな！」

「なにも知《し》らぬでぶめ！」死体《したい》は叫《さけ》んだ。「おまえたち三人《にん》とも、娘《むすめ》といっしょに永遠《えいえん》にここにとどまるがいい！」

「ローズ・リタをはなしなさい」ツィマーマン夫人《ふじん》は言《い》って、一歩前《ぽまえ》に出《で》た。「ローズ・リタではだめよ。代《か》わりにわたしを捕《つか》まえなさい」

「わたしがわざわざそんなことをすると思《おも》うかい？」死体《したい》は言《い》った。

「おまえはずっと、わたしのようになりたいと思《おも》っていたはず。わたしは魔女《まじょ》よ」

かつてベル・フリッソンだったものの眼窩《がんか》の奥《おく》で、一瞬光《いっしゅんひかり》がひらめいたように見《み》えた。

「ならば、おまえと娘《むすめ》をもらう。取引《とりひき》などしない！」

ルイスは、ローズ・リタがもだえはじめたのに気《き》づいた。ローズ・リタは、クモの牙《きば》のすぐ下《した》で体《からだ》をひねると、あらあらしい声《こえ》で叫《さけ》んだ。「ツィマーマン夫人《ふじん》に手《て》を出《だ》さないで！　あんなおそろしい願《ねが》いごとは、すべて取《と》り下《さ》げるから！　あの一滴《てき》の血《ち》も取《と》り返《かえ》す！　わたしの友《とも》だちを傷《きず》つけたら許《ゆる》さない！」

死体《したい》はぱっと振《ふ》り向《む》いて、シュウウとうなった。ツィマーマン夫人《ふじん》は言《い》った。「さあ、ローズ・リタが血《ち》の返還《へんかん》を要求《ようきゅう》した！　これで、戦《たたか》うことができる！」ツィマーマン夫人《ふじん》がかさを掲《かか》げると、紫《むらさき》の炎《ほのお》がほとばしり出《で》た。炎《ほのお》はパチパチと音《おと》をたてながら、稲妻《いなずま》のように一直線《いっちょくせん》に飛《と》んでいって、ローズ・リタの上《うえ》にいたクモの背中《せなか》を直撃《ちょくげき》した。ルイスは悲鳴《ひめい》をあげた。クモは壁《かべ》からはじかれたように落《お》ちると、脚《あし》を激《はげ》しくばたつかせた。そして、もうれつな勢《いきお》いでこちらへ突進《とっしん》してきた。

ツィマーマン夫人《ふじん》は呪文《じゅもん》の言葉《ことば》を叫《さけ》んだ。ジョナサンはクモのうしろにまわると、ローズ・リタを助《たす》けに駆《か》けよった。クモはツィマーマン夫人《ふじん》の上《うえ》に今《いま》にも覆《おお》いかぶさるように立《た》ちあがったが、ツィマーマン夫人《ふじん》は手《て》をさっと伸《の》ばして、クモの体《からだ》のなかにずぶっと突《つ》っこんだ。そしてぐいと引《ひ》き抜《ぬ》くと、指先《ゆびさき》が一本《ぽん》、赤《あか》く染《そ》まっていた。「ローズ・リタの名《な》において、ローズ・リタの血《ち》の返還《へんかん》を要求《ようきゅう》する！」ツィマーマン夫人《ふじん》は叫《さけ》んだ。「おまえには、もう力《ちから》はない！」

闇《やみ》のどこかから、ベル・フリッソンのミイラのあげる悲鳴《ひめい》が響《ひび》いてきた。クモがよろめき、皮膚《ひふ》に何千《なんぜん》ものひび割《わ》れが走《はし》る。そして、くずれるように倒《たお》れると、黒《くろ》い煙《けむり》が立《た》ちのぼった。あっというまにクモの姿《すがた》はかき消《き》えた。

ジョナサンはローズ・リタを抱《だ》きあげた。ローズ・リタを縛《しば》っていたクモの糸《いと》も、ぼろぼろになって粉《こな》と化《か》し、すうっと消《き》えた。と、ジョナサンが叫《さけ》んだ。「気《き》をつけろ、フローレンス！」

だが、遅《おそ》かった！　ミイラ化《か》したベル・フリッソンがいつのまにか、すぐそばに迫《せま》っていた。骨《ほね》のような手《て》がかさをひっつかみ、よろめきながらも人間離《にんげんばな》れした力《ちから》でツィマーマン夫人《ふじん》からもぎとった。ツィマーマン夫人《ふじん》は悲鳴《ひめい》をあげて、地面《じめん》に両手《りょうて》をついた。

激《はげ》しく笑《わら》いながら、死者《ししゃ》でも生者《せいじゃ》でもないベル・フリッソンは高々《たかだか》とかさをかかげた。「魔女《まじょ》が死《し》ぬと、杖《つえ》は折《お》れる！　だが、時《とき》にそれは逆《ぎゃく》にも働《はたら》く！　この球《たま》を割《わ》れば、おまえは死《し》ぬのだ！」

「待《ま》って！」ルイスは叫《さけ》んで、前《まえ》に出《で》た。ひざががくがくして、今《いま》にも気《き》を失《うしな》いそうだった。それでも、ベル・フリッソンが球《たま》をくだくのを止《と》めなければならない。ルイスはなにも持《も》っていない両手《りょうて》をあげた。「待《ま》って！」ルイスはもう一度《いちど》言《い》った。「あなたにあげたいものがあるんだ！」

「なんだと？」赤《あか》い眼窩《がんか》が貫《つらぬ》くような視線《しせん》を向《む》けた。「なにがあるんだい？」

「お守《まも》りだ！」ルイスは声《こえ》を裏返《うらがえ》らせて叫《さけ》んだ。「ほら、ここだ！　手《て》に持《も》ってる！」

「なにも持《も》っていないじゃないか！」

「これは、目《め》には見《み》えないお守《まも》りなんだ！」もはやルイスの声《こえ》は悲鳴《ひめい》に近《ちか》かった。「わたしはミスティファイ・ミスト！　今《いま》は見《み》えないけど」ルイスは、マジック・ショーのためにさんざん練習《れんしゅう》したように、さっと手《て》を動《うご》かした。「さあ、出《で》てきた！　ほら、どうぞ！」

上着《うわぎ》のなかから、強《つよ》い力《ちから》を持《も》ったお守《まも》りが飛《と》び出《だ》してきた。ルイスはさっとそれをつかむと、すかさず前《まえ》へ出《で》て、よろよろと近《ちか》よってきた化《ば》け物《もの》の顔《かお》に突《つ》きつけた！

紫《むらさき》の星《ほし》がぱっとひらめいて、さん然《ぜん》と輝《かがや》き出《だ》した。焼《や》けるように熱《あつ》くなった石《いし》が眼窩《がんか》の真《ま》ん中《なか》を直撃《ちょくげき》し、ジュウジュウと焼《や》いて穴《あな》をあけた。死体《したい》はわめき声《ごえ》をあげ、かさをほうり投《な》げた。ルイスはかろうじてそれを受《う》けとめた。

「さがって！」ツィマーマン夫人《ふじん》は叫《さけ》んで、ルイスを引《ひ》っぱった。

化《ば》け物《もの》はよろめいた。目《め》と口《くち》の奥《おく》が、かっと紫《むらさき》に光《ひか》った。肌《はだ》が大《おお》きくうねってあっというまに縮《ちぢ》れ、みるみる焼《や》け落《お》ちる。次《つぎ》の瞬間《しゅんかん》、死体《したい》は骨《ほね》となってバラバラと崩《くず》れ、音《おと》もなく爆発《ばくはつ》した。紫《むらさき》の煙《けむり》があがり、残《のこ》された灰《はい》がぐるぐると渦《うず》を巻《ま》いた。

地面《じめん》がぐらぐらとゆれはじめた。ツィマーマン夫人《ふじん》がルイスからかさを受《う》け取《と》ると、球《たま》は強《つよ》い紫色《むらさきいろ》の光《ひかり》を放《はな》った。「ローズ・リタ、だいじょうぶ？」

「もう平気《へいき》よ！」ローズ・リタは言《い》った。

「逃《に》げるぞ」ジョナサンおじさんがどなった。「ここは崩《くず》れ落《お》ちる！」

四人《にん》はトンネルに向《む》かって走《はし》った。ルイスは振《ふ》り向《む》かなかった。うしろでは、すべてが崩《くず》れ落《お》ちるおそろしい音《おと》が鳴《な》り響《ひび》いている。その音《おと》だけでじゅうぶんだった。

第《だい》16章《しょう》　ご近所《きんじょ》の探偵《たんてい》

「本当《ほんとう》に死《し》んだの？」墓《はか》の下《した》でベル・フリッソンの生《い》ける屍《しかばね》と戦《たたか》ってから二週間《しゅうかん》がすぎていた。ローズ・リタはいまだに悪夢《あくむ》にうなされていた。

「ええ！」ツィマーマン夫人《ふじん》はきっぱりと言《い》った。「わたしたちは、ベル・フリッソンの糸《いと》を文字《もじ》どおり断《た》ち切《き》ったんです。ベル・フリッソンの魔法《まほう》の呪文《じゅもん》は、クモの糸《いと》のように魂《たましい》を生《せい》の世界《せかい》につなぎとめていた。その魔《ま》法《ほう》の糸《いと》を、ルイスがあの手品《てじな》で焼《や》きつくしたんです。ベル・フリッソンの魂《たましい》は死者《ししゃ》の王国《おうこく》へ追放《ついほう》された。だから、なにもかもが崩《くず》れ去《さ》ったのよ」

「だけど、まわりの人《ひと》たちには内緒《ないしょ》でな」ジョナサン・バーナヴェルトは笑《わら》いながら言《い》った。「みんな、えらくでかい地震《じしん》のせいで、墓石《はかいし》が倒《たお》れたと思《おも》ってるんだから」

「もう少《すこ》しでつぶされるところだったよ」ルイスが言《い》った。

十一月《がつ》とは思《おも》えないような、暖《あたた》かい土曜日《どようび》だった。四人《にん》の友人《ゆうじん》たちは、ハイストリート一〇〇番地《ばんち》の庭《にわ》に座《すわ》って、うららかな小春日和《こはるびより》の一日《にち》を楽《たの》しんでいた。大皿《おおざら》に盛《も》られたツィマーマン夫人特製《ふじんとくせい》のクルミ入《い》りダブルファッジ・ブラウニーをもぐもぐやりながら、背《せ》の高《たか》いコップに並々《なみなみ》と注《そそ》がれたミルクを飲《の》んで、すっかり幸《しあわ》せな気分《きぶん》だ。ローズ・リタが突然帰《とつぜんかえ》ってきたときは、ニュー・ゼベダイの人《ひと》たちもずいぶん驚《おどろ》いたけれど、ローズ・リタはなかなかうまく立《た》ち回《まわ》った。自転車《じてんしゃ》で転《ころ》んで、記憶喪失《きおくそうしつ》になったという話《はなし》をでっちあげたのだ。自分《じぶん》がだれだかわからないまま、何日《なんにち》も歩《ある》きまわっていたんです、とローズ・リタはみんなに話《はな》した。夜《よる》は農家《のうか》の納屋《なや》で眠《ねむ》ったことにした。

警察《けいさつ》には、ジョナサンがツィマーマン夫人《ふじん》と、サイドラー夫人《ふじん》の話《はな》していた道《どう》路《ろ》を走《はし》っていてローズ・リタを見《み》つけた、ということにした。ローズ・リタは何日《なんにち》ものあいだ、食《た》べ物《もの》も飲《の》み物《もの》も口《くち》にしていなかったので、金曜《きんよう》の夜《よる》は入院《にゅういん》しなければならなかったけれど、またすぐに元気《げんき》になった。指先《ゆびさき》にあった三日月形《みかづきがた》の小《ちい》さな傷跡《きずあと》も薄《うす》くなって、すっかり消《き》えてしまった。今《いま》ではほとんどふだんどおりの生活《せいかつ》に戻《もど》っていたけれど、ポッティンガー夫人《ふじん》は、その秋《あき》と冬《ふゆ》はローズ・リタが自転車《じてんしゃ》に乗《の》るのを許《ゆる》さなかった。そのくらいはしょうがない、とローズ・リタは言《い》った。

「巻《ま》き物《もの》は返《かえ》したの？」ツィマーマン夫人《ふじん》がきいた。

「ハードウィックさんに本《ほん》を返《かえ》しにいったとき、こっそりもとの箱《はこ》に入《い》れておいたの」

ローズ・リタは言《い》った。「もう本当《ほんとう》に危険《きけん》はないと思《おも》う？」

「ええ。巻《ま》き物《もの》にあった魔力《まりょく》はすっかり消《き》えましたよ。魔力《まりょく》さえ失《うしな》われれば、ただのめずらしい骨董品《こっとうひん》にすぎませんからね。それに、あの墓《はか》も落盤《らくばん》でなくなったんだから、もう悪《わる》いことは起《お》こりようがありませんよ」

ジョナサンはルイスのほうを見《み》た。「ずいぶん静《しず》かだな。なにを考《かんが》えているんだね？」

ルイスはにやりと笑《わら》った。「しろうとのマジシャンにしては、うまくやったなって。ベル・フリッソンをまんまとおびき寄《よ》せて、あのニワトリの手品《てじな》でお守《まも》りをぶつけてやったんだから」

「よくあの場《ば》で思《おも》いついたね。どうしてフリッソンを倒《たお》せるってわかったの？」ローズ・リタが言《い》った。

ルイスは肩《かた》をすくめた。「わからなかったよ――本当《ほんとう》はね」ルイスは告白《こくはく》した。「ただ、ツィマーマン夫人《ふじん》の魔法《まほう》は強《つよ》いから、邪悪《じゃあく》なものをやっつけてくれるにちがいないって思《おも》ったんだよ。だから思《おも》い切《き》ってやってみたんだ。ほかになにも思《おも》いつかなかったし」

「直感的中《ちょっかんてきちゅう》ね、ルイス」ツィマーマン夫人《ふじん》が言《い》った。「おかげでかさを壊《こわ》されずにすんで、本当《ほんとう》によかった。ふう！　そんな打撃《だげき》を受《う》けたら、死《し》ぬことはなくても、今《いま》と同《おな》じってわけにはいかなかったでしょうからね」

ローズ・リタは、さっきから何度《なんど》も落《お》ちつかなげに庭《にわ》を見回《みまわ》していた。ジョナサンが首《くび》をかしげてきいた。「どうした、ローズ・リタ？」

ローズ・リタは顔《かお》をしかめた。「わからない。なにか見《み》られてるような、いやな感《かん》じがするの。だけど、そんなことありえないわよね。ベル・フリッソンはとっくに死《し》んだんだし、クモだっていっしょに消《き》えたはずだもの！」

「まちがいありませんよ」ツィマーマン夫人《ふじん》は言《い》って、考《かんが》えこんだような顔《かお》をした。「たしかに、そう言《い》われてみると、なんだかわたしまで見《み》られているような気《き》がしてきましたよ。ひげじいさん、謎解《なぞと》きに挑戦《ちょうせん》してみる？」

にやっと笑《わら》ってジョナサン・バーナヴェルトは魔法《まほう》の呪文《じゅもん》をとなえた。すると、目《め》の前《まえ》に金色《きんいろ》の矢《や》が現《あらわ》れた。支《ささ》えるものもないのに、空中《くうちゅう》に浮《う》かんでいる。昔《むかし》ふうの風見《かざみ》に似《に》ていた。矢《や》はくるくるとまわってから、家《いえ》の角《かど》をぴたりとさして止《と》まった。ジョナサンは立《た》ちあがって、片目《かため》をつぶって矢《や》を消《け》し、足音《あしおと》を忍《しの》ばせて、家《いえ》のほうへ歩《ある》いていった。そして、ぱっと飛《と》びかかった。ヒイッという悲鳴《ひめい》が聞《き》こえた。

ジョナサンがくすくす笑《わら》いながら、また姿《すがた》を現《あらわ》した。「おいで」ジョナサンは言《い》った。すると家《いえ》の角《かど》から、トレンチコートを着《き》たチャド・ブリットンがはずかしそうな顔《かお》をして出《で》てきた。ジョナサンは三人《にん》に向《む》かって言《い》った。「ご安心《あんしん》を。わがご近所《きんじょ》の探偵《たんてい》どのだよ」

「チャド、ぼくたちをスパイしてたの？」ルイスがたずねた。

「いや、そういうわけじゃないんだ。ただ――その、ぼくは――」

ツィマーマン夫人《ふじん》はブラウニーのお皿《さら》を手《て》にとった。「ファッジのにおいをかぎつけたんでしょう？」ツィマーマン夫人《ふじん》はやさしい声《こえ》で言《い》った。

「そうなんです！」チャドはぱっと顔《かお》を明《あか》るくして叫《さけ》んだ。

「どうぞ、おとりなさい」ツィマーマン夫人《ふじん》はチャドに言《い》った。「次《つぎ》からは、ただここにきて、くださいと言《い》えばいいのよ」

チャドはブラウニーにかぶりつくと、目《め》をくるくるさせた。「すごくおいしいや。ありがとう、ツィマーマン夫人《ふじん》」

「どういたしまして」ツィマーマン夫人《ふじん》は答《こた》えた。

ルイスもブラウニーに手《て》を伸《の》ばした。「つまりさ。チャドもぼくも、将来《しょうらい》の進路《しんろ》をまちがっちゃいないってことだね。チャドはブラウニーを探《さが》し当《あ》てたから、きっといい探偵《たんてい》になる。そしてぼくは大魔術師《だいまじゅつし》だ。さあ、今《いま》からこのブラウニーを消《け》してごらんにいれます！」

チャドがふきだし、みんなもいっしょになって笑《わら》った。心地《ここち》よい笑《わら》い声《ごえ》が、晴《は》れた空《そら》に響《ひび》きわたった。

訳者《やくしゃ》あとがき

日本語版初版《にほんごばんしょはん》によせて（二〇〇三年《ねん》十一月《がつ》）

〈ルイスと魔法使《まほうつか》い協会《きょうかい》〉シリーズ七作目《さくめ》となる本書《ほんしょ》『魔法博物館《まほうはくぶつかん》の謎《なぞ》』をお届《とど》けすることになりましたが、その前《まえ》にひとつ、読者《どくしゃ》のみなさまにお詫《わ》びしなくてはなりません。六作目《さくめ》の『オペラ座《ざ》の幽霊《ゆうれい》』のあとがきで、次回《じかい》の冒険《ぼうけん》はニュー・ゼベダイにあるいわくつきの橋《はし》を巡《めぐ》る物語《ものがたり》です、と申《もう》しあげてしまったのですが、その『橋《はし》の下《した》の幽霊《ゆうれい》』は八作目《さくめ》で、本書《ほんしょ》『魔法博物館《まほうはくぶつかん》の謎《なぞ》』のほうが七作目《さくめ》でした。たいへん申《もう》し訳《わけ》ありませんでした。けれど、今回《こんかい》の、魔法博物館《まほうはくぶつかん》で見《み》つかった謎《なぞ》の巻《ま》き物《もの》からはじまる冒険《ぼうけん》も、やはりおなじみの町《まち》ニュー・ゼベダイが舞台《ぶたい》で、負《ま》けず劣《おと》らずふしぎで、ぶきみで、おそろしい物語《ものがたり》ですから、きっとお許《ゆる》しいただけるのではないかと思《おも》います。また、〈ルイスと魔法使《まほうつか》い協《きょう》会《かい》〉シリーズの生《う》みの親《おや》にあたるジョン・ベレアーズが亡《な》き後《あと》は、ベレアーズの作品《さくひん》のファンであるSF作家《さっか》のブラッド・ストリックランドがシリーズを書《か》き継《つ》ぐことになり、今回《こんかい》からストリックランドにバトンタッチされていることも合《あ》わせてご報告《ほうこく》いたします。

むじゃきに大砲《たいほう》に夢中《むちゅう》になったり、船《ふね》の模型作《もけいづく》りにいそしんでいた小学生時代《しょうがくせいじだい》が終《お》わり、とうとう中学生《ちゅうがくせい》になったルイスとローズ・リタは、〝大人《おとな》〟への成長《せいちょう》の階段《かいだん》を登《のぼ》っていく自分《じぶん》たちをいやおうなしに意識《いしき》するようになります。特《とく》に女《おんな》の子《こ》のローズ・リタにとって、それは深刻《しんこく》な問題《もんだい》でした。周《まわ》りの女《おんな》の子《こ》たちは、おしゃれや男《おとこ》の子《こ》の話題《わだい》に夢中《むちゅう》です。そんな周囲《しゅうい》の変化《へんか》をかたくなに拒《こば》み続《つづ》けるローズ・リタは、心《こころ》の中《なか》に一抹《いちまつ》の孤独感《こどくかん》を抱《かか》えるようになります。眠《ねむ》れない夜《よる》に、「だれもわかってくれない！」と叫《さけ》んで涙《なみだ》を流《なが》すローズ・リタの気持《きも》ちを痛《いた》いほどわかるという人《ひと》も多《おお》いのではないでしょうか？

これまでなんとなく眺《なが》めていた中学生《ちゅうがくせい》に、今度《こんど》は自分《じぶん》たちがなったのです。その「人生《じんせい》でなかなか大変《たいへん》な時期《じき》」を象徴《しょうちょう》するように、まず二人《ふたり》を待《ま》ち受《う》けていたのは、中学校主催《ちゅうがっこうしゅさい》の《タレント・ショー》でした。小学生《しょうがくせい》の時《とき》は見《み》る側《がわ》だったショーを、今度《こんど》はルイスたち自身《じしん》が演《えん》じなければなりません。舞台《ぶたい》の上《うえ》に立《た》って芸《げい》をすることなど大《だい》の苦手《にがて》のルイスとローズ・リタですが、しぶしぶながら、ショーの出し物《もの》になる〝ネタ〟を探《さが》しはじめます。ふと見《み》たテレビの番組《ばんぐみ》から手品《てじな》をしようと思《おも》い立《た》った二人《ふたり》は、ジョナサンの紹介《しょうかい》で、今度《こんど》町《まち》にオープンする魔法博物館《まほうはくぶつかん》を訪《たず》ねるのですが……

思春期《ししゅんき》を前《まえ》に揺《ゆ》れるローズ・リタの心《こころ》に、七十年以上前《ねんいじょうまえ》に死《し》んだはずの霊媒師《れいばいし》ベル・フリッソンの罠《わな》がしのびよります。謎《なぞ》の巻《ま》き物《もの》、見《み》るたびに大《おお》きくなるクモの生霊《いきりょう》、ぶきみな呪文《じゅもん》の彫《ほ》りこまれた墓石《はかいし》。これまで数々《かずかず》の敵《てき》と戦《たたか》い、謎《なぞ》を解《と》いてきたルイスたちですが、果《は》たして今回《こんかい》はフリッソンのしかけた呪《のろ》いを解《と》くことができるでしょうか？

物語《ものがたり》の舞台《ぶたい》となっている一九五〇年代《ねんだい》のアメリカの小《ちい》さな町《まち》の風景《ふうけい》が、このシリーズの魅力《みりょく》のひとつですが、よく登場《とうじょう》する場所《ばしょ》のひとつに墓地《ぼち》があります。今回《こんかい》ルイスたちが訪《おとず》れる小《ちい》さな村《むら》クリストバルにひっそりと佇《たたず》む墓地《ぼち》もそうですし、ニュー・ゼベダイにももちろん、数々《かずかず》の冒険《ぼうけん》の舞台《ぶたい》となったセメタリー・ヒルの墓地《ぼち》があります。ルイスは墓地《ぼち》で様々《さまざま》なおそろしい目《め》にあうのですが、同時《どうじ》にルイスが墓地《ぼち》に遊《あそ》びにいって、意匠《いしょう》を凝《こ》らした石碑《せきひ》を眺《なが》めたり、碑銘《ひめい》を読《よ》んで思《おも》いをはせたりする場面《ばめん》も出《で》てきます。日本《にほん》の物語《ものがたり》にも、よく墓地《ぼち》で遊《あそ》んでいてふしぎな経験《けいけん》をする話《はなし》がありますが、一昔前《ひとむかしまえ》までは、墓地《ぼち》というのは子《こ》どもの遊《あそ》び場《ば》のひとつだったと言《い》ってもいいでしょう。墓地《ぼち》は死《し》んだ人間《にんげん》が葬《ほうむ》られている場所《ばしょ》であり、生者《せいじゃ》と死者《ししゃ》が関《かか》わることのできる特別《とくべつ》な場所《ばしょ》です。ほとんどの人《ひと》が病院《びょういん》で死《し》を迎《むか》えるようになった現代《げんだい》、子《こ》どもたちが身近《みぢか》に死《し》を感《かん》じる機会《きかい》が少《すく》なくなったと言《い》われて久《ひさ》しいですが、物語《ものがたり》を読《よ》むと、墓地《ぼち》が身近《みぢか》な場所《ばしょ》だった時代《じだい》があったことをつくづく感《かん》じます。都市《とし》から墓地《ぼち》が消《き》え、それと同時《どうじ》に、ルイスが経験《けいけん》するような幽霊《ゆうれい》やお化《ば》けと遭遇《そうぐう》する機会《きかい》もなくなってしまったような気《き》がします――もちろん、お化《ば》けと会《あ》いたいなんて方《かた》は少《すく》ないと思《おも》いますし、私《わたし》もその一人《ひとり》なのですが、お化《ば》けと遭遇《そうぐう》しないまでも、死《し》の存在《そんざい》をまったく感《かん》じない生《せい》というのは、どこか不自然《ふしぜん》に思《おも》えてなりません。みなさまはどう思《おも》われますか？

ぶきみなものや、おどろおどろしい雰囲気《ふんいき》、ぞくぞくする気持《きも》ちなどは、あんがい大切《たいせつ》なものかもしれません。そういった意味《いみ》でも、みなさまがこのシリーズを末永《すえなが》く愛《あい》してくださることを、心《こころ》から願《ねが》っています。

文庫版《ぶんこばん》によせて（二〇一九年《ねん》十二月《がつ》）

みなさんは、手品《てじな》を見《み》たことはありますか？　中《なか》には、やったことがあると言《い》う方《かた》もいるかも？

今回《こんかい》の舞台《ぶたい》、魔法博物館《まほうはくぶつかん》は古今東西《ここんとうざい》の手品《てじな》や奇術《きじゅつ》の道具《どうぐ》を集《あつ》めた博物館《はくぶつかん》です。ミイラの棺《ひつぎ》、剣《けん》が刺《さ》さったトランク、シルクハット、ステッキ。中《なか》には、南京錠《なんきんじょう》つきの巨大《きょだい》な牛乳《ぎゅうにゅう》缶《かん》なんていう展示品《てんじひん》もあります。物語《ものがたり》の中《なか》でもちらっと出《で》てきますが、これは、〈世紀《せいき》の脱出王《だっしゅつおう》〉の異名《いみょう》をとったマジシャン、ハリー・フーディーニが脱出《だっしゅつ》マジックに使用《しよう》したものでした。アメリカでむかしよく使《つか》われていた、人《ひと》が入《はい》れるくらい大《おお》きな牛乳用《ぎゅうにゅうよう》の缶《かん》のことです。フーディーニは他《ほか》にも、水《みず》が入《はい》ったガラス箱《ばこ》（それも手錠《てじょう》もつけて！）や、凍《こお》った運河《うんが》からも脱出《だっしゅつ》してみせたそうです。

アメリカやイギリスではむかしからこうした手品《てじな》や奇術《きじゅつ》が人気《にんき》で、フーディーニの名前《なまえ》もいろいろな小説《しょうせつ》や映画《えいが》で見《み》ることができます。作者《さくしゃ》のベレアーズも、これまで何回《なんかい》か、物語《ものがたり》の中《なか》で名前《なまえ》を挙《あ》げていますよね。今回《こんかい》は、フォックス姉妹《しまい》という名前《なまえ》も出《で》てきますが、こちらも実在《じつざい》の人物《じんぶつ》です。霊《れい》と交流《こうりゅう》できる霊媒師《れいばいし》姉妹《しまい》として一世《いっせい》を風靡《ふうび》しましたが、後《のち》に自《みずか》らの手記《しゅき》でインチキだったと告白《こくはく》することになります。フーディーニはこうした心霊術《しんれいじゅつ》に一時《いちじ》、興味《きょうみ》を惹《ひ》かれ、同《おな》じように心霊術《しんれいじゅつ》に関心《かんしん》を持《も》っていたコナン・ドイル（シャーロック・ホームズの作者《さくしゃ》）とも交流《こうりゅう》を持《も》ちますが、やがてそれがトリックであることに気《き》づき、その後《ご》は心霊術者《しんれいじゅつしゃ》・超能力者《ちょうのうりょくしゃ》のイカサマを見破《みやぶ》ることに熱心《ねっしん》に取《と》り組《く》みます。そうしたトリックを、自分《じぶん》のマジックに応用《おうよう》していたとも言《い》われています。

今後《こんご》、手品《てじな》や心霊術《しんれいじゅつ》などがキーになる小説《しょうせつ》や映画《えいが》と出会《であ》ったら、この『魔法博物館《まほうはくぶつかん》の謎《なぞ》』を思《おも》い出《だ》してみてくださいね。思《おも》いがけないつながりが見《み》つかって、面白《おもしろ》いかもしれません。

物語中《ものがたりちゅう》には、ルイスとローズ・リタが挑戦《ちょうせん》する手品《てじな》とトリックの説明《せつめい》も出《で》てきます。どれか一つに挑戦《ちょうせん》してみるのも、楽《たの》しいかも!? 今《いま》は、手品《てじな》のトリックの解説本《かいせつぼん》やネットの動画《どうが》もたくさんあります。タネを知《し》るだけでも、とっても面白《おもしろ》いので、ぜひ探《さが》してみてください。
最後《さいご》になりますが、編集《へんしゅう》の小宮山民人《こみやまたみひと》さんに心《こころ》からの感謝《かんしゃ》を。

三辺律子《さんべりつこ》

本書は、
二〇〇三年三月アーティストハウスから刊行された「ルイスと
魔法使い協会」第7巻『魔法博物館の謎』を改題・再編集し、
二〇二〇年一月に静山社ペガサス文庫より刊行したものの
図書館版です。

ジョン・ベレアーズ 作

『霜のなかの顔』（ハヤカワ文庫FT）など、ゴシックファンタジーの名手として知られる。1973年に発表した『ルイスと不思議の時計』にはじまるシリーズで、一躍ベストセラー作家となる。同シリーズは、“ユーモアと不気味さの絶妙なバランス”“魔法に関する小道具を卓妙に配した、オリジナリティあふれるストーリー”と絶賛され、作者の逝去後は、SF作家ブラッド・ストリックランドによって書き継がれた。

三辺律子《さんべりつこ》 訳

東京生まれ。英米文学翻訳家。聖心女子大学英語英文学科卒業。白百合女子大学大学院児童文化学科修士課程修了。主な訳書に『龍のすむ家』（竹書房）、『モンタギューおじさんの怖い話』（理論社）、『インディゴ・ドラゴン号の冒険』（評論社）、『レジェンド―伝説の闘士ジューン&デイ―』（新潮社）など多数。

ルイスと不思議の時計 7

魔法博物館《まほうはくぶつかん》の謎《なぞ》

2020年2月20日　初版発行

作者　ジョン・ベレアーズ
訳者　三辺律子

発行者　松岡佑子
発行元　株式会社静山社
〒102-0073 東京都千代田区九段北1-15-15
電話・営業 03-5210-7221
https://www.sayzansha.com

発売元　株式会社ほるぷ出版
〒101-0051 東京都千代田区神田神保町3-2-6
電話・営業 03-6261-6691
https://www.holp-pub.co.jp

装画　まめふく
装丁　田中久子
印刷・製本　図書印刷株式会社

NDC933 224P　ISBN 978-4-593-10107-8　Printed in Japan
Published by HOLP SHUPPAN Publications Ltd.